**gostaria
que você
estivesse
aqui**

Copyright © 2021 por Fernando Scheller

Todos os direitos desta publicação são reservados à Casa dos Livros Editora LTDA.

Nenhuma parte desta obra pode ser apropriada e estocada em sistema de banco de dados ou processo similar, em qualquer forma ou meio, seja eletrônico, de fotocópia, gravação etc., sem a permissão dos detentores do copyright.

Diretora editorial: *Raquel Cozer*
Coordenadora editorial: *Malu Poleti*
Editora: *Diana Szylit*
Preparação: *Rafaela Biff Cera*
Revisão: *Anna Beatriz Seilhe, Carolina Candido e Carolina Forin*
Capa e projeto gráfico: *Anderson Junqueira*
Fotografia da capa: *iStock.com/atlantic-kid*
Diagramação: *Abreu's System*

Dados Internacionais de Catalogação na Publicação (CIP)
Angélica Ilacqua CRB-8/7057

S344g
    Scheller, Fernando
        Gostaria que você estivesse aqui / Fernando Scheller. — Rio de Janeiro: HarperCollins, 2021.
        320 p.

    ISBN 978-65-5511-191-0

        1. Ficção brasileira 2. LGBTQI+ – Ficção 3. Assassinato – Ficção 4. Música – Ficção I. Título.

21-0874   CDD: B869.3
                                       CDU: 82-31(81)

Os pontos de vista desta obra são de responsabilidade de seu autor, não refletindo necessariamente a posição da HarperCollins Brasil, da HarperCollins Publishers ou de sua equipe editorial.

Rua da Quitanda, 86, sala 601A — Centro
Rio de Janeiro, RJ — cep 20091-005
Tel.: (21) 3175-1030
www.harpercollins.com.br

Para aqueles que se foram, mas permanecem.

Sumário

Parte I: Anos inocentes (1980–1982) 8

Parte II: Vida imensa (1983–1986) 116

Parte III: Verões emocionais (1987–1989) 230

Agradecimentos 317

PARTE 1

anos inocentes
1980-1982

capítulo 1
virgens (1980)

Inácio

Era difícil identificar o que de errado havia em Inácio. Com quase dezessete anos, era um rapaz cheio de qualidades que falhavam em formar um conjunto coeso. Tinha a vantagem de ser bem mais alto do que a maioria dos colegas, mas os braços eram caídos, pareciam compridos demais, e as costas, sempre curvadas, em uma constante tentativa de se esconder, de passar despercebido. Embora tivesse dinheiro para comprar discos, seu gosto musical era ditado pelas músicas que a professora de inglês usava como referência nas aulas. Baladas melosas, esquecíveis, mas com os verbos muito bem conjugados. Não se interessava especialmente por nada, fosse cultura, esporte ou política. Gastava todo o seu tempo fixado em apenas um ponto — ou melhor, em uma pessoa. Inácio mal podia acreditar que, de repente, surgira a oportunidade de estudá-la tão de perto, só os dois apertados naquele Fusca bege. Desejava que os semáforos da Barra da Tijuca permanecessem fechados para que ele pudesse passar pelo menos alguns minutos a mais ao lado da mulher de sua vida. Aquela atenção não dividida era novidade. Sempre que se viam, ele buscava motivos para estender o encontro, pois sentia que a tão aguardada proximidade poderia ser interrompida a qualquer momento. Virou um colecionador de detalhes, aos quais se apegava para saborear mais tarde, por horas a fio, no seu quarto no apartamento de seus pais. Naquele fim de tarde, elegera mais um: o dourado dos pelinhos dos braços de Baby sob o sol de verão em janeiro.

Deslizar célere ao lado de Baby pelas avenidas da Barra, aquele vazio de terrenos com prédios salpicados pelo horizonte, estava sendo o ponto alto daquele início de ano para Inácio. Poucas horas antes, ele soubera que havia sido aprovado no vestibular, mas isso agora parecia desimportante. Inácio estava ciente, ao sair da prova, de que havia acertado quase todas as questões. A divulgação do resultado se revelou anticlimática, como uma notícia antiga que alguém conta com entusiasmo. Mesmo assim, cumpriu o protocolo que se esperava de um vestibulando: meio perdido na praça em frente à sede do *Jornal do Brasil*, fingiu ânimo ao ver seu nome na lista da edição extra com o resultado da UFRJ. Sorriu enquanto colegas de escola lhe raspavam a cabeça e quando foi jogado em uma poça de lama. Voltou, sujo, até o Arpoador — morar de frente para um dos cartões-postais do Rio de Janeiro havia sido um grande trunfo que ele sempre falhara em usar para conquistar amigos, mesmo durante as viagens dos pais. Quando chegou em casa, suado e cheirando a ovos podres, foi encaminhado diretamente ao banho com a recomendação de que se arrumasse para a festa. Seus pais, Joel e Rita, eram frutos de outro tempo, o que ficava claro pela celebração que prepararam. Bolo, refrigerante e brigadeiro, como na sua festinha de aniversário de seis anos. Sem saber muito bem o que fazer, cantaram um "Parabéns pra você" meio desanimado e deram-lhe tapinhas nas costas. Rita juntou os copinhos que havia espalhado pela mesa e deu um jeito na sala para que tudo ficasse como estava antes.

O pai precisava voltar para a Petrobras. A irmã, Irene, pelo menos se mostrou solidária e lhe lançou um olhar que evidenciava como também achava inadequada aquela comemoração. Deu-lhe um abraço e disse apenas uma palavra:

— Fuja!

Vontade não lhe faltava, mas Inácio tinha um problema: não tinha para onde ir e não sabia para quem pedir ajuda. Passara boa parte do verão trancado no quarto. Guardava escondidas umas revistas pornográficas, mas o objeto principal de sua imaginação era Baby. Eles tinham se conhecido na segunda série — ela com oito anos, ele com sete recém-completados. Desde que conseguia se lembrar, Inácio imaginava que ficariam juntos. Era algo certo, destino traçado. O tempo, no entanto, tratou de colocá-los em lados opostos do espectro social: Baby era o centro das atenções e ele, o crianção com cara de bobo. Ela manteve-se leal, no entanto, à amizade que surgira na infância, em especial quando ninguém estava olhando. Inácio foi obrigado a entrar no jogo: passava calado os longos períodos em que Baby desaparecia, e não tinha alternativa senão sair correndo atrás dela ao primeiro sinal que recebia. Foi precisamente o que fez quando o telefone tocou e o pai anunciou que era Baby. Largou o que estava fazendo atrás da porta fechada e correu até a sala para atender.

Aos berros, do outro lado da linha, Baby anunciou:

— Passeeeeeeeei!

Inácio sabia. Tinha ouvido o nome dela no rádio e conferido no jornal, na lista dos aprovados em arquitetura. Até olhou para os lados para localizá-la no meio da confusão de gente eufórica com a aprovação ou em depressão pelo fracasso — mas, naquele mar de lama e emoções conflitantes, era difícil diferenciar uma pessoa da outra. Pensou em enquadrar a edição do jornal do dia

17 de janeiro de 1980 e dar de presente à garota que o obrigava a se limpar com o lençol quando acordava, mas concluiu que era coisa de velho. Ela seria arquiteta, e ele, engenheiro civil, como o pai. Inácio só completaria dezessete anos em fevereiro e não tinha ideia do que queria ser. Decidira-se pela engenharia porque, diante da falta de opção melhor, era uma boa forma de agradar a família. Joel era um funcionário público tecnicamente capaz, sempre preparado a resolver problemas criados pelos colegas de menos talento. Saía sempre às oito pela manhã e estava em casa às sete da noite, a tempo de lavar as mãos antes do jantar. Havia prosperado o suficiente para estabelecer-se no Arpoador. Da porta para dentro, no entanto, Joel mantinha a austeridade de sempre. Dizia para Inácio que não tinha com o que se preocupar. A engenharia civil era uma aposta segura: havia ancorado a economia do país na década anterior e certamente serviria ao mesmo propósito nos anos 1980. Uma lógica matemática.

Caso Inácio tivesse discutido com o pai sobre a opção de carreira de Baby, Joel provavelmente diria que era uma boa escolha para uma mulher, um ótimo trabalho de meio período ou então uma graduação que poderia ser usada como tópico de conversa em festas que reuniam casais abastados. Na visão do pai, diria Inácio, a situação profissional ideal de uma mulher deveria ser como a de sua mãe: pedagoga por diploma e do lar por dever. Quando o filho lhe contou que iria com Baby a uma festa na Barra, e que ela passaria para buscá-lo, Joel não fez perguntas sobre aonde exatamente iriam nem sobre a carteira de habilitação da garota — apesar de poder calcular que ela não devia ter uma —, mas mencionou que os avós haviam se programado para vir jantar e dar-lhe os parabéns pela aprovação na federal. Isso era o bastante para Inácio saber que deveria ficar em casa. O filho ignorou o recado por completo e, num primeiro ato de revolta desde que se entendia por gente, tirou de uma caixa os mil cruzeiros que o avô lhe dera de Natal e enfiou-os na meia que se estendia até quase os joelhos. Agora que seria engenheiro, que havia dado a Joel o que queria, precisava impor algum tipo de limite às expectativas paternas. Vestia uma camiseta branca Ocean Pacific já meio justa e short curto amarelo, com aberturas arredondadas ao lado das pernas, parecidos com os que a seleção brasileira havia usado na Copa de 1978. Não se lembrou de conferir se parecia ridículo — se pensasse nisso, provavelmente perderia a coragem de contrariar Joel. Queria saber onde a noite acabaria, mesmo que acabasse mal, e não podia se dar ao luxo de perder tempo.

Correu até a Vieira Souto e esperou. Um varapau de amarelo e branco que se notava de muito longe. Suava sob o sol, mas estava ansioso demais para procurar uma sombra. Ou era Baby que sempre demorava muito a chegar ou Inácio que mal conseguia esperar para vê-la. Olhava o relógio digital e via os segundos transformarem-se em minutos, mas não podia voltar. Como ocorria no pátio da escola, nos dias em que ela lhe concedia alguns minutos de seu tempo, Inácio recebeu uma descarga de felicidade quando Baby piscou os faróis do Fusca 66 que o pai conservava havia anos em um edifício-garagem do bairro Peixoto. Não era raro que as conversas de Inácio com Baby se concentrassem na história meio triste do pai dela. Aposentado por invalidez ainda antes dos cinquenta anos, seu Diniz passava a maior parte dos dias relembrando os velhos tempos com os amigos da praça e jogando dominó. Era um homem que havia desistido de seguir adiante na vida e que agora passava um carro velho, seu maior bem, à filha única — uma forma de conceder, talvez por preguiça, um passaporte para a idade adulta à menina.

Inácio poderia ter perguntado por que Baby havia reaparecido depois de meses. Poderia ter questionado por que, entre todos os amigos que ela tinha, fora ele o convidado para a estreia dela atrás do volante. Mas teve medo de que a explicação, de alguma maneira, desconstruísse o caráter especial da ocasião. Os dois nem conversaram muito no trajeto. Desde que eram pequenos, a presença de Baby sempre trouxera um silêncio bom. Em vez de tentar encontrar algo para falar, Inácio preferia observar e sentir: a trança improvisada que ela havia feito em parte do cabelo, o jeito como o sol começava a se pôr no horizonte, o modo como o vestido branco de lese se assentava sobre o corpo dela, o cheiro de pó das construções que se erguiam à beira da orla e pelas largas avenidas. Os edifícios do tipo ostentação, que competiam uns com os outros pelo título de mais nobre, aos poucos foram ficando para trás, dando lugar a casinhas simples. Depois vieram os matagais, os descampados e o mar revolto e deserto. Grandes extensões de areia e barulho de arrebentação. Inácio se imaginou fugindo com Baby, abandonando a rotina familiar e a universidade. Queria começar uma nova vida em uma praia qualquer. Enquanto ele se perdia nos próprios pensamentos, Baby parou em um morrinho vazio, onde se via apenas vegetação rasteira. As ondas batiam, mas muito longe, discretas. Inácio sentia um misto de medo e excitação.

— Seu pai não disse que era pra você ficar na Zona Sul? — disse Inácio, quebrando o silêncio, meio a sério, meio rindo.

— Hoje não há limites — respondeu Baby.

— E pra onde vamos?

— Pra lua — retrucou ela, sorrindo.

O mar estava diante deles, mas o breu da noite que caíra não permitia que enxergassem muito longe.

Baby tentou sintonizar uma rádio, mas só se ouvia chiado e estática; as ondas das FMS da Zona Sul não se propagavam tão longe. Então, ela tirou do porta-luvas uma fita cassete, mas nada parecia certo: ela apertava o botão "FF" como se estivesse em busca de algo específico. De repente, parou em uma melodia que não era familiar para Inácio, que não fazia parte dos clubes de troca de discos da escola. A cultura musical da família dele se resumia aos discos de fim de ano de Roberto Carlos. Ele ultimamente se dedicava a traduzir as letras das canções do Air Supply para uma rádio. Assim, completava os trocados que ganhava como monitor na Cultura Inglesa — no processo, até passou a gostar de "Lost in Love", que tocava sem parar. Assim que começou o refrão e Inácio já se acostumava com aquele som meio esquisito, Baby tirou da bolsa um baseado, presentinho que havia ganhado de um amigo. Ela era virgem nessa área e ele, obviamente, também. Baby se engasgou com os pedacinhos de erva que se soltavam do cigarro precariamente enrolado e tossiu ao dar a primeira tragada. Inácio concentrou-se e, para a própria surpresa, saiu-se um pouco melhor. Uma tossidinha de leve. Mal sentia o próprio corpo quando apertou o "REW" para voltar a fita.

— Gostei dessa música. Quem é? — perguntou.

— Você não conhece Bowie? — devolveu Baby, deixando escapar um desdém carinhoso.

— Não.

Geralmente, em uma situação dessas, Inácio mentiria, para parecer na moda, para mostrar que era legal, mas estava chapado demais para inventar uma história.

— De que planeta você é? — brincou ela.

— Marte — disse Inácio, depois de um silêncio prolongado.

— Que coincidência, ele também — respondeu Baby, sorrindo.

E então ela o beijou. Sem aviso. A língua de Inácio estava um tanto amortecida, mas voltou ao normal no mesmo instante. Era preciso estar atento, registrar cada segundo, recuperar todos os sentidos só para perdê-los no momento seguinte. Levou um tempo até se acostumarem ao ritmo um do outro, mas aos poucos tudo começou a se encaixar. Ele apertava os braços dela com força, mas sem machucá-la. Baby encarregou-se de deixá-lo tocar seu seio esquerdo. O elástico frouxo do short de Inácio foi vencido pelo ímpeto de aproveitar o momento, e ele surpreendeu-se ao se perceber mais hábil do que antecipara, ao não se ver vencido pela timidez. Sem saber o que fazer, mas também sem precisar de um manual de instruções, ele guiou a mão de Baby até onde queria. Sentiu o toque de leve, com a ponta dos dedos. Em seguida, as mãos dela passaram a se movimentar com habilidade. Ele prendeu a respiração por alguns segundos e sentiu-se sufocar. Os olhos de Inácio se fecharam com força e ele soltou um único grito, oco e seco. Quando deu por si, viu que o painel do Fusca de Baby não estava mais tão imaculado. Ela recorreu ao porta-luvas, onde trazia um rolo de papel higiênico por recomendação do pai. A ideia era limpar o vidro embaçado em dias de chuva, mas também serviria a esse propósito. Inácio estava envergonhado e agitado, com o pênis, que se mantinha firme, ainda para fora. Baby parecia um tanto nervosa, mas satisfeita, e ele teve a impressão de que ela estava no controle da situação. Que, de alguma forma, tudo aquilo fazia parte do plano para aquela noite.

Agora que tinham se acalmado um pouco, apesar de os corações continuarem disparados, percebiam que "Changes" ainda tocava no mais alto volume, mas não mexeram na fita nem tentaram encontrar outra música. A voz meio estridente de Bowie combinava com aquele momento. Recostaram-se nos bancos para ganhar fôlego. Baby abriu a janela e deixou o vento entrar. Olharam-se. A respiração de ambos se normalizava aos poucos. Inácio primeiro sorriu e depois riu. Seu corpo estava elétrico. Baby propôs que fossem para a festa, pois já estava ficando tarde. Mas ele fez que não, voltou a música e propôs que a escutassem mais uma vez. Ela assentiu. Inácio precisava de tempo. A vida, enfim, começava.

Baby

Baby planejou o dia com cuidado. Sabia que teria um carro para levá-la longe o bastante. Queria estar no controle da situação, tudo aconteceria de acordo com seus termos. Era preciso ser meticulosa e saber quando e com quem — assim, se decidisse abortar os planos na hora, não correria o risco de um mal-entendido ou algo pior. Revolução sexual, pílula, divórcio... Tantos avanços que, na prática, ainda eram belas teorias. Nas cabecinhas da Zona Sul, as mulheres ainda eram divididas em dois grupos: as santinhas e as vagabundas. Baby não acreditava que a vida era assim sem matizes, mas esse era o pensamento que reinava em seu restrito círculo de amizades. Não tinha exatamente um "alvo" preferido para pôr seu plano em movimento. Estava convicta, no entanto, de que Otávio, que a pedira em namoro, simplesmente não era uma opção. E nenhum dos colegas de escola lhe parecia tão mais qualificado nesse quesito do que os outros. Escolheu, então, o caminho mais seguro: alguém que não usaria a experiência para se vangloriar para outros garotos. Nesse jogo de xadrez, a peça mais fácil de ser movida no tabuleiro era Inácio. Tinha caráter para não sair revelando intimidades em público — e, mesmo que contasse vantagem, Baby achava que ninguém acreditaria nele. Foi a opção certa. E agora sua curiosidade quase científica sobre o assunto havia sido satisfeita. Ao chegar na festa dos aprovados no vestibular, para a qual tinha arrastado Inácio, Baby quase se deixou levar pelo gosto inesperadamente doce da intimidade. Mas decidiu seguir o plano original: era hora de livrar-se da cobaia de seu experimento.

Tratava-se de uma troca justa: ambos conseguiram o que queriam. Baby sabia que Inácio teria levado uns bons anos para chegar ao ponto que, por suas mãos, atingira naquele dia. Era um favor mútuo. Após a febre de ternura que sentiu pelo amigo por alguns instantes, era imperativo mostrar a ele que, no fim das contas, os gemidos no Fusca não tinham significado nada.

À medida que se aproximavam da casa onde a grande festa se desenrolava, ouviam a música ficar mais alta. Foi difícil estacionar o carro, pois as ruas laterais estavam lotadas de Passats, Corcéis e Brasílias — veículos presenteados ou emprestados por pais inebriados com o fato de os filhos terem se tornado universitários. O barulho se estendia por várias quadras. A todo volume tocava "Le Freak", do Chic. Eram os últimos embalos da disco, mas ninguém tinha sido avisado disso. Enquanto rodeavam pelo mangue que cercava a casa da festa, encontrando os primeiros estudantes embriagados pela euforia da aprovação e pelo álcool, Baby teve uma leve recaída. Os cabelos de Inácio haviam caído sobre o rosto e, por um momento, ela o viu sob outra luz. Quase sucumbiu ao momento de ternura e pensou em beijá-lo novamente ao sentir algo de adulto em sua expressão. Mas não podia se apaixonar por ele — devia, como todas as mulheres, pesar bem as opções e traçar uma estratégia. Respirou fundo e controlou o impulso. Despediu-se sem tocá-lo, só com um tchauzinho casual.

— Vejo você mais tarde. Aproveita a festa — disse.

Baby notou a confusão no rosto de Inácio, mas não podia voltar atrás. Pensou que o short amarelo e as meias brancas compridas o deixavam em uma posição ainda pior, mas de certa forma combinavam com o rosto de menino sexualizado, uma fantasia de animadora de torcida americana de gênero invertido. De maneira um tanto perversa, a troca de papéis lhe agradava. Enquanto se distanciava dele, deixando-o no meio do gramado com aquela roupa inadequada, teve o ímpeto de virar-se e pedir que Inácio ficasse junto dela, que circulassem de mãos dadas. Não tinha certeza do que sentia: se era atração ou pena, amor ou compaixão. Resolveu ser forte, era preciso tomar uma decisão, continuar livre, manter as opções abertas.

Assim que chegou à varanda e sentiu-se a salvo, a última pessoa que Baby queria ver se materializou diante dela. Era Otávio, que ela jamais esperaria encontrar por ali, numa festa de calouros. Ele lembrava esses atores de vinte e cinco anos tentando se passar por jovenzinhos em filmes de Hollywood. As notícias corriam mesmo rápido no circuito Ipanema–Copacabana, e ele confessou que esperava a chegada dela. Baby deu um sorriso amarelo — como era possível Otávio ser incapaz de perceber que ela se esforçava, tentava, mas não conseguia suportá-lo? Ele representava tudo o que os pais de Baby queriam para ela: rapaz de boa família, com genes saudáveis, sorriso de uma franqueza meio imbecil e, claro, uma herança generosa. E tão importante quanto o dinheiro: um "nome". Otávio a idolatrava, mas exercia nela o efeito daquele gambá apaixonado do desenho animado. Virou-se para procurar Inácio, mas ele, sem saber o que fazer, havia encontrado alguém para conversar: um rapaz que tragava o cigarro como se fosse protagonista de um filme francês. Era muito tarde para gritar por socorro.

A teórica perfeição de Otávio fazia Baby se lembrar dos pais, as pessoas que ela menos admirava no mundo. Ressentia-se de Diniz por ter desistido da vida, por passar os dias esperando a morte sob as árvores do bairro Peixoto, e desprezava a mãe precisamente pela razão oposta. Norma nunca se dava por vencida: depois de falhar, de deixar-se levar pelo sorriso fácil e pela gaiatice de Diniz, de casar-se por amor em um momento em que os sentimentos cegaram seu infalível pragmatismo, estava empenhada em garantir que a única filha não desviasse da rota. Uma mulher tinha de saber se proteger, era necessário senso prático para não terminar os dias fazendo contas, equilibrando cheques pré-datados e suplicando paciência ao síndico e aos cobradores. Escolher Diniz fora um erro, ela não cansava de lembrar isso a si mesma, à filha e ao próprio marido. Embora Norma conseguisse despertar inveja nas amigas da Zona Norte por morar em Copacabana, tinha de fazer ginástica para que os vizinhos não descobrissem que o marido ganhava apenas sete salários mínimos de pensão por invalidez e que a filha só frequentara colégio pago graças à tia que trabalhava na área administrativa e lhe garantira bolsa integral. Baby tinha uma missão: tirar a família da situação precária, salvar a mãe da possibilidade de ter a pobreza descoberta a qualquer minuto. E o pedido de namoro de Otávio, essa paixão cuidadosamente alimentada por Norma, era a solução para todos esses problemas.

Mas não essa noite, não ainda. Talvez o efeito da maconha a impedisse de mentir. Baby fazia um grande esforço para não cobrir Otávio de grosserias enquanto ele a seguia como um cão fiel. Deixava que ele se mantivesse por perto, mas optava por se fazer de distraída e removia a mão dele a cada tênue tentativa de tocá-la. Explicava que era dia de comemoração e que não veria mais aqueles amigos de colégio, pedia a Otávio que lhe trouxesse uma bebida, perguntava se ele tinha um cigarro, qualquer coisa por uns segundos de paz. Ela se movia pela festa, recusava convites de outros rapazes para dançar e esbanjava uma alegria calculada. Bancava a maluquinha despreocupada, mas sentia-se impelida, de tempos em tempos, a descobrir o paradeiro de Inácio na festa. Para sua surpresa, ele não só permanecera, mas parecia suficientemente enturmado. Estava curiosa sobre o rapaz que continuava a rodear o amigo, tentava discretamente reunir informações sobre ele. Era estudante de comunicação da puc e tinha vinte e um anos. Alguém ouvira falar que ele havia morado em Londres e sabia tudo de música. O pai era rico, empresário, executivo ou algo assim. Uma amiga do colégio contou que o nome dele era César e emendou: "Bonito, não?". Baby achava que era mais do que isso: havia algo magnético nele. Nunca havia sido visto com menina nenhuma. Alguém disse ter certeza de que ele era bicha.

As músicas lentas começaram — eram a deixa para o beijo que Otávio esperava ganhar. Baby logo pediu outra cerveja. Ele perguntou se poderia ser Brahma. Ela disse que sim, qualquer uma gelada. Otávio imediatamente foi à cozinha, enquanto Baby saiu quintal afora, assim que "Sharing the Night Together" começou a tocar no três em um. No gramado, percebeu que Luiza também estava perto de Inácio. Vivia atrás dele — mas só agora Baby se dava conta de que se importava com isso. Desejou que a fila das bebidas estivesse longa e que Otávio demorasse muito.

Naquela noite, não traçaria estratégias para proteger a própria reputação e não permitiria que Luiza dançasse aquela música com Inácio. Não pensaria nos problemas de Norma, que havia reformado a sala para receber as amigas ricas enquanto os quartos continuavam com as paredes descascadas e o cano do banheiro vazava no apartamento de baixo. Não se lembraria da mãe chorando na frente do gerente do banco, que lhe tirara a categoria de cliente especial, mas que, por pena, não confiscara os talões antigos, que agora ela usava com parcimônia. Nada de passar cheque especial na quitanda, somente na frente de quem interessava. Ainda tinha um talão inteiro na gaveta de documentos. Se Otávio era o passaporte para o fim desse tipo de humilhação, ela estava prestes a cancelar a viagem. Não pensaria no bem da família, na sobrevivência, em nenhuma das coisas que Norma recomendava. Estava bêbada demais, meio chapada, e de repente se via estranhamente atraída pelo idiota que viera de short a uma festa de universitários.

Enquanto Dr. Hook cantava para que eles compartilhassem aquela noite, "ah-yeah, alright", Baby parou no campo de visão de Inácio — sabia que, de tempos em tempos, ele olhava ao redor para procurá-la. Seria imprudente, jogaria tudo para o alto por Inácio? Logo por *ele*? Sentiu suas veias do pescoço saltarem assim que Inácio, segurando uma bebida colorida não identificada — Cinzano? — deixou Luiza. Ele caminhou até Baby com passos lentos, resolutos, em uma demonstração de confiança provavelmente alimentada pelo álcool. Antes que ele chegasse muito perto e Baby pudesse sentir o hálito de chiclete causado pelo drinque e o coração dele pulando do peito ao abraçá-la, ela fechou os olhos e esqueceu todos. Só existiam os dois naquele gramado.

De repente, a música ficou baixinha. Baby mal escutava o ritmo, a mãe já não existia, muito menos Otávio ou até o Fusca 66, que certamente seria vendido nos próximos meses para pagar algum empréstimo.

— Vai ser difícil a gente dançar com esse drinque — disse Baby, tentando quebrar um pouco a seriedade da situação.

A brincadeira era uma forma de respirar, de recuperar um pouco de terreno, de restabelecer domínios, e fazer Inácio recuar um pouco.

Nada feito. Ele não voltaria atrás. Não disse nada. Jogou o drinque longe.

Ela se apavorou com a possibilidade de que o pênis dele saltasse do short novamente, na frente de todos, mas tudo parecia sob controle. Antes de Baby ter tempo para qualquer pensamento feminista, ele a beijou, língua e tudo, e ela retribuiu. Tudo ficou um pouco fora de esquadro, mas se encaixou aos poucos. Houve gritinhos e palmas de aprovação e surpresa.

Ela sairia com Inácio da festa e terminaria o que só havia começado. Em questão de horas, o menino parecia ter crescido, ganhado confiança. Voltaram ao mesmo lugar, no mesmo Fusca. Enquanto ouviam o som da arrebentação, os vidros do carro ficaram embaçados. Baby percebeu em Inácio uma repentina segurança, uma habilidade natural.

Só quando o dia amanhecia ela lembrou-se das dívidas da família, dos conselhos da mãe e da existência do candidato a namorado que poderia salvá-la da pobreza. Mas não importava.

Otávio que se fodesse.

César

O que mais doía era admitir que estavam certos. Passara tanto tempo se esquivando, escondido, buscando uma identidade diferente. Bicha, gay, veado e — o pior de todos — boneca. De todos os xingamentos, este último doía especialmente, ficava cutucando a alma até uma dor física tomar conta dele. Quando descobriu que era bicha mesmo — não daquela forma teórica de criança, mas da maneira prática e suarenta dos adultos, uma força estranha que o atraía para o lado aonde não deveria ir —, César fez tudo para ignorar, postergar, espantar a realidade. Mas a verdade estava ali e, por mais que se esforçasse, via-se prestes a ser descoberto. Seu segredo era aberto, um cartaz exposto em praça pública para ser filmado por uma rede de televisão. Olhava as revistas pornográficas que passavam de mão em mão no colégio e seus olhos ignoravam as mulheres de pernas abertas e seios fartos. Concentrava-se não apenas nos dotes dos homens, mas principalmente em seus rostos enfeitados por bigodes de cafajeste e nos peitos peludos, predicados indispensáveis para quem enveredava por essa linha de trabalho na década de 1970.

O segundo grau, no Santo Inácio, passara sem grandes incidentes. Os cochichos ficaram mais discretos e, por algum tempo, todo mundo parecera se esquecer de torná-lo alvo da inquisição. Fora poupado da fogueira na qual todos os homossexuais deveriam ser jogados depois da devida humilhação com insultos. Passara pelas aulas de educação física e pelos banhos coletivos após a natação sem nenhuma ereção fora de hora, controlara-se para não confundir amizades com ofertas de afeto. Esforçara-se para evitar olhar por muito tempo para os colegas de braços torneados. Não nutria paixonites por mais de cinco minutos, dava um jeito de sair quando conversas sobre coxas femininas dominavam a hora do lanche, refugiava-se em um canto com seu walkman amarelo para evitar que alguém perguntasse se já tinha comido alguém. Pelo menos até agora, havia conseguido evitar o caminho que sabia ser inevitável. Nos últimos tempos, no entanto, depois da faculdade, uma vontade voraz e incontrolável fazia seus pés desviarem do caminho de casa e, quando dava por si, estava diante da Sauna Leblon. Era sua referência de um mundo que lhe causava, em igual medida, atração e repulsa. Tinha de descobrir por si mesmo. Não havia ninguém para ensiná-lo, nenhuma turma para dividir o peso. Falaria com quem? Como se inicia um assunto desses? Quer dizer, César já sabia o que fazer, mas tinha dúvidas de por onde começar.

Até então, o máximo que fazia era perambular ao redor daquele estabelecimento com cara de respeitável, paredes brancas e um simples letreiro azul até decidir ir embora. Alguns homens chegavam fazendo barulho, trocando beijos, mas isso era raro. A maioria aproximava-se olhando para os lados, para se certificar de que não havia alguém conhecido ali. Era preciso mais cuidado ainda na saída. Todos eram inocentes da porta para fora, mas, uma vez dentro, não dava mais para alegar uma reunião de trabalho num edifício próximo. Todo mundo sabia o que se passava dentro da Sauna Leblon, e quem não sabia ao certo imaginava coisa ainda pior do que a realidade. César decidiu atravessar a rua e entrar, pelo menos para saber como era a recepção. Nada fora do comum: móveis de madeira e um atendente com um rosto respeitável, um trabalhador como todos os outros, usando uma camisa polo branca muito justa — o nome dele, Henrique, bordado em linha azul no lado esquerdo do peito. Sorriso farto no rosto, dentes brancos e meio tortos. Trinta anos, talvez um pouco mais. Pilhas de toalhas e sabonetes, cheiro de eucalipto. Os olhos de César registraram o máximo de informações e finalmente se fixaram na discreta tabela de preços. Ir para o inferno custava o equivalente a três discos novos. Quando o recepcionista perguntou se poderia ajudá-lo, César correu porta afora, fugindo como um cachorro assustado com o estouro de um escapamento.

Precisava arranjar dinheiro. César acabara de voltar de um intercâmbio em Londres e tinha em mãos uma forma de garantir faturamento rápido: sua cópia do álbum *The Wall*, do Pink Floyd, que ainda não tinha sido lançado no Brasil. Era um tesouro que poderia ser passado adiante. Ele teria de agir rápido. Ao chegar em casa, estava tão ofegante que Selma, que corrigia provas na sala de jantar, perguntou se estava tudo bem com ele. Disse à mãe que sim, resoluto. Ela tirou os óculos e olhou para aquela criatura desesperada, até pensou que o filho tivesse sido assaltado. Mas não, tudo estava no lugar, carteira no bolso. César avisou que sairia de novo — o que ela não tomou como novidade. Precisava pensar rápido; se vendesse logo o disco, não teria como voltar atrás.

Tiago tinha cara de estúpido e estava disposto a tudo pelo *The Wall*. Não porque tivesse bom gosto musical, mas porque era guiado pela necessidade de provar-se melhor do que os outros. Tudo bem para César, isso serviria a algum propósito agora.

César ligou, mas Tiago não estava em casa. A empregada informou que ele havia ido à aula de tênis no clube e não voltaria antes das quatro. Deixou recado. Com cuidado e reverência, César colocou o álbum para tocar e encontrou um par de fitas cassete novas para fazer sua cópia — ficaria sem o LP, mas não sem escutar "Comfortably Numb", que adquirira um sentido transcendental para ele. Para evitar conflitos com o pai, plugava os enormes fones de ouvido no aparelho de som e desaparecia. Tudo sumia: a faculdade, a guerra silenciosa que se estabelecera entre Selma e Roberto, o barulho dos automóveis da Ataulfo de Paiva, os garotos que jogavam vôlei de sunga na praia. Restava um vazio reconfortante, como o barato de uma droga perigosa.

Às quatro em ponto, Tiago retornou a ligação. E não precisou de muito convencimento para pagar o equivalente ao valor de seis discos de novela da Globo pelo ainda inédito do Pink Floyd — César passou na Modern Sound para conferir o preço de *Pai herói internacional* e, assim, definir o valor adequado. Ao perceber que se tratava de sua única chance, daquelas que a gente pega ou larga, Tiago concordou em pagar o preço cheio. Perguntou para que César precisava tanto de dinheiro. A resposta que recebeu — maconha — era razoável. Droga boa era caro. Mas César se perguntou se o aroma de sua colônia e a calça Fiorucci que vestia não o denunciavam: ele estava arrumado demais para ir à boca de fumo. Quando se encontraram, no fim da tarde, sentiu que Tiago estudava sua roupa e seu corpo, ou talvez fosse apenas impressão. Estava muito nervoso para pensar em qualquer coisa direito. Surpreendeu-se quando o colega sacou um baseado da mochila e o escondeu, habilmente, no bolso dianteiro de sua calça.

— Pra você ir treinando — disse Tiago, com um meio sorriso.

César sorriu de volta, sem entender muito bem o significado do olhar que recebera e o gesto que se seguiu: Tiago escorregou o rolinho de dinheiro referente ao pagamento pelo disco no bolso do lado oposto. A única reação que teve foi entregar a obra-prima do Pink Floyd ao novo dono. Despediram-se sem aperto de mãos. César saiu de cabeça baixa, como se sua próxima parada pudesse ser descoberta. Duas semanas mais tarde, Tiago daria uma festa em que a única atividade seria escutar álbuns trazidos do exterior. Quando lhe perguntaram como obtivera a cópia do *The Wall*, mentiu e disse que um primo trouxera de Nova York.

César poderia ter abortado os planos, pensado melhor, mas não o fez. Já era noite e, da calçada, podia-se ouvir baixinho Morris Albert cantando "Feelings" no sistema de som que animava a recepção do estabelecimento. Não era uma escolha muito atraente, mas, considerando o momento, também não era ameaçadora. Ele poderia lidar com Morris Albert. Aproveitou a entrada de dois homens — ambos mais velhos, já na casa dos quarenta; um usando uma camisa bordô e o outro, terno e gravata — para se misturar a eles e formar uma fila para pagar por toalhas e um guarda-volumes. Um rosto conhecido: mesmo tantas horas mais tarde, Henrique ainda estava lá. O fato de estar ao lado de dois senhores que pareciam desesperados por companhia masculina não fazia César desaparecer, como ele gostaria, mas sim se destacar. Percebeu que os braços de Henrique contrastavam com a polo branca. Eram bronzeados e tinham pelos muito negros. O atendente o reconheceu e agiu de uma maneira amigável.

— Por que não se senta e espera um pouco? Vou atender os senhores aqui e em um minuto falo com você — disse Henrique.

César se sentou e tentou agir normalmente, fixar o olhar em um ponto e controlar a respiração. Prestou atenção às regras da casa, que Henrique explicava aos homens, aparentemente frequentadores assíduos. O atendente entregou as toalhas aos clientes com um sorriso calculado e deu a volta no balcão, sentando-se ao lado de César.

— Então você voltou.

— Aparentemente, voltei — respondeu César.

— Vocês sempre voltam. Às vezes nem tão rápido, mas voltam.

— Trabalha aqui há muito tempo?

— Tempo suficiente.

— E você gosta de trabalhar aqui, Henrique? — disse César, apontando discretamente para o nome bordado no tecido.

— É melhor do que passar a madrugada sem camisa esperando os carros pararem numa viela da Lapa. Mais confortável.

— E aqui você ganha camisas com seu nome.

— Essa é a minha camisa de quinta-feira. Aqui você pode usar o nome que quiser — brincou Henrique.
— Uma identidade para cada dia da semana.
Henrique riu.
— Meu nome é Henrique, mesmo.
Os dois riram.
— E você, como se chama?
— César.
— É um belo nome. Prazer em conhecer, César.

Após um aperto de mão e um sorriso, Henrique voltou a ser apenas o atendente e perguntou se ele gostaria de uma barra de sabonete — Lux luxo —, e, na dúvida, César balançou a cabeça afirmativamente. Um kit de sobrevivência na sauna logo se avolumou sobre a mesa: além do sabonete, toalhas de banho e de rosto e uma chave para o armário onde guardaria suas coisas.

— Quanto eu devo? — perguntou César.
— Nada — respondeu Henrique. — Aqui mando eu. E boneca nova não paga.

César nunca ouvira alguém usar essa palavra sem a intenção de ofender, e ela agora ganhava um novo significado.

O recepcionista disse que, nos últimos tempos, vinham trabalhando para reduzir a idade média dos frequentadores. O segredo da prosperidade, nesse modelo de negócio, é a variedade. Ninguém quer ver um monte de sacos de ossos velhos ou barrigas de cerveja. Enquanto Henrique lhe dava essas explicações, as veias do pescoço de César ainda pulsavam de excitação. O tom meio professoral e o sorriso de canto de boca ajudavam a confortá-lo.

— Posso levar meu walkman comigo? — perguntou César, referindo-se ao aparelho amarelo da Sony que carregava.

— Pode levar o que quiser. Mas essa coisa no ouvido não vai ajudar você a fazer amizades — provocou Henrique.

— Acho que vai me acalmar.

— Você quer uma cabine? — perguntou Henrique.

— Uma cabine? — surpreendeu-se César.

— Sim, um lugar para ficar mais à vontade. Sem tanta gente olhando.

Ele não sabia o que responder.

— Escuta — disse Henrique —, vá para a cabine sete. Meu turno está acabando e, se quiser, posso ir até lá daqui a pouco ver como você está, de repente posso ajudar você a relaxar. O que acha?

— Parece que vou ficar com a cabine sete — respondeu César.

— Sete é o meu número da sorte — respondeu Henrique.

Toalha enrolada na cintura e o torso, delgado e ligeiramente forte, à mostra, César deslizou rapidamente pelo salão com uma pequena piscina, decorado com colunas gregas de gosto duvidoso. Viu homens seminus sentados em lados opostos da mesma sala, num baile sem dança imaginado por Calígula. O ambiente parecia saído de um filme ou das páginas de um livro, talvez de alguma passagem da Bíblia que descrevia como viviam os habitantes de Sodoma e Gomorra. Mas eram apenas pessoas, nada mais, buscando proximidade, pensou César, o que havia de errado nisso? Mesmo assim, apertou o passo, captando o máximo de informações em questão de segundos. Refugiou-se na cabine sete. Lembrou-se de trancar a porta por dentro, como havia recomendado Henrique, já que uma fresta poderia significar, ali, festa aberta a todos os convidados. Sentia tudo e não sentia nada.

A fita que gravara mais cedo tinha um lado inteiro dedicado a "Comfortably Numb". Toda aquela repetição de acordes ajudava a manter a concentração. Como o volume estava no máximo, manteve-se encostado na porta para perceber quando Henrique chegasse. Assim, sentiria as batidas. Não conseguiu contar os minutos, mas não foram muitos. Um bom sinal, pois o recepcionista, tão experiente, também parecia estar ansioso. Abriu a porta e sentou-se o mais longe possível dentro do cubículo, deixando Henrique, também enrolado numa toalha branca, se acomodar perto da porta. De frente um para o outro, eles se olhavam, mas não se tocavam, pois César havia encolhido as pernas. Ele tirou o fone das orelhas, mas o volume era tão alto que ainda se podia escutar um pouco. Engoliu a saliva e examinou Henrique com mais cuidado. A luz amarelada e dura o deixava menos atraente do que sob as lâmpadas brancas da recepção. A linha de cabelo começava a ceder espaço para a calvície. Henrique abriu a toalha, revelando-se, mas manteve-se imóvel. O movimento não causou susto, o clima continuou levemente anestésico, o cheiro de eucalipto bem mais forte do lado de dentro. César pensou no baseado que tinha no bolso da calça, agora trancada no armário. Iria fumá-lo mais tarde. Sozinho, numa espécie de comemoração. Sem palavras, levantou-se. Em uma série de movimentos lentos, se aproximou mais e mais de Henrique. Molhou os lábios com a língua.

 E deu o primeiro passo.

Selma

Seria possível estar errada este tempo todo? Teria se enganado por vinte e dois anos? Não conhecia o homem que escolhera para si? Depois de muito tempo tentando não pensar nessas questões, ela não conseguia mais ignorá-las. Casara-se aos dezoito anos e, em setembro, completaria quarenta. Ela e Roberto tinham um casamento sólido, sob todos os aspectos, apesar das pequenas crises — se alguém lhe perguntasse sobre a união, ainda responderia que tinha um bom marido. Desde que César chegara à adolescência, no entanto, algo havia mudado. Roberto de repente lhe exigia uma escolha impossível: ele ou o filho. À medida que a personalidade de César se formava, com vontade própria e tão diferente do que ele tinha projetado e imaginado para o filho, o marido de Selma se fechara. Virou uma figura protocolar, distante e fria. Com César, nenhum conflito ou confronto, nenhuma palavra em tom elevado ou agressão. Os dois se ignoravam, sem coragem ou ânimo para iniciar um enfrentamento.

Selma sempre se julgara uma mulher de sorte. Na existência protegida planejada por Roberto, um mundo no qual só existiriam portos seguros e horizontes límpidos, a chegada de uma tormenta ou um leve tremor poderia colocar toda a edificação em risco. Selma passou pela repressão da ditadura, pela morte de amigos próximos em circunstâncias suspeitas e pela abertura política quase sem perceber. Estava imersa na vida criada por Roberto — seu trabalho era evitar rachaduras em uma estrutura tão sólida. Para o marido, planos devem ser cumpridos, e não adaptados. Teria o fim começado dez anos antes, quando ela decidira não ter um segundo filho para terminar o mestrado? Ou quando ela desobedeceu ao marido e foi visitar um amigo preso pela ditadura? A insistência em fazer aquele curso nos Estados Unidos? Ou a nunca discutida, porém cada vez mais evidente, homossexualidade do filho?

Qualquer sinal de ambiguidade era uma ameaça para Roberto. Foi assim quando Selma cortou o cabelo curto igual ao de Mia

Farrow e ele lhe perguntou se ela achava aquilo apropriado. Ou quando ele disse que *Bob & Carol & Ted & Alice* era uma pouca vergonha, que marido e mulher não deveriam assistir juntos a uma coisa daquelas. A prova concreta de que o diferente o assustava mesmo foi quando Roberto saiu no meio da sessão de *Taxi Driver*. As fissuras formaram um abismo que começou no campo intelectual, mas logo se estendeu ao físico. Aos poucos, Roberto se preocupava mais e mais em proteger suas conquistas. Desejava entrincheirar-se em condomínios fechados, mandara blindar o Alpha Romeo. Consumia e celebrava tudo o que considerava sinal de sucesso: jogava golfe, almoçava no Jockey Club, fumava charutos cubanos, vestia ternos caros, bebia Bourbon dezoito anos. Era um mundo de carpetes novos, papéis de parede com estampas florais, sorrisos falsos, fotografias em belos cenários. Tudo o que construíram juntos poderia ser vendido, trocado, melhorado, atualizado. Agora, compartilhavam coisas.

Selma assumia parte da culpa. Ao conhecê-lo, abrira mão da própria identidade para moldar-se a uma personagem imaginada pelo amado. Ambos moravam no Méier, mas se conheceram no Parque Shanghai, que na época ainda ficava na Quinta da Boa Vista — Roberto tinha vinte e dois anos e Selma, dezesseis. Sempre lembraria que conheceu o futuro marido semanas depois de Grace Kelly se casar com o príncipe Rainier de Mônaco. Copiara do guarda-roupa da princesa o modelo que usava naquela noite — um conjunto de saia longa, blusa e bolero, combinado com luvas brancas. Tudo de lã, como na foto, apesar dos quarenta graus na Zona Norte e de sua estatura diminuta, de um metro e cinquenta e sete. Vestida daquele jeito, parecia mais velha e almejava ser levada a sério. Roberto usava o cabelo bem assentado, terno com colete e relógio de bolso. Viram-se pela primeira vez, fantasiados de adultos glamorosos, diante do estande de tiro ao alvo. Ele a convidou para uma volta no chapéu mexicano — agora, tantos anos mais tarde, percebia que tinha sido o primeiro teste. Mas seus pais a haviam criado bem, para mostrar-se recatada. Disse não, já tinha de ir, não podia chegar em casa depois das nove, mesmo aos sábados. Se ele quisesse, poderiam se encontrar às seis da tarde do dia seguinte, naquele mesmo parque. E mencionou que gostava de rodopiar, mas não rápido demais, na xícara maluca. Permitiu apenas que Roberto lhe desse um beijo na mão, ainda devidamente coberta pela luva.

As semanas seguintes foram marcadas por sorvetes e passeios de mãos dadas, beijo na mão (sem luva) e no rosto. No domingo que selaria seu destino, Selma usava um vestido da irmã, apertado por um cinto, igualzinho aos da Doris Day. Ela havia assistido a *O homem que sabia demais*. Não entendeu a trama direito, mas passou dias pensando em Roberto enquanto cantarolava "Que será, será". O vestido era de algodão, estampado com pequenas gaivotas, e combinava com o dia de sol. Havia dispensado a irmã mais velha, que deveria vigiá-la — queria parecer respeitável, mas não antiquada. A saia, rodada, espelhava sua personalidade discretamente alegre e realçava seus predicados: os olhos verdes e os dentes bem alinhados. Era uma menina franca, saudável e disposta, e não faria feio como esposa de um contador.

Estava ansiosa e decepcionou-se ao perceber que o pretendente não estava no local combinado. Esperou quinze minutos, sem saber o que fazer. Percebeu uma pequena tenda: lemos sua mão, pague o quanto quiser, prometia o cartaz. Não havia fila. Tinha necessidade de saber se Roberto viria ou não. Precisava de respostas, não havia nada de errado em buscar um pouco de conforto.

Mas o que a cigana — ou adivinha — lhe disse levou-a muito além. Selma se casaria com um homem de negócios que ficaria muito rico. Sim, eles já se conheciam. Claro que, naquele momento, começou a planejar a cerimônia com Roberto, mais ou menos como aconteceria na realidade: casamento na igreja em que frequentava a missa desde menina, vestido branco com véu e grinalda, alguns meses depois de terminar o curso normal e de completar dezoito anos. No fim dos anos 1950, era tradição uma moça ser entregue a um homem pela família logo depois de completar a maioridade. Assim que saiu da tenda, Selma encontrou Roberto segurando uma rosa meio murcha por causa do calor, pedindo desculpas pelo atraso. Rodaram o resto da tarde na xícara maluca. Ela estava meio tonta quando ele a pediu em namoro, mas conseguiu dizer sim com um sorriso. Comeram cachorro-quente e dividiram uma Coca-Cola. Selma pensava em Roberto — que era bem-apessoado, mas não exatamente um galã — como seu astro de cinema. A vida podia ser como nos filmes.

No meio de tanta excitação, ao imaginar o desfecho perfeito para sua vida, Selma ignorou tudo o que a cigana dissera. Era como se as palavras "casamento", "conhecido" e "contador" tivessem feito sua mente se desligar e seus ouvidos sofressem uma falência temporária. Enquanto a sensitiva lia suas mãos e, em tom de preocupação, conferia o que via nas cartas de tarô, ela planejava a decoração da igreja, os detalhes do vestido e fazia a lista de casais a serem convidados como padrinhos. A adivinha disse ver, mais adiante, um caminho de sofrimento, uma provação difícil de ser descrita, pois viria de algo novo e fulminante — tão rápido e sem explicação quanto um enxame de gafanhotos destruindo uma plantação. Quanto mais a cigana se desdobrava para alertá-la, tentando explicar esse perigo ainda desconhecido, mais Selma se distraía. Ao virar a última carta sobre a mesa, decorada por tolos desenhos de estrelas e planetas, a adivinha lhe disse que não havia nada a fazer, que seu destino estava traçado. Uma sorridente Selma pagou o que lhe foi pedido com prazer.

Essa onda de lembranças foi interrompida pelo toque estridente do telefone. A secretária do marido, Sílvia, informava, de modo lacônico, que novamente Roberto não conseguiria chegar em casa a tempo do jantar. Selma não conseguia decidir se receber a notícia lhe causava ressentimento ou alívio. Não viu motivo para fazer o jantar. O apartamento estava em silêncio. Roberto dizia que ela nunca gostara muito de paz, parecia estar sempre buscando algo para fazer. Talvez ele tivesse razão: corria de um lado para o outro porque o tempo ocioso acendia o temor indefinido que sempre carregava consigo. É mais difícil ser capturado quando se está em movimento.

Gostaria de acreditar que seus medos não tinham razão de ser, mas, lá no fundo, ela sabia que esses flashes de um futuro sombrio eram palpáveis. Muito antes da cigana ou de Roberto, quando Selma tinha apenas doze anos, a então menina sentiu pela primeira vez uma pontada, uma soma de dor e angústia, bem no meio do estômago. Durou segundos, mas a sensação sufocante se repetia de tempos em tempos desde então. Era como se tivesse acabado de despertar de um sonho ruim. Seus olhos se apagavam por um minuto e, em algumas ocasiões, precisava segurar-se para não cair. Não havia explicação plausível para esses episódios. Iam e vinham com relativa frequência, e a sensação se dissipava tão rapidamente quanto havia chegado. Como não conseguia articular o sintoma, nunca o mencionara a ninguém. Era seu segredo mais íntimo, achava que assustaria a mãe e tinha receio de espantar Roberto com uma queixa tão pouco palpável. Em mais de duas décadas, jamais sentiu-se à vontade para revelar ao marido sua maior aflição — e não via razão para fazê-lo agora.

Já passava das onze quando César entrou no apartamento, usando suas melhores roupas e com o som do walkman a todo volume nos ouvidos. Não se falaram, mas ela sentiu odores conflitantes: maconha, desinfetante e sabonete barato. Uma dor no estômago lhe atingiu com toda a força e, mesmo sentada à mesa, ela precisou segurar-se para não cair da cadeira. Durou um segundo, talvez dois, e ela reabriu os olhos justamente no momento em que o filho veio até ela sorrindo e lhe deu um beijo. De tanto lidar com jovens na universidade, conseguia perceber com facilidade suas emoções, se estavam felizes ou tristes — por isso, soube que, para César, aquele fora um dia bom. Estava no alto da montanha-russa, pronto para soltar os braços e jogá-los para cima na inevitável descida. Selma ainda se sentia sobressaltada. Tomou mais um gole do vinho. Fechou os olhos e tamborilou as unhas bem cuidadas na mesa de vidro até encontrar um pouco de paz.

Rosalvo

O movimento do ônibus pelas rodovias malconservadas de Minas Gerais fazia o rosto de Rosalvo balançar — suas feições formavam um labirinto de rugas causadas pelo tempo e pelo sol, um emaranhado de histórias que começara no sertão paraibano e seguira num caminhão pau de arara até o norte de Minas, quarenta anos antes. Tinha vinte anos quando se despedira da mãe, já viúva. Comeu a última refeição preparada no fogão a lenha — quase uma fogueira, em que dona Dina cozinhava de cócoras — e saiu antes do amanhecer. Ela estava acostumada a despedidas: tinha perdido sete dos onze filhos, seis para febres fortes e um assassinado em frente de casa. Usou o dinheiro que não tinha para pagar por uma cruz que foi instalada diante da baiuca em que moravam. A última refeição de Rosalvo ao lado da mãe foi um caldo de quirera. Levou rapadura para roer no caminho — o doce matou a fome e o manteve alerta. Chegou ao Serro no meio de uma madrugada de verão, viu os casarões da praça central e pensou em prosperidade. Mas bastou andar por ali para perceber que, por trás das casas bem-caiadas, havia muito em comum com o sertão nordestino. Meliantes, retirantes e meretrizes se concentravam nas ruas laterais, dormindo ou não. Ele se acomodou num canto mais quieto, na calçada mesmo, e tratou de adormecer. Pelo menos o mundo parara de balançar.

Agora, o ônibus era do tipo convencional. Na poltrona ao seu lado, uma garota de vinte anos, que parecia se sentir segura e viajava sozinha, de short curto e camiseta regata, escancarou a janela, mas Rosalvo não reclamou do vento. Essa viagem era bem mais confortável do que a que ele fizera na juventude. Olhando para trás, achava que tinha lidado bem com as dificuldades. Criou os filhos e enterrou a esposa, conseguiu um bom lote no cemitério central e fez para ela uma cruz bem mais bonita do que a do irmão assassinado. Todos os seis filhos vingaram, tomaram vacinas e estudaram. Sonhara em ter um filho formado na universidade. Não chegou a tanto, mas as duas meninas se tornaram professoras primárias. Ganhavam pouco, mas tinham profissão. O primogênito, Genivaldo, o havia ajudado a cuidar da chácara — desde pequeno, cuidara das galinhas sem queixas. Rosalvo não gostava de pensar que a esposa se fora, mas sorria ao se recordar do quadro que ela bordou para decorar a sala, no qual se lia "Rosa e Rosalvo", ao lado de pássaros e flores. Um toque de romance inesperado no meio de tantas decisões pautadas pela necessidade. Mesmo ele sendo feio e cabeçudo, Rosa quis saber dele — vai entender as mulheres. Teve vontade de rir, mas não mudou a expressão. O ônibus freou, mais uma parada. Eram os pinga-pingas do Vale do Jequitinhonha, um amontoado de povoados poeirentos. Tanta gente entrando e saindo, ficava difícil saber o destino de cada um ou identificar quem era quem. Era disso que Rosalvo precisava para passar despercebido em sua fuga.

Havia tomado uma decisão sem volta. E tratou de pôr seu plano em prática. Decidira ir embora por uma boa razão. Tinha pressa, mas tirou um dia para organizar a vida dos filhos. Nenhum tinha sido um desgosto, Rosa e Rosalvo sabiam que cada pessoa era diferente e que era necessário controlar expectativas. Genivaldo pegara a fase mais pobre, estudara menos e era o mais responsável. Aprendera sozinho a ler, escrever e fazer contas — era especialmente bom em administrar a chácara. Tinha construído duas casas com as próprias mãos e se cuidado para ter só duas filhas. Era ele o mais indicado para fazer a partilha da propriedade entre os irmãos. Rosalvo ditou a Arquimedes, do cartório, um documento em que repassava a Genivaldo a responsabilidade de definir as regras para construção dentro da chácara. Caso o primogênito quisesse comprar a parte dos irmãos na granja, deveria pagar o preço de mercado, conforme avaliação de seu Pedro, dono da imobiliária central. Pensou em deixar uma mensagem para Genivaldo dizendo que se orgulhava dele, mas Arquimedes cobrava por página, então ateve-se a aspectos práticos. Pegou emprestado do cartório um envelope e pediu ajuda do funcionário para direcioná-lo ao seu próprio endereço. Rosalvo percebeu que o cartorário o observou entrar no correio, comprar selos e enviar a encomenda. Arquimedes fez tudo sem questionar, apesar de a caminhada até a chácara do granjeiro levar só uns vinte minutos, enquanto, pelo correio, o documento seria entregue em vinte e quatro horas.

Até o dia seguinte, Rosalvo já estaria longe. No Serro, comprou uma passagem até Milho Verde — onde poderia pegar o pinga-pinga rumo ao Rio de Janeiro, seu real destino. Para a jornada, resgatara a conta-poupança que ele e Rosinha mantinham na Caixa Econômica. Uma parte do dinheiro havia sido usada para pagar pela sepultura e para o coro da igreja cantar *A barca*, cântico preferido de Rosinha, durante o funeral dela. O que restava era suficiente para a viagem e para que sobrevivesse modestamente por um tempo. Primeiro cumpriria sua tarefa, depois decidiria o passo seguinte. Talvez voltar para casa, ou, quem sabe, reencontrar Rosinha.

Atravessou a praça central e subiu os degraus da escada de um vermelho meio marrom que levam à igreja matriz, que se impõe sobre a cidade da mesma forma que Deus reina sobre todos nós, conforme dizia o padre. Venceu os degraus, precisava se despedir da Nossa Senhora e do Menino Jesus. Não poderia mais rezar, esqueceria os cânticos, até os que memorizara graças à mania de Rosinha de cantarolá-los para passar o tempo enquanto esperava o queijo de manteiga atingir a textura ideal. O que ele pretendia fazer não combinava com a missão do homem de Deus que sempre havia sido. Ao quebrar a promessa de seguir o caminho dos justos, não poderia mais contar com auxílio divino. Havia passado noites em claro antes de se decidir. Sempre fora um homem de palavra, ainda mais consigo mesmo. Por isso, após rezar três padre-nossos e três ave-marias, circulou pela igreja uma última vez, beijando a mão e em seguida tocando os pés de cada uma das estátuas, num derradeiro gesto de submissão. Ao se encaminhar para a saída, fez menção de molhar a mão com água benta para fazer o sinal da cruz. Deteve-se. Era melhor renunciar aos velhos hábitos de uma vez. Ao sair, foi atingido pela claridade das quatro da tarde no Serro e encaixou o chapéu de palha na cabeça. Desceu a escada sem olhar para trás.

O ônibus parou mais uma vez. Sempre que isso acontecia, o humor dentro do veículo piorava. Era impossível não acordar com o barulho de estouro que a suspensão a ar fazia cada vez que a porta se abria. Depois vinha o farfalhar e os pedidos de licença em voz alta daqueles que tentavam se acomodar nos assentos não marcados. De vez em quando, alguém caía no choro e se pendurava na janela na hora da despedida. A menina que dividia a fileira com Rosalvo tinha jeito de rica e parecia cansada da experiência de rodar pelos rincões do Brasil — tinha condições de viajar com conforto, mas ainda faltavam muitas horas para que chegassem ao Rio de Janeiro. Nessa parada, marcada apenas por uma estaca azul desbotada enfiada na beira da rodovia, a espera não seria muito longa. Meia dúzia de pessoas esperavam para viajar, mas elas traziam uma quantidade enorme de malas velhas, trouxas de roupas e mantimentos. Rosalvo cobriu o rosto com o chapéu, esperando que talvez conseguisse adormecer, e pensou nos filhos.

Genivaldo, Gilson, Geraldo, Gilda, Gislaine. Os três meninos vieram em carreira: Genivaldo ajudava em casa, enquanto Gilson e Geraldo sonhavam alto. O primeiro queria ser jogador de futebol e, durante algum tempo, foi considerado o grande talento do Serro — o que mais tarde se revelou insuficiente para que ele se destacasse em um clube de Diamantina. Acabou pedreiro; por sorte, tinha boa mão para assentar azulejos. Já Geraldo puxou mais à família de Rosa e era disputado pelas mocinhas da cidade, mas afobou-se e engravidou uma prima de segundo grau, obrigando Rosalvo a fazê-lo se casar. Gilda e Gislaine foram boas meninas. Educadas pela mãe com mão de ferro, jamais usaram decotes ou tiveram tempo para amenidades. Viraram professoras, casaram-se, mas ainda não haviam tido filhos. Então, quando Gislaine tinha sete anos, veio o Marquinho. Decidiram quebrar a tradição de dar nomes com a letra G para homenagear seu Marcos, da mercearia. Desde que, por causa da qualidade da produção, ele começara a dar prioridade para os ovos de Rosa e Rosalvo, a situação da família melhorara: a chácara fora ampliada, ganhara cerca nova, e dois novos galinheiros puderam ser construídos. Era uma dívida de gratidão.

Bem quando o clima no pinga-pinga começava a se acalmar, uma onda de excitação tomou conta do ônibus — um burburinho temperado por insultos que começaram a sair das bocas de alguns homens, que assoviavam e urravam. Rosalvo levantou o chapéu que escondia seu rosto para entender o que ocorria, por qual razão palavrões eram agora distribuídos sem controle e flutuavam no ar rarefeito do veículo. Ali, no meio do nada, uma travesti havia embarcado no pinga-pinga. Os machos faziam questão de mostrar incômodo com palavras de baixo calão, que foram por algum tempo ignoradas. Quando um rapaz lhe passou a mão nas coxas enquanto ela buscava um lugar vazio entre os assentos no fundo, um grito em voz grave tomou conta do ônibus.

— Você quer morrer, filho da puta? — indagou a travesti. — Posso dar um jeito nisso agora. Você vai morrer nas mãos da Isabelle.

Isabelle calçava botas brancas na altura dos tornozelos, vestia calças jeans muito apertadas e um colete comprido sobre uma camiseta branca.

O rapaz deteve-se. Recebeu outra ameaça.

— Sou muito mais macho que você, seu corno — completou Isabelle.

Quando Marquinho completou quatro anos, o Marcos da Mercearia não parecia mais estar tão feliz com a homenagem. Se no dia do nascimento do menino ele havia mandado um pacote de doce de leite extragrande para a família, passou a desconversar toda vez que o fato de os dois carregarem o mesmo nome vinha à tona. Sugeria que dona Rosa escolhera o nome por causa de algum cantor ou ator famoso. A natureza do menino, em tão tenra idade, visivelmente já incomodava. O comerciante até disse que não era necessário que Rosalvo trouxesse o filho toda vez que tivesse uma entrega a fazer. Ofendido, pensou em romper a amizade e o contrato sem papel com o comerciante de secos e molhados, mas foi demovido pela esposa. Era preciso engolir o orgulho em nome da sobrevivência. Ele entendia muito bem disso, mas nunca mais olhou nos olhos do comerciante ao deixar as mercadorias. Era seu jeito de mostrar que as coisas haviam mudado. Seu Marcos não pareceu perceber, e assim ficaram as coisas. Marquinho cresceu e se revelou o mais belo da família. Aos poucos, Rosa e Rosalvo se acostumaram aos elogios à "menininha", ao ponto de desistirem de corrigir o engano. Quando Marquinho decidiu ir embora, aos quinze anos, os pais acharam que seria melhor assim. O Serro jamais o compreenderia. Deram-lhe todo o dinheiro que puderam e desejaram-lhe sorte.

Pelos cartões-postais que mandara por vários anos, sorte era exatamente o que havia encontrado. Sol e mar, montanha e mar, barcos no mar. A vida de Marquinho, que passara a assinar as correspondências como Eloá, havia se transformado. Às vezes mandava presentes para a mãe, uns cortes de tecido para ela costurar vestidos e maquiagens do catálogo da Avon. Agrados que, mesmo quando Rosa já estava doente, trouxeram alegria. O rei da boca lhe dera dinheiro para comprar. Seu homem era isso, seu homem era aquilo, mandava e desmandava na Rocinha. Vladimir era muito bom para ela. Tempos depois, no entanto, Eloá começou a mencionar nos cartões sua paixão, o Nenê, um homem bom de verdade — mas, ao contrário do corpulento Vladimir, ele jamais aparecia nas fotos.

Rosa, que lia e relia as aventuras no Rio de Janeiro, contou que Eloá — a esposa adotara o novo nome com naturalidade — dizia "obrigada" ao pai. Após a mulher falecer, ele continuou a guardar as correspondências que chegaram ao longo do ano seguinte, até que um dia a comunicação cessou. Nada de novidade da Rocinha nem de Vladimir nem de Nenê. Após meses de silêncio, recebeu uma carta anônima dizendo que Eloá desaparecera havia meses, que o barraco dela agora pertencia a outra pessoa. Tinham visto um cara arrastá-la para fora de casa. E mais nada. Nunca mais.

O mal-estar que havia tomado conta do ônibus começava a se dissipar quando um outro rapaz, camisa aberta revelando o peito suado, resolveu se aproximar de Isabelle.

— Ei, putinha! — chamou.

Isabelle puxou o canivete que escondia em uma das botas e apontou na direção dele. Levantou-se e se impôs no corredor, aos berros:

— É hoje que eu vou te capar aqui, na frente de todo mundo! Vou fazer de você meu veado, seu merda!

O grito seco, trêmulo, foi suficiente para encerrar o burburinho e instalar o silêncio no ônibus. De repente, distinguia-se qualquer som.

O rapaz de camisa aberta sentou-se. Isabelle seguiu em pé, trêmula, com o canivete ainda apontado, agora para o nada.

Rosalvo, consciente de que a violência que pairava no ar poderia resultar em morte, decidiu intervir.

Ainda sentado, dirigiu-se a ela, com calma:

— Tome cuidado, menino.

— Não preciso de cuidado — disse Isabelle. — Estou acostumada a dormir com homem com uma faca do meu lado.

— Meu filho era igual a você, e mataram ele por causa disso. Tome cuidado, menino.

Isabelle se acalmou um pouco e recuou, sem dar as costas para o jovem que a havia ameaçado — retornou para seu assento de lado, como um caranguejo. Fechou o canivete, mas não o guardou, manteve a arma firme na mão direita.

— Mataram meu filho, e eu tô indo pro Rio de Janeiro — contou Rosalvo para Isabelle, mas, de certa forma, dirigindo-se também a todos no ônibus.

Não havia mais palavras no ar, nenhuma demonstração desnecessária de masculinidade ou ameaças. Só o motor velho resmungando, o vento entrando pelas janelas abertas e a respiração dos passageiros.

Rosalvo disse, com a voz embargada:

— E eu tô indo pro Rio de Janeiro vingar a morte dele.

E permaneceu calado o restante da viagem.

capítulo 2
sorte (1981)

Rosalvo

Era primeiro de janeiro e Rosalvo tinha um objetivo: precisava encontrar um emprego, uma maneira de fazer dinheiro, pois logo suas economias se esgotariam.

　Fazia quinze dias que ele havia chegado ao Rio de Janeiro. Mal tinha tido tempo de acordar quando desembarcou entre os sons ensurdecedores do terminal Novo Rio. Não precisara sequer sair à rua para sentir-se desorientado. O barulho da rodoviária bastava. Olhara em volta e logo entendera que desvendar um assassinato no meio daquela imensidão não seria tarefa rápida. Julgara-se esperto ao vir para a cidade em busca de vingança, mas na verdade era um matuto. Depois de dezesseis horas de viagem, exausto, sentia que a poeira das rodovias havia entrado em seus olhos. Na antiga mala de segunda mão, que Rosinha havia ganhado de um ex-patrão, havia umas três ou quatro mudas de roupa e as cartas assinadas por Eloá. Daria cabo do culpado com o que estivesse ao alcance — revólver, faca, pedaço de pau. Seu plano ignorava eventuais obstáculos. Parou por um minuto. Tomou um café e comeu um lanche. Sentiu-se revigorado. Precisava encontrar o dono da boca de fumo da Rocinha, perguntar quem afinal era o tal de Nenê e saber se alguém ouvira falar em Marquinho. Vários meses haviam se passado, mas as fotos poderiam ajudar. O primeiro passo seria superar a timidez para fazer perguntas, pedir informações, saber onde ficava essa tal de boca e quem mandava nela. Pensou em tomar uma cachaça para se soltar, mas acabou desistindo da ideia. Para cumprir seu objetivo, precisava estar em completo domínio dos sentidos.

Ainda na rodoviária, perambulara sem muita direção antes que conseguisse entender como faria para chegar à Rocinha. A viagem não havia acabado, e seu corpo sacudia no coletivo naquele domingo quente. Viu as crianças vestidas de anjinhos, mulheres carregando pacotes de presentes baratos — esquecera que o Natal estava tão próximo. Descera num embalo de dezenas de pessoas, orientado pelo cobrador, que se incumbiu da tarefa de ajudar o velho perdido a chegar aonde queria. Ouviu a história de Rosalvo: ele estava no Rio de Janeiro por causa do filho. Dirigiu-lhe algumas palavras de encorajamento. Rosalvo não mencionou que Marquinho já estava morto, e o cobrador não fez perguntas. Ao se deparar com a entrada da favela, Rosalvo intuiu que passaria um bom tempo por ali. Mais tarde, descobriria que a Rocinha, em seus becos, ruelas e escadarias, em seus barracos, casebres e mansões de traficantes, escondia centenas de bocas de fumo. E, a cada semana, muitos dos pequenos chefes do tráfico perdiam seus domínios em confrontos com rivais. Ou eram traídos por seus próprios subordinados ao levarem um tiro quando menos esperavam.

Rosalvo já havia ouvido o ditado de que vingança é um prato que se come frio. E entendia como a máxima se aplicava à sua situação: era preciso perseverança, paciência. Ele saberia esperar. Tinha feito a viagem, aberto mão do que construíra. Ainda podia voltar atrás, dizer que se perdeu em algum lugar, inventar uma história. Espantou logo esse pensamento. Passara o Natal sozinho, no quartinho quente que arrumou, mas saiu para ver os fogos do novo ano que se anunciava. Olhava-se no espelho e achava que, apesar do rosto cansado, sessenta e um anos, conseguiria fazer alguma coisa para alguém. Um trabalho, além de um meio de subsistência, seria também uma forma de passar o tempo. Era preciso se integrar, ganhar a confiança das pessoas. Ninguém gostava de responder perguntas de um estranho, ele havia descoberto nesses primeiros dias. Era preciso cuidado para não parecer afoito, não querer saber demais. Olhar as luzes do Rio de Janeiro lhe clareava as ideias. Depois de ver o show de fogos, Rosalvo estava pronto para voltar ao quartinho. Antes que pudesse encadear um novo pensamento, foi interrompido por uma voz feminina.

— O senhor já vai embora?

Rosalvo não teve tempo de responder, pois Elza imediatamente se apresentou. Ela já o havia visto antes, sempre de cabeça baixa, às vezes de chapéu na mão, às vezes usando paletó em plenos quarenta graus do Rio de Janeiro, quarenta e quatro na Rocinha. Parecia um mendigo excêntrico, mas os gestos curtos e a voz baixa — os homens cariocas gritam muito — atraíram Elza, que, não demoraria a confessar, apreciava ter por perto alguém que trazia cheiro de mudança. Sem que ele pudesse perguntar nada, ela foi se apresentando: era preta, pobre, mas não mais desdentada. Estava orgulhosa por ter comprado uma dentadura nova à prestação. Cinco filhos, cada um de uma cor, cada um de um pai. Não precisava de homem para nada, a não ser para o prazer. Criara os meninos — sim, cinco homens — no meio de toda essa merda e nenhum havia virado bandido. Todo mundo trabalhava, e um deles estava até na universidade. Teria um doutor na família. Tudo isso sozinha, repetiu. Se o pai queria dar dinheiro, dava; se não pudesse ajudar, tanto fazia. Os filhos eram dela, cada um de uma cor. Já havia dito isso, pediu desculpas por se repetir, aquela era a primeira cervejinha do ano novo, mas somava-se a várias do ano anterior. Não gostava de cidra, e sim de cervejinha. Ele queria uma? Estava em promoção no Sendas. Trouxe no ônibus uma caixa inteira desde a casa de uma das patroas. Fazia o quê? De tudo. Era faxineira, manicure, assava bolos para fora, vendia marmitas em canteiro de obras e durante um tempo também fora lavadeira. Trazia roupas do asfalto para lavar no morro — mas não tinha mais idade para isso. Suas mãos já tinham sido por demais maltratadas.

Rosalvo estava tonto com tanta informação — Elza, assim como todos no Rio, falava muito alto, talvez para ser ouvida apesar das músicas que se misturavam, vindas das janelas dos muitos barracos. Ainda assim, o encontro teve um efeito tranquilizador. Desde o dia em que falara com o cobrador do ônibus sobre a busca pelo filho, não tivera uma conversa mais longa com ninguém. Todos os diálogos que tentara iniciar acabavam em respostas vazias, em perguntas impertinentes — "o senhor é da polícia, por acaso?" — ou, pior ainda, olhares de pena. Não tinha vontade de pensar no passado naquele momento, nem mesmo em Marquinho, mas podia falar sobre o futuro. Revelou a Elza sua intenção de buscar um emprego na cidade no primeiro dia útil do ano. Não voltaria para Minas, afirmou, sem entrar em detalhes. Frisou que não tinha mais motivo para retornar e, por isso, precisava achar um jeito de ficar.

Elza olhou Rosalvo de cima a baixo. Pareceu gostar do que via, havia algo de respeitável nele que poderia ser uma vantagem na hora da entrevista, mas o paletó bege precisava ser lavado e passado, assim como a camisa. Mandou que os tirasse e ofereceu-se para ajeitar suas roupas. Havia prometido que jamais queimaria as mãos para escaldar roupas de grã-finos, mas faria a primeira caridade de 1981. Assim, ele estaria apresentável, o mundo da Zona Sul gostava de pobres ajeitados. Ver um pobre arrumado era um alívio para a consciência dos ricos. Rosalvo se via em uma situação que jamais imaginara: seminu, no meio da favela da Rocinha, durante as comemorações do réveillon.

Na manhã do dia 2, conforme o combinado, foi pegar sua camisa e seu paletó — engomados à perfeição por Elza. Eram seis horas, mas ela também lhe ofereceu um pãozinho com margarina e um copo de café com leite. Andaria o dia todo e precisava se alimentar. Ela resgatara uma antiga pasta escolar de um de seus meninos para o novo amigo carregar os documentos. Recomendou que levasse o paletó nos braços para não chegar suado à agência de empregos especializada em serviços domésticos. Ele sabia que acabaria seus dias limpando banheiros em um estádio de futebol ou aparando o jardim de algum edifício. Não era o sonho de ninguém, mas era um jeito de ter o que comer. Rosalvo não tinha medo de trabalho, havia arrancado o mato de sua chácara com as mãos e puxado sozinho o arado para plantar milho. Além disso, aceitava que, a essa altura, não restavam muitas escolhas: na idade dele, e ainda por cima sendo semianalfabeto, cuidar da sujeira dos outros era a única opção. Rosalvo pensou ter visto Elza observando-o enquanto ele descia com cuidado as escadarias e ladeiras da favela, com a pastinha embaixo de um braço e o paletó sobre o outro. Apertou os olhos quando estava próximo ao ponto de ônibus, mas, de longe, não conseguiu ter certeza se o ponto que via no alto era mesmo sua nova amiga. Então, Elza lhe acenou de longe, gesto que ele retribuiu.

Nem todo mundo quer começar a trabalhar logo cedo, ainda mais em um 2 de janeiro que cai numa sexta-feira. A agência de empregos estava vazia, e o silêncio daquela recepção era bem-vindo. Rosalvo poderia ficar ali o dia todo. O ar-condicionado parecia uma bênção divina. Uma das funcionárias, Lídia, justamente a que atenderia aquele senhor de paletó, estava agitada. Respondendo às perguntas dela, disse que trazia todos os documentos na pasta, mas nunca havia trabalhado como porteiro. Chegara de Minas. Sabia ler e escrever o suficiente para pegar o ônibus e distinguir as letras, mas ainda sofria para compreender frases mais longas. Por sorte, a ficha que ela lhe entregou se resumia a nome, telefone e endereço. Ele não tinha telefone, obviamente, e copiou tão bem o quanto conseguiu o endereço de seu barraco. A síndica de um edifício no Leblon estava exasperada ao telefone, pois tivera de despedir o porteiro, Jadson, que tinha se engraçado com a filha adolescente da moradora do oitavo andar. A menina havia dito à mãe que acontecera só uma vez, no calor do primeiro dia do ano, mas a verdade é que muita gente desconfiava que ela visitava o quartinho no anexo da piscina, no primeiro andar, havia algum tempo. Pelo que se sabe, não ficara grávida, o que multiplicaria o escândalo. De qualquer forma, havia um aspecto prático a ser resolvido: precisavam de um novo porteiro imediatamente. Afinal, na Zona Sul, o mundo cai quando não há ninguém para abrir e fechar a porta e dar bom-dia.

— Eu não tenho ninguém com experiência agora. Preciso fazer algumas ligações — disse Lídia à mulher do outro lado da linha.

— Me mande alguém assim que possível, por favor — disse a mulher.

Lídia desligou e não conseguiu conter o mau humor. Acabou dizendo o que pensava em voz alta:

— Se essas meninas riquinhas conseguissem manter as pernas fechadas, minha vida seria mais fácil.

Olhou para Rosalvo e fez sinal para que ele esperasse.

— Pode ser que eu tenha alguma coisa para o senhor.

Do que conseguiu pescar da conversa de Lídia, Rosalvo concluiu que a síndica queria alguém que soubesse qual é o seu lugar, uma pessoa digna, que mantivesse certa distância dos moradores. Sentiu que suas chances aumentavam. Era uma aposta no escuro, mas também a única opção que tinha naquele momento.

— O senhor parece ser uma pessoa tranquila — comentou Lídia.

Rosalvo assentiu.

— Eu sei que o senhor não lê tão bem, mas acha que consegue diferenciar os números dos apartamentos?

— Sim — respondeu Rosalvo.

— Antecedentes criminais?

Rosalvo fez que não com a cabeça.

— No fundo, esses edifícios da Zona Sul são como os cortiços, só que com menos gente e mais móveis. Tudo é igual: todo mundo lutando pra proteger território. É homem traindo mulher, esposa dormindo com professor de ginástica e gente competindo para ser melhor do que os outros, quem tem o melhor carro, o melhor tênis. Vou mandar o senhor para a entrevista, mas meu conselho é: na medida do possível, não se envolva muito com essa gente.

Depois de desabafar sua opinião muito pouco lisonjeira sobre o modo de vida dos edifícios cariocas de alto padrão, Lídia respirou fundo e continuou:

— Mas o senhor está com sorte. Essa síndica parece ser uma pessoa razoável. Pelo menos não grita no telefone.

Ela precisava de apenas alguns minutos para preparar a carta de apresentação.

Coletou documentos para fazer cópias.

— Daqui a pouco, estou de volta. Pegue um copo d'água, se quiser — disse Lídia, já mais aliviada.

Rosalvo mal conseguia processar o que estava acontecendo, mas resolveu ficar calado. Recebeu um papel com endereço e o número do ônibus que deveria tomar. Ouviu as instruções com atenção, tentando gravar o máximo de informações.

— Lembre-se bem: o nome do edifício é Varandas do Leblon. É enorme, não tem como errar. Chegando lá, o senhor vai dizer que é o candidato à vaga de porteiro e procurar, por favor, a dona Selma.

Selma

Foi uma saída silenciosa. Não houve roupas jogadas pela janela, nenhum resquício das tragédias de paixões e mortes que fazem sucesso desde os clássicos gregos até as páginas de jornais repletas de crimes passionais. Selma acompanhou o amor de Roberto lhe escorrer pelos dedos devagar. Grãos de areia que escorregam preguiçosos para o lado inferior da ampulheta. A vida da gente é um acúmulo de vivências que viram passado e, à medida que os anos ficam para trás, são tantos momentos para organizar que é quase impossível detectar o que realmente importou e o que vai virar mais uma lembrança perdida e sem relevância. Somos incapazes de perceber o ano, o dia, o minuto em que nossas vidas se encaminharam para um caminho distante do que imaginávamos. Como foi que os projetos — os dela e os de Roberto — tomaram rumos distintos? As roupas do marido, também como os grãos de areia, foram desaparecendo, peça por peça, até o armário ficar vazio. Ela notou, mas fechou os olhos. Fingiu que o problema não estava lá, pensou que o presente poderia ser resolvido em um momento futuro. O marido foi se distanciando e ela deixou que isso acontecesse. O romance de cinema clássico que viveu com Roberto — seu Gary Cooper, Cary Grant e Steve McQueen unidos em um só — existiu apenas em sua mente criativa, porém tola. Roberto era bastante previsível, mas ela precisava de um pouco de ilusão, queria acreditar que havia conteúdo no que era só fachada.

Quando fechou a porta do apartamento pela última vez atrás de si, Roberto deixou a aliança e a chave de casa em cima da mesa. Durante algum tempo, Selma pensou que talvez aquilo fosse uma forma de tentar atingi-la, de gritar por sua atenção. Ela esperou, pensando que não seria possível apagar vinte anos de forma tão banal. Conforme os meses se passaram, entendeu melhor a situação: Roberto havia sido inventado por ela, mas ele também sabia agir para moldar as situações a seu gosto. Selma se cobrava, mas entendia que certas coisas estavam além de seu controle. O marido não admitia o fracasso e sempre levava as imperfeições — ou o que considerava imperfeições — como algo a ser exterminado. Começara pelo filho. O que Selma considerava como possibilidade, Roberto dera por certo — e tinha razão. Sem nunca admitirem, pai e filho sabiam que não eram o que o outro esperava. Roberto cumpria obrigações, mas afastava-se de César. À medida que o filho ganhava personalidade própria, se iluminava e confirmava suas expectativas, Roberto perdia o interesse nele. Houve situações — a formatura do colegial, a carta da bolsa de intercâmbio, o estágio na empresa de dublagens — em que Selma viu o filho buscando aprovação, ou pelo menos uma reação, do pai. Em vez de confrontar Roberto sobre o tema, ela desconversava, deixava passar, apagava incêndios. Agora, tinha raiva, ódio de si mesma.

Era uma professora de literatura clássica que não entendia nada de tragédia, que era incapaz de reagir. Sabia que conflitos entre pai e filho eram fortes o suficiente para definir o destino de reinos e civilizações. Ela lutara o quanto pôde para ficar à margem da guerra que se armava diante de seus olhos. Um território neutro e confortável. Talvez sua capacidade de se moldar, de aceitar a vida como ela é, de transformar os planos de Roberto em dela, tenham sido as qualidades que selaram a união. Ela pensava que era superior às outras donas de casa, mas concluiu que, no fim das contas, não era muito diferente de sua mãe. Desde o início do casamento, Roberto chefiava as escolhas. Selma era mera executora. À medida que ousou escolher novos caminhos, buscar a carreira acadêmica e aceitar o filho, fora descartada. Essa Selma não interessava ao marido.

De uma maneira tola, sentiu nostalgia pelo primeiro baile ao qual compareceu como namorada de Roberto, em uma festa da empresa em que ele trabalhava no fim dos anos 1950. Eles se casariam em três meses e tudo o que Selma — Selminha na época — sentia pelo futuro marido era gratidão. Tinha sido escolhida, nunca mais ficaria de lado durante as músicas lentas. E Roberto a conduzia tão bem... O roçar da barba dele em seu rosto, o terno bem cortado e os rodopios na pista ao som da orquestra. Os grãos de areia voltavam para o lado de cima da ampulheta. O passado era palpável e simples: felicidade era subir a escadaria do Hotel Glória para um baile, um passeio no Parque Lage, mãos dadas no bonde. Decidiu que guardaria a aliança no cofre de joias. Um dia, caso se encontrassem, devolveria a ele. Intuía, porém, que não tinha mais volta.

Ao contrário de sua vizinha, que causara um escândalo ao saber que a filha havia sido desvirginada pelo porteiro, Selma não tinha a intenção de comentar seu ocaso com ninguém. De certa forma, admirava a moradora do oitavo andar, que vociferava sua insatisfação sem pudor. Embora jamais pudesse concordar com o que dizia, até porque ela agia como a senhora da casa grande indignada com a petulância de um escravo, Selma não se surpreendia com a reação dela em um aspecto: os moradores do Varandas do Leblon eram do tipo acostumado a ganhar sempre, a ter os planos transformados em realidade num estalar de dedos. Por isso, qualquer desvio de rota abalava estruturas, tinha o efeito de um terremoto. Para proteger o castelo, era necessário construir fortalezas e, quando estas falhavam, a estratégia era partir para o ataque. No entanto, Selma sabia, mais em teoria do que na prática, que a atração física às vezes ignora barreiras de qualquer tipo, seja de classe social, seja de gênero, segue a natureza, apenas é o que é. Selma riu ao imaginar Jadson como uma espécie de Medeia em versão masculina, capaz de enfeitiçar alguém.

Selma e sua vizinha dividiam uma característica em comum: foram as últimas a saber o que acontecia com suas famílias. As notícias correm rápido entre as mães que frequentam o play-ground — e algumas delas talvez também observassem Jadson com desejo. Orfeu, no entanto, tinha feito sua escolha. Os amantes descuidaram-se na madrugada de Ano-Novo, quando tinha muita gente acordada, e acabaram apanhados. A estadia no paraíso durara pouco, e a serpente veio em forma de uma mãe alucinada. A felicidade tinha chegado ao fim. Diante do primeiro obstáculo, a garota escolheu o conforto da família ao amado. Ele retirou-se ferido, obedeceu e voltou ao lugar que lhe fora reservado, amedrontado.

Teve de demitir Jadson, aceitara a pressão do condomínio. O jovem virou menino e pediu desculpas com os olhos baixos. Selma teve vontade de confortá-lo, mas não o fez. As palavras não lhe vieram à boca. Mais uma vez não interveio, novamente se culpou. Como levar a sério o que ela teria a dizer sobre aquela paixão, qual era sua experiência em amar loucamente, quais riscos havia corrido ao longo da vida? Roberto lhe atraíra por se encaixar no papel de provedor, de porto seguro. Havia corrido atrás de uma miragem de família perfeita para agradar ao marido e falhara em entregá-la.

Ao deixar a chave e a aliança para trás, o marido estava tentando apagar uma trajetória cujo desfecho fugira de seu controle, pois incluía uma mulher que tinha resolvido pensar por si mesma e um filho homossexual. Eram dois elementos que não agradavam, que não se encaixavam em uma narrativa sem espaço para improviso. Sem nada dizer, o marido demandara de Selma uma escolha: ou ele ou César. Era a história mais antiga do mundo — o pai que deseja, metaforicamente, eliminar o filho. Talvez quisesse apagar os resquícios de si mesmo que via no menino, um Narciso composto apenas de suas melhores partes. Um Narciso que agora descobrira o amor e brilhava mais do que nunca. Seu poder de atração era incontrolável. Pobre Roberto, mero executivo de terno, passará a vida longe da divindade: a luz que César havia encontrado ofuscaria o pai de vez, seria a razão de sua humilhação, a prova de sua pequenez.

Roberto achou melhor recuar, desistir. Selma decidiu, por comodismo e medo, não abordar diretamente com o filho o desaparecimento do pai. Nada falaria sobre sua ausência, agora definitiva. Tinha a esperança de que os deuses concordassem, que não descessem do Olimpo para puni-la por omissão. Gostava de olhar César de longe, porque ele fora feito para se admirar. Nunca poderia trocá-lo por um mero mortal. Roberto, coitado, jamais teve a mínima chance.

Para o marido, tudo pode ser substituído por algo novo. Como um sapato gasto ou um eletrodoméstico enguiçado, Selma e César seriam trocados por modelos menos desgastados. Claro que o filho sabia que o armário agora não continha mais as roupas de Roberto. Mas não fazia muita diferença. A influência de Roberto naquela casa se resumia a objetos — e ela não conseguia se lembrar de uma lição ou ensinamento valoroso passado de Roberto para César. Entristeceu-se. Mesmo as divindades precisam de uma figura paterna.

Selma não interveio nem no dia em que viu o filho em seu quarto, encarando os armários vazios. Ele parecia um cão ferido, abandonado. Sofria porque sabia que bichos não são esquecidos, mas deixados para trás. Era um inconveniente com o qual o pai não queria mais lidar — a César, não foram deixados chave, aliança, bilhete ou qualquer outro sinal. Abriu as cortinas e as janelas do quarto dos pais, que agora pertencia apenas a Selma. O ar que entrava se encarregaria de levar o que restara de Roberto. César, que sempre tinha algo a dizer, ficou em silêncio. Selma não conseguia se lembrar de quando havia visto o menino naquele cômodo nem da última vez que ele abraçara o pai. Os olhos de César se encheram de lágrimas e, antes que o nó na garganta lhe traísse, flutuou com elegância até seu quarto e fechou a porta atrás de si.

A escolha de Roberto para segunda esposa não foi nada original: Sílvia. A secretária fora promovida. Não teria mais de comparecer ao escritório, devia apenas manter a casa arrumada. Tinha dois filhos de um casamento anterior, ambos louros e tão diferentes do padrasto que jamais poderiam passar por seus filhos. Todos, como num cartão-postal, viveriam uma não vida, feita de concreto e baseada em frivolidades. Uma existência alheia a reflexões, mas recheada de compras e atividades. Selma seria substituída por Sílvia, uma mulher menos inteligente, mais jovem e levemente vulgar. Sílvia se encaixava em um velho arquétipo: a fêmea resgatada da desgraça e feita mulher de bem. Caso alguém lhe perguntasse sobre a união que gerou os dois meninos, ela responderia que fora um grande erro que gerou dois frutos maravilhosos, ou algum clichê semelhante. Tudo, dali em diante, estava programado para evitar novas surpresas: a esposa jamais teria opção melhor, o carro do ano seria sempre trocado por outro mais novo, o apartamento no Leblon original seria substituído por uma casa, no condomínio Nova Ipanema, na Barra. Se um dia a Nova Ipanema viesse a ficar velha e obsoleta, não haveria problema: dinheiro compraria um espaço no Novo Leblon ou na Nova Gávea.

Enquanto explicava as tarefas que o novo porteiro deveria desempenhar, Selma quase perguntou se aquele senhor, que parecia carregar tanta história no rosto, tinha filhos e netos. Imaginou-o rodeado pela família em um daqueles churrascos dominicais em que cada um contribui com uma parte da refeição. No entanto, decidiu que inquirir sobre a vida pessoal dos empregados não tinha cabimento. Era melhor manter as coisas separadas. Seria assim com o senhor Rosalvo. Intuía ter feito uma boa escolha. Então, agradeceu o funcionário por se prontificar em começar a trabalhar imediatamente e, sem se alongar, subiu para seu apartamento.

Naquela noite, César havia ficado em casa, diferentemente do que vinha fazendo nas últimas semanas, quando voltava de madrugada, na ponta dos pés e com odor de colônia barata. O filho sabia que ela gostava das *big bands*, das orquestras dos anos 1960. Ao se aproximar da porta do apartamento, Selma ouviu a sala se enchendo com o som de "Beyond the Sea". Bobby Darin era tão bonito. Entrou e encontrou o filho com a mão estendida. César a tirou para dançar, entre os sofás da sala de estar e a cristaleira. Não havia luzes difusas para mascarar a realidade. Via-se obrigada a dar adeus às ilusões. Não ligava que agora haveria outra em seu lugar nas festas, que os amigos passassem a frequentar a casa de Roberto e Sílvia. Não desejava que doenças ou pragas tomassem conta da nova vida do marido. Queria que ele seguisse adiante.

Precisava, porém, se sentir insubstituível em pelo menos um aspecto. A secretária tinha tornozelos gordos, pés pesados. Somente enquanto dançava, Roberto se esquecia de calcular cada passo — tornava-se cálido, gentil, aceitava improvisos. Agora, o filho a rodopiava pela sala, e a música estava quase terminando. Se o universo lhe concedesse apenas um desejo, Selma pediria uma só coisa. Que Roberto nunca mais dançasse.

César

No verão de 1981, César dividiu-se em dois. Vivia vidas paralelas, que não se relacionavam. O César do dia ia para a PUC, usava o inglês traduzindo diálogos de filmes para a VTI e acumulava uma coleção de fitas demo que eram rejeitadas nas rádios. Adotava bandas de rock de garagem que não tinham dinheiro para pagar o jabá necessário para terem suas músicas tocadas nas emissoras do Rio. Desde criança, César dormia só três ou quatro horas por noite, e seu tempo era pouco, sempre havia algo para ser lido, ouvido, descoberto. O César da puc já havia assistido a todos os filmes do verão, fora às festas, discutira política com o vice-reitor em uma reunião do centro acadêmico. Um outro César cruzava a pé as ruas do Leblon e, esgueirando-se pelas ruas movimentadas de Ipanema, tornava-se invisível. O líder da turma de comunicação, o mais bonito das fotografias dos churrascos, sentia-se atraído pelos elogios de estranhos. Era quase uma dependência, um vício. Ao ouvi-los de vozes másculas e anônimas, ganhava confiança para enfrentar o resto do mundo. Em meio a lufadas de eucalipto e de vapor, atrás de portas estreitas, conhecera todos os detalhes das cabines e todos os tipos de corpos. Descobrira as mais diversas formas — aprendera que aquele era o local de identidades falsas e que quase tudo o que se dizia era mentira. Era confortável e incômodo, libertador e castrador, uma forma de viver e de se esconder. Ele e Henrique travavam uma disputa: quantos outros corpos, línguas, fluidos experimentariam antes de voltarem um para o outro? Trazendo um garoto para dentro, Henrique foi interrompido por César, que decidira que, naquele momento, o queria para si. O atendente não mostrou resistência e puxou César consigo para a cabine sete. Era uma tradição: trancados naquele cubículo, sentiam que eram os únicos amantes vivos no planeta.

    Quando se satisfaziam, voltavam aos velhos hábitos. Henrique porque, depois de tanto tempo, conhecia apenas esse caminho — era uma questão de sobrevivência. Já César tornara-se dependente das promessas falsas de homens casados, gordos, peludos, todos enrolados em toalhas brancas. E gostava de ouvir o que diziam. Seu corpo, rosto e olhos traziam memórias de amores da juventude jamais concretizados. Todos ali procuravam o mesmo: a oportunidade de experimentar o desconhecido e esquecer as dores. Os armários da recepção guardavam mais do que roupas e pertences. Trancavam segredos, sobrenomes, famílias. Como no disque-amizade da Telerj, ninguém usava o nome real — a não ser Henrique, que estava ali em caráter profissional.

Uma noite, tudo mudou. Enquanto preparava-se para despedir-se de Henrique, para abrir mão daquele vínculo real que existia dentro do cubículo sete para voltar a ser uma fantasia que saciava outros homens, César segurou o recepcionista pela mão e propôs que ele ficasse. Queria deixar de visitar outras cabines, de descobrir novas cavidades, já havia aprendido o suficiente. Henrique nada disse, apenas saiu pelo corredor. Sob a vigilância de César, encontrou um novo parceiro e chegou a puxar-lhe pela mão para levá-lo a algum canto escondido, onde pudesse dar a ele o que viera buscar naquele lugar. Acabou desistindo da ideia. Mas não voltou para a cabine. Foi até a recepção, colocou de volta as roupas e saiu. César ainda voltou à Sauna Leblon no dia seguinte, mas não viu Henrique — era a primeira vez em meses que ele não estava de plantão. Resolveu não entrar. Decidiu que precisava dar um descanso ao próprio corpo.

Selma se mostrou surpresa com a chegada do filho em casa tão cedo e se ofereceu para preparar o jantar. O convite foi seguido pelo toque do telefone — era para César. Por um minuto ele se sobressaltou, pois lembrou que, ao propor exclusividade, havia dado o telefone de sua casa a Henrique. Mas era Inácio, o novato da comunicação, o rapaz que no ano anterior queria ser engenheiro.

Lembrava-se também de que ele gostava de beijar garotas. Como Inácio já havia se encarregado de trocar de profissão, César tinha uma vaga curiosidade para saber se estava disposto a transformar outros hábitos. Inácio era tão classe média, e tudo nele — as roupas escolhidas pela mãe, as respostas sinceras para perguntas irônicas e o fato de estar começando a segunda faculdade antes de completar dezoito anos — despertava em César certa ternura. Inácio queria ver a sessão das dez de *Como eliminar seu chefe* no Roxy de Copacabana. Não era o tipo de filme que os estudantes de humanas considerariam ser uma forma válida de arte, mas era melhor do que *A lagoa azul* ou *Xanadu*. César não tinha especial interesse no filme, mas estava começando a admitir, ao menos para si mesmo, algo que tinha deixado de lado por semanas: queria saber mais sobre Inácio.

No caminho até o Roxy, César deu-se conta de que Inácio fazia parte de um mundo em que os homossexuais não existiam. Ele provavelmente não tinha ideia de suas intenções, nem do quanto queria vê-lo nu, mesmo que fosse só para matar uma curiosidade. Da última vez que a turma de jornalismo se encontrara na praia, torceu para que Inácio tirasse a camisa para que pudesse examinar o que se escondia ali embaixo. Em meio à multidão de homens de peito nu no Rio de Janeiro — jogadores de vôlei, peladeiros e fisiculturistas que levantam latas de tinta recheadas de cimento —, era o corpo de Inácio, por seu caráter inédito, que concentrava seu interesse. Mesmo na areia, ele vestia a mesma calça jeans. César tirou a camisa e até falou algo do gênero — é impossível ficar perto do mar de roupa —, mas Inácio não entendeu a dica. Limitou-se a abrir mais dois botões de sua camisa e a enrolar o jeans, mostrando os tornozelos peludos. César o observou com o canto dos olhos, para não ser percebido. Voltara ao século 19:

buscava olhares, analisava detalhes das mãos, tentava espiar dentro da camisa semiaberta, reparava nos pés enormes e no pomo de adão que se movimentava pelo pescoço enquanto ele falava. E tudo em silêncio, engolindo a saliva que se formava em sua boca e lambendo os lábios que ficavam secos, desviando o olhar do objeto de desejo, como em um filme de época. Só faltou começarem a se corresponder por carta. Agora, graças a uma comédia com Dolly Parton, poderia satisfazer seu desejo fora da Sauna Leblon.

César ainda não decifrara, no entanto, o significado daquele encontro. Enquanto caminhava, chegou a cogitar desviar o caminho, procurar mais uma vez por Henrique ou somente a névoa de vapor da Sauna Leblon. Desistiu. Queria fingir, pelo menos por essa noite, que Inácio poderia ser seu, que tinha alguma chance. Trocaria a ação dos cubículos pela antecipação da sala de cinema, pelo risco de que talvez — talvez — seus braços se tocassem acidentalmente ao dividirem o mesmo braço de cadeira. Ele só desejava que, naquele meio de semana, na última sessão, os mil lugares do Roxy estivessem vazios. Que todos tivessem o bom senso de ficar em casa, de nadar na praia, num dia tão quente como aquele. Na porta do cinema, encontrou Inácio, que chegara mais cedo, com os ingressos na mão. Resolvera comprar porque a fila estava longa e era preciso entrar em outra, que se estendia pela Nossa Senhora de Copacabana, para garantir um lugar decente. A sugestão de filme fora da irmã de Inácio. Ela até estava pensando em assisti-lo pela segunda vez, mas hoje não pudera vir porque tinha prova de cálculo no dia seguinte. César nem tentou fingir que se importava. Estava ocupado imaginando Inácio na forma de um anjo. Podia ser admirado, mas nunca tocado. Era uma presa fácil, e o coiote estava à espreita.

Depois da sessão, a praia de Copacabana estava cheia, embora já passasse da meia-noite. O Carnaval se aproximava, e os turistas já circulavam atrás de diversão, prontos para ter a carteira batida ou para cair no golpe do Boa Noite, Cinderela. Todos ao redor das boates, doidos por uma aventura exótica e por uma história para contar na volta para casa. César ignorava todo o movimento, essa gente não passava de vultos dos quais ele se desviava com facilidade. Concentrava-se em Inácio, dividia com ele um pacote de amendoins que tinham comprado na saída do cinema. César nem sequer gostava de amendoins torrados com açúcar, mas havia algo de especial em dividir alguma coisa com Inácio. As coisas que ele tocava ganhavam uma aura especial, quase sagrada. Os gestos curtos, a timidez, a mania de colocar as mãos nos bolsos da calça jeans quando não sabia o que fazer com elas, a calma de esperar o outro terminar o pensamento, a voz baixa, o jeito como ele desviou do menino que andava de bicicleta no calçadão. Cada momento trivial era registrado por César, que nem teve tempo de se achar tolo e romântico, distraído que estava com o próprio encantamento. Passou a andar mais devagar à medida que se aproximavam do Arpoador, pois sabia que lá deveriam se despedir. Tentava inventar desculpas para prolongar a noite, mas não conseguia pensar em nada plausível.

Ao chegarem, a brisa de Copacabana tinha sido substituída por uma ventania leve. A maré estava alta e ameaçava bater na proteção de concreto da praia. O barulho fora substituído por algo próximo à tranquilidade. Os dois olharam por alguns segundos na direção de Ipanema. A luz da lua fazia o Vidigal lembrar um presépio construído por uma criança em idade pré-escolar. Inácio, olhando as ondas, disse que sempre sonhara em subir no Arpoador de noite, mas nunca o fizera.

— E por que não? — disse César, com uma ponta de surpresa.
— Não sei.

E então riu.

— Porque minha mãe disse que é perigoso — admitiu.

César tentou conter o riso, mas não conseguiu. Era a chance que ele esperava.

— E por que não agora? — propôs César.
— Por que não agora? — repetiu Inácio.

O sorriso de Inácio diante daquela pequena transgressão fez César pensar que se dissolveria em uma poça d'água que escorreria para o mar, feliz. Mas continuou ali, os batimentos cardíacos descontrolados, a boca seca, os pelos dos braços saltados. Sem falar nada, os dois seguiram, lado a lado, em direção às pedras, que foram escaladas sem hesitação, até o topo. Inácio disse que não podia acreditar que demorara tanto tempo para fazer isso. Apreciava, de um novo ângulo, a beleza do Rio. Os maconheiros tinham tido a elegância de deixar a paisagem só para eles naquela noite. César, apesar do vento forte, sentiu uma onda de calor tomar conta de seu corpo e tirou a camiseta do The Clash que escolhera para impressionar Inácio — sem sucesso, pois ele não conhecia a banda. Disse que era bom sentir o vento no corpo, sugeriu que Inácio fizesse o mesmo, e sentiu os joelhos falharem quando ele removeu, botão por botão, a camisa de mangas curtas que usava.

Inácio tinha os olhos fixos na paisagem. César via apenas Inácio. Não se conteve e, com força, roubou-lhe um beijo. Um, dois, três segundos. Não foi correspondido. Retraiu-se, baixou a cabeça, tentava controlar toda a excitação de forma envergonhada. Inácio talvez buscasse algo para dizer, mas não articulou nada. Então tocou, com a mão esquerda, o ombro de César. Não havia medo ou asco no olhar dele, só atração não correspondida. César soube, naquele momento, que Inácio chegara em sua vida para ficar. Apenas não da maneira que ele esperava.

Depois de deixar Inácio na porta de casa, César passou o resto do caminho até o Leblon tentando se acalmar. Se fosse para fazer papel de bobo, era melhor com Inácio do que com qualquer outro. Estava quase em paz quando chegou em casa.

Na frente do seu prédio, sentado em um dos canteiros do jardim, viu Henrique. Ele usava jeans e camiseta pretas, sempre um tamanho menor do que o indicado, e sapatos pretos de couro de cano alto. Ali, naquela penumbra, parecia um homem de meia-idade tentando parecer mais jovem, um candidato a extra do filme *Parceiros na noite*. Apesar de estar vestido como um macho dominante, Henrique parecia vulnerável. César desejou nunca chegar à idade dele implorando por afeto. Mais do que isso: não queria jamais envelhecer. Sorriu de leve e abriu a porta, fazendo apenas um sinal com a cabeça para que ele o acompanhasse. Henrique o queria, e isso bastaria por aquela noite.

Ao passar pelo saguão, ao lado de Henrique, César cumprimentou Rosalvo, que estava no turno da noite.

— Boa noite, seu Rosalvo — disse César.

— Boa noite, seu César — respondeu o porteiro.

Inácio

Que diferença um ano faz. No dia de seu aniversário de dezoito anos, em vez da tradicional mesa de bolo e brigadeiros, a única comemoração do repertório de seus pais, Inácio ganhou a coleção completa de álbuns dos Beatles, devidamente transferida para fitas cassete, de César. Era necessário compreender o significado da morte de John Lennon. Após ouvir e ouvir essas fitas, ele entenderia o motivo do luto do amigo, que se estendia por meses. A programação especial do dia ainda incluiria uma sessão de *Calígula*, o épico com atores famosos que teve cenas de sexo explícito inseridas pelo produtor que queria ganhar uns trocos a mais — agora ele podia ver pornô sem se esconder, brincou César. A escolha de Inácio por desaparecer de casa no dia de seu aniversário era mais uma das mudanças que havia empreendido desde que decidira largar o curso de engenharia na universidade federal. Joel, seu pai, não conseguia ver sentido na mudança. Pela primeira vez levantou a voz, disse que era irresponsabilidade ocupar uma vaga na universidade pública para desistir do curso. O filho não tinha consciência do privilégio que conquistara — agora, ao desistir, havia prejudicado outra pessoa. Como sempre fazia com o pai, ouvira o discurso calado, até porque acreditava que Joel tinha razão. Assentiu e baixou a cabeça, evitou argumentar, pois assustou-se com a veia saltada no pescoço do pai. Percebeu que, naquele momento, Joel o considerava uma decepção. E, apesar de não ter voltado atrás, desapontá-lo sem dúvida incomodava Inácio. Não gostava de desagradar ninguém.

    Diante da decisão tomada, Joel decidiu falar com o filho sobre um assunto que jamais abordara diretamente: dinheiro. No que talvez fosse uma última tentativa de fazer Inácio mudar de ideia, anunciou que apenas pagaria as mensalidades da PUC. Mas Inácio teria de se virar para dar conta de condução, roupas e outros custos. Joel lembrou que tinha obrigações também com Irene, a filha mais velha. Como ela estudava na federal, achava justo guardar para ela o equivalente à mensalidade da PUC, dinheiro que ela poderia usar da forma que bem entendesse. Para o filho, apenas o custo da universidade, comida na mesa e casa para morar. Embora Inácio sentisse certa alteração em sua voz, Joel disse tudo o que precisava quase sem mudar de expressão. Estudando seu rosto, o filho se perguntou por um momento se ele havia nascido com aquele bigode castanho. Os cabelos estavam bem grisalhos nas têmporas, mas o bigode insistia em manter a cor original.

O pai sabia que ele já dava aulas na Cultura Inglesa, traduzia textos e fazia todo tipo de bico que precisasse de alguém que dominasse o inglês. Inácio lembrou que ele tirara muitas fotos, gastando preciosas poses de filme de máquina, para registrar diversas vezes o filho recebendo o diploma de melhor aluno do curso avançado de inglês de 1979. Sabia que ele tinha como se virar. Mesmo assim, achou o discurso sobre responsabilidade financeira necessário. Ao ouvir a proposta do pai, que julgou bastante razoável, Inácio saltou de sua cadeira e abraçou Joel pela primeira vez em muito tempo. Segurou o pai por alguns segundos, até ele bater de leve em seu ombro, para sinalizar que já era suficiente. Inácio sorriu para ele, queria mostrar satisfação. Por um momento, sentiu que Joel se traía, deixando escapar alguma emoção. Ele quase sorriu de volta, mas se conteve. Apenas balançou a cabeça afirmativamente.

Enquanto o conflito com Joel havia sido solucionado em poucas palavras, a história era diferente com Baby. Ela mantinha a tendência de puxá-lo para perto só para afastá-lo no momento seguinte. Inácio, eternamente dominado, era um brinquedo resgatado só quando conveniente: a proximidade ou não dos dois virara uma decisão que cabia apenas a Baby. A Inácio, restava correr toda vez que era chamado. Ele começava a tomar o controle de sua vida e havia feito alguns avanços, mas ainda era infantil quando se tratava de amor. Podia ser só um devaneio adolescente, mas ele acreditava que ficariam juntos. Era uma dessas certezas que o tranquilizavam mesmo quando semanas se passavam sem comunicação. Havia a chance, claro, de toda essa sensação de segurança ser apenas invenção. Estava perdido pensando em Baby quando César chegou para pegá-lo para a sessão de *Calígula*. Começara a ganhar dinheiro arranjando shows para bandas no interior do Rio de Janeiro — era o rock brasileiro que começava a sair das garagens. Na semana anterior, o amigo agendara um evento em Campos dos Goytacazes, cidade natal de seu Joel.

Tentou imaginar Joel em um show de rock. Deu-se conta de que nunca tinham conversado sobre música. Também não falavam sobre mulheres. Naquele momento, enquanto lutava para entender os sentimentos por Baby, gostaria de saber se o pai tivera um amor de adolescência em Campos. Alguém que nunca tivesse esquecido, apesar de ter formado família no Rio de Janeiro. Queria saber se a atração por paixões fadadas ao fracasso era predisposição genética. Assim como nos romances clássicos, poderiam os membros de sua família estar destinados a viver malfadadas histórias de amor, atreladas a períodos de rejeição e sofrimento? A preocupação fazia sentido, já que ele e a irmã viviam, cada um de uma forma, amores impossíveis. Inácio passava os dias esperando pelas poucas vezes em que Baby se lembrava de sua existência; já Irene sonhava com um homem que literalmente não sabia quem ela era. A tendência a buscar amores impossíveis a impedia de viver no mundo real.

Inácio sabia que era parcialmente culpado pela infelicidade da irmã. Bernardo, vinte e oito anos, era meio artista, meio músico, meio professor universitário, mas nada por inteiro. E Irene era uma coisa só: estudante de desempenho exemplar. Bernardo nem a enxergava. Uma realidade dura e imutável. Com sua timidez desajeitada, Irene dava um jeito de pôr-se na sala de casa toda vez que Bernardo aparecia para ter as aulas de inglês que Inácio começara a oferecer a conhecidos depois de decidir largar o curso de engenharia. Como eles usavam a mesa de jantar, o irmão não demorou muito para perceber que ela passava aquelas duas horas estudando seu aluno.

Em vez de pagar pelas lições, Bernardo as trocava por noções de violão. Antes que ambos desistissem da barganha — um não tinha aptidão para idiomas e o outro sofria de ouvido musical surdo —, Irene viveu o momento que, como Inácio viria a descobrir, passou a ser repetido continuamente em seus delírios românticos. Uma vez, Bernardo ofereceu-lhe uma carona em sua motocicleta. Iriam, pelo menos aquele dia, na mesma direção.

Meses mais tarde, Inácio se assustou ao encontrar na rua a irmã em uma das poucas vezes em que as aulas de inglês e violão foram marcadas na casa de Bernardo. Aquele bairro não fazia parte do itinerário até a UFRJ e ela não tinha uma amiga que morasse por ali. Ele conhecia Irene o suficiente para saber que, no fundo, ela vivia uma história de amor ainda mais absurda do que a dele com Baby. E ela admitiu: tudo começou quando se agarrou no torso de Bernardo naquela viagem de moto. Naqueles dez ou quinze minutos, não ouviu o barulho das buzinas e o ronco dos motores dos ônibus do Rio. Não teve medo. Estava ocupada demais se apaixonando.

Antes de deixá-la em uma esquina de Laranjeiras, o novo objeto de sua afeição apontou para ela, por algum motivo, o edifício em que morava. E despediu-se. Jamais trocaram telefones, tomaram café ou se beijaram. No entanto, ela construiu um quebra-cabeça de informações sobre ele. Desde então, tomava o ônibus e saltava bem perto da casa de Bernardo, refazendo mentalmente a viagem de moto. Ela não sabia o que esperar, mas, uma ou duas vezes por semana, ficava ali observando. Não queria que a convidasse a entrar nem ser vista — na verdade, temia que isso ocorresse, pois ser descoberta a deixaria mortificada. Recostava-se em um carro estacionado do lado oposto ao edifício de Bernardo e permanecia, como no dia em que Inácio a encontrou, sempre imóvel em um ponto de penumbra. Uma luz no apartamento se acendia, e o coração dela disparava. Ele passava pela janela, de um lado e de outro do terceiro andar, às vezes sem camisa. Reconhecia-o pelo cordão ao redor do pescoço que brilhava na contraluz, uma imagem de Cristo na cruz.

Nunca vira Bernardo com outra mulher, e acreditava que não se incomodaria caso isso acontecesse. Imaginava-se perto dele, recordava-se do leve toque de seus dedos ao redor de sua cintura quando ela se desequilibrara ao desembarcar da motocicleta. Ele a tocara, ainda que casualmente, uma única vez. Agora, ela o acariciava com os olhos. Seu primeiro amor fora assim, a distância, sem nada esperar, sem nada receber. Ficava ali observando, por quinze ou vinte minutos. Às vezes via Bernardo, às vezes não. Pensava nele antes de dormir, e era dolorido, de uma maneira sem sentido. Controlava-se para não se lembrar dele, e principalmente para não se transformar naquela sentinela sem razão de ser, no meio da rua. De repente, Inácio se via na posição de cúmplice de Irene. Quando alguém dizia que ela já devia estar em casa, pegava-se inventando uma desculpa em seu nome. Queria que ela desse um basta na situação, mas sabia que não seria tarefa fácil.

Ao completar dezenove anos, Irene informou ao irmão que decidira pôr um ponto-final naquela história. Nunca mais desviaria de seu caminho por Bernardo. No entanto, recordava-se dele com frequência. Quem sabe um dia o encontraria e diria o quanto o tinha amado, sem jamais conhecê-lo, sem sequer ter trocado mais do que um punhado de palavras com ele. Sabia que era quase psicótico, por isso preferia manter tanto sentimento em segredo. Quando se pegava pensando nele novamente, desejava que estivesse bem. Perguntava-se se Bernardo a reconheceria caso um dia a encontrasse na rua.

Irene, talvez por seu histórico de paixão não correspondida, desempenhava o papel de informante de Inácio com satisfação. Na universidade, apesar de estudarem em turmas diferentes, não era raro que a irmã desviasse de seu caminho para tentar saber como andava Baby. Ela sempre corria para dar notícias ao irmão quando descobria algo sobre sua amada. O amor de Inácio, no entanto, não era abstrato e generoso como o da irmã. Ele esperava retribuição e se ressentia que Baby vivesse uma vida que não o incluía. Estava cansado de tê-la como um objeto a ser admirado de longe. Ao contrário de Irene com Bernardo, Inácio havia sentido o gosto de Baby. Fora o primeiro e, de um modo um tanto antiquado, considerava isso uma vitória pessoal. Tinha um senso de posse e pequenos rompantes de conquistador. Pensava nela nas noites sozinho no quarto, todo o ímpeto de seu auge sexual tinha um só destino.

Em uma das muitas tentativas para afastar Inácio, Baby disse que ele a amava por falta de opção — um comentário perverso e, sobretudo, inverídico. Talvez fosse melhor olhar para os lados, ela recomendou. Se quisesse percorrer o caminho mais fácil, estava bastante convicto de que Luiza gostava dele, talvez até o amasse. Mas não queria aproximar-se dela, justamente para não lhe dar o tratamento que odiava receber: o de um objeto útil somente em ocasiões específicas. Caso um dia escolhesse ficar com Luiza, precisaria antes se curar da febre que tomava conta de seu corpo toda vez que escutava o nome de Baby. Sua temperatura subia ao pensar nela, em seu rosto, em seu corpo, no perfume que usava. Já sua reação a Luiza era branda, confortável — talvez o amor de verdade fosse, no fim das contas, calmo. Mas ainda não estava disposto a desistir, a deixar de lado o que queria por algo mais confortável.

Baby, de acordo com o quebra-cabeça de informações que Irene montava a partir dos fragmentos de conversas que captava aqui e ali, estava numa fase feliz. Ela mesma observara o objeto da afeição do irmão beijando o namorado no estacionamento da UFRJ. Irene nunca mais vira Baby dirigir o Fusca bege — o namorado a trazia sempre em um Gol último tipo. Às vezes, as duas pegavam o mesmo ônibus para voltar, mas Baby sempre parecia reticente. Apesar de ter tido oportunidade, não havia perguntado por Inácio durante todo o semestre, nem mesmo no dia em que ambas dividiram o banco do ônibus, na véspera do aniversário dele. Conhecendo a irmã, Inácio não tinha dúvidas de que Irene dera várias indiretas para lembrá-la da data especial. A escolha de não dar um recado, mesmo que cifrado, havia sido deliberada.

Ao fim da sessão de *Calígula*, Inácio foi tomar uma cerveja com César, mas logo quis voltar para casa. Ao chegar, passava de meia-noite, a sala estava escura e a casa, silenciosa. A mãe havia cuidadosamente anotado os recados dos amigos que haviam ligado. Nenhum deles era de Baby.

Baby

Para uma mulher decidida a não se conformar, a não aceitar regras, Baby havia cedido bastante. A ponto de não se reconhecer mais. Aos dezenove anos, começava a entender a vida como um jogo em que as necessidades individuais eram, de forma inevitável, esmagadas pelo bem coletivo. O namoro com Otávio finalmente engatara, pois era a chave para uma vida financeira mais confortável, não apenas para si, mas também para Norma, depois que o pai havia falecido de repente — não que ele ajudasse muito na estabilidade familiar quando vivo. O fim de Diniz fora selado quando, por insistência da mulher, fora resolver algumas coisas no banco, pois ela não podia se humilhar mais uma vez. Um assalto ocorreu enquanto ele esperava para ser atendido. Embora ele certamente não tivesse dinheiro para ser roubado, Diniz teve um infarto fulminante enquanto a gangue, revólveres em punho, esvaziava os caixas. Morreu ali, antes mesmo de solucionar a pendência. Norma até acionou um advogado para abrir um processo para culpar o banco pela morte do marido, mas a estratégia não renderia efeitos imediatos. Uma sentença definitiva levaria anos para ser proferida. Por isso, pelo menos por enquanto, o bem-estar familiar pesava sobre os ombros de Baby.

    O dinheiro que Otávio soltava, sem que ninguém pedisse diretamente, garantia uma existência mais confortável, providenciava consertos, aceitava contas atrasadas. Para ele não fazia diferença, ela sabia. Desenvolvera mecanismos de defesa relacionados ao fato imutável de que não amava Otávio, mas se via cedendo cada vez mais terreno para que ele fizesse parte de sua vida. Primeiro passou a aceitar os beijos, depois as carícias e, finalmente, permitiu que a penetrasse. Um único flanco seguia protegido: o direito dela de calar-se quando ele, de forma insistente, dizia que a amava. Era sua última rede de proteção, ainda que tênue. Resguardaria essas palavras somente para quem não estivesse pagando.

Além de cumprir a função de benfeitor daquele apartamento calorento de Copacabana, que agora ostentava um potente aparelho de ar-condicionado, Otávio também lhe garantia status social. Não era a segunda colocação no vestibular da UFRJ ou as notas mais altas de sua turma que as amigas invejavam. Seu principal bem, para quem via sua vida de fora, era justamente o item que ela menos apreciava: Otávio. Aos poucos, desenvolvera algo semelhante a afeto por ele, reconhecia suas qualidades. Impressionava-se com a insistência dele em agradá-la e por contentar-se com o pouco que recebia em troca. Devia amá-la de verdade, o que não mudava o sentimento, ou falta de sentimento, que Baby tinha por ele.

Nem sequer conseguia ser fiel a ele. O beijo diante de todos, naquela festa do vestibular, fora só o primeiro encontro com Inácio. Ela elegera o rapazinho como digno de ser o primeiro — e nada que Otávio fizesse poderia mudar esse fato. Pelo menos essa decisão coubera a ela. Apesar de ter passado a tolerar Otávio, ainda não conseguia suportar seus beijos. O que Baby sentia por ele assemelhava-se ao que se desenvolve por um cachorro de rua que segue um estranho sem razão aparente. O bicho pode até ganhar um olhar de pena, mas, se insiste demais, torna-se incômodo. Se antes tudo o que Baby queria era que Otávio explodisse em mil pedaços, agora sentia-se um pouco culpada ao desejar que ele desaparecesse para sempre.

Um dos maiores pecados de Otávio era ser previsível. Baby sabia olhar as situações e prever como as peças de xadrez se movimentariam — como rei, rainha e peões se comportariam. No último ano, apenas uma peça meio encostada do tabuleiro, seu pai, havia sido capaz de surpreendê-la, saindo de cena. A morte dele não modificou muito algo que ela previra antes de começar a faculdade. Estava claro que o Fusca não duraria muito tempo, e foi o que ocorreu. Baby tentou fingir alguma resistência, escondeu a chave por alguns dias, mais para irritar Norma do que por apego ao carro. Recusou-se, no entanto, a ajudá-la a passar adiante o xodó de seu pai. Teve certo prazer — e acredita que o pai compartilharia o sentimento, onde quer que estivesse — em ver Norma colocar um anúncio no jornal *O Globo* só para desligar na cara dos interessados da Zona Sul. Não queria ser vista mendigando por uns milhares de cruzeiros a mais por um carro velho. Saiu cedo e levou o automóvel até a Tijuca, onde um colecionador de Volkswagens lhe fizera oferta. Em seu esforço sobre-humano para manter as aparências, nessa sucessão de representações que empreendia, a mãe era tão previsível quanto uma novela.

Outra figura fácil de se ler era Irene. Baby passou todo o primeiro bimestre fugindo dela, pois, quando a via, a irmã de Inácio largava o que estava fazendo para vir dar notícias não solicitadas sobre ele. Ao voltar da faculdade para casa, via-se sufocada em qualquer de suas opções de transporte: se Otávio a apanhava de carro, não parava de lhe perguntar como havia sido sua manhã; se voltasse de ônibus, corria o risco de ser alvo de um questionário infindável de Irene. No caso da irmã de Inácio, imaginava outra hipótese: talvez ela estivesse apenas sendo cruel. De alguma forma, podia ter descoberto que preferia o irmão dela a Otávio. Agora, buscava usar essa informação para infernizar sua vida, lembrando-a que sua opção era um caminho sem volta.

A cada sofá reformado, mensalidade de condomínio quitada e refrigerador novo adquirido, Baby ficava mais presa em um emaranhado criado por Norma e Otávio, e mais distante de Inácio. "O que esse garoto tem a oferecer?", foi o que sua mãe lhe perguntou certa vez. Baby ainda tinha princípios suficientes para saber que as escolhas da vida amorosa não deveriam ser subordinadas, ao menos por princípio, a questões econômicas. Era nesses tênues fios de sanidade que ela se apegava para não enlouquecer. Por quanto tempo seria capaz de se equilibrar nessa corda bamba, era um mistério.

Esses breves momentos de alívio não podiam mascarar o fato de que se afastava cada vez mais de Inácio. Baby tinha certeza de que ele era a pessoa certa e de que ela irremediavelmente seguia o caminho errado. Em poucos meses, Inácio dera vários sinais de que estava se tornando adulto. Largar a engenharia foi um indicativo de que era diferente dela — mesmo sabendo que decepcionaria o pai, não conseguiu fingir que tudo se resolveria, como ela vinha fazendo havia tempos. E quando ele deixasse de vir quando ela o chamava? Não queria ver Inácio perder o olhar doce, lhe doía ouvir uma ponta de mágoa em sua voz, sabia que era melhor manter-se longe de uma vez. Ao mesmo tempo, quando dava por si, estava teclando o telefone da casa dele — jogara a agenda de telefones do colégio fora, mas havia decorado o número. Agora que Inácio estudava jornalismo na PUC, muitas vezes Baby vagava pelas ruas da Gávea desejando encontrá-lo. Esgueirava-se no burburinho do Baixo Leblon e até ia aos eventos das turmas de comunicação sem ser convidada.

Uma vez o encontrou em um recital em um casarão abandonado. Uma mulher de vestido branco declamava poesias à luz de velas. Andou decidida na direção em que Inácio estava e segurou sua mão, possessiva. Percebeu que ele não suava mais e que o toque de sua pele ficara mais áspero — a metamorfose de menino em homem estava quase completa. A firmeza de seu punho a fez agir impulsivamente: ela puxou Inácio para o lado de fora e o beijou. Levou-o para casa ignorando todos os perigos. Deixou pistas suficientes para que Norma entendesse o recado: Inácio passara por lá. Ao se despedirem, disse que o amava e decidiu, bem ali, que precisava desistir dele. Na semana seguinte, passou o dia pensando nos dezoito anos de Inácio, mas decidiu que o silêncio seria menos vil do que uma ligação despreocupada, um aceno de afeto corriqueiro. O presente de Baby para Inácio seria a liberdade.

Pontualmente às nove, naquele dia, Otávio chegou com seu carro novo, um Del Rey, para apanhar Baby — para surpresa do namorado, ela havia proposto um programa romântico, uma nova experiência. Passariam a noite em um dos motéis da Barra. Era preciso esquecer, e era melhor fazer isso com alguma companhia, mesmo Otávio. Perguntava-se o que, afinal, ele via nela: a menina falida, que mal lhe dava bom-dia. Enquanto passavam pelo Elevado do Joá, fugindo da Zona Sul e também de Inácio, Baby se perguntava quanto tempo levaria para Inácio substituí-la. O que mais lhe afligia era que a opção que ele tinha era muito melhor do que a dela: Luiza se mostrava interessada e era quase perfeita — às vezes, a própria Baby se surpreendia com a relutância dele em acolhê-la. Ao contrário de Otávio, que nada sabia, vivia em uma espécie de redoma de proteção dos ricos e tinha no dinheiro seu principal atrativo, Luiza era articulada, inteligente e refinada. Os olhos escuros eram sinceros e a dedicação por Inácio, genuína. Ao mesmo tempo que a encarava como rival, desejava-lhe êxito e aceitava que isso provavelmente era só uma questão de tempo. Quando o carro chegou à avenida das Américas, as luzes dos postes brilhavam com força e contrastavam com a escuridão interior de Baby. Um aperto tomou conta de seu peito e, de alguma forma, ela entendeu que havia perdido, que fora derrotada por sua culpa e escolha.

Aceitou que eventualmente Inácio baixaria a guarda, por mágoa e carência, e olharia Luiza de uma nova forma. E estava certa, como os amantes sem esperança geralmente estão. Semanas mais tarde, ficou sabendo — por Irene, naturalmente — que Luiza e Inácio haviam trocado o primeiro beijo. Ele tomara a iniciativa, dando-lhe um beijo tímido no deque externo da Pizzaria Guanabara. Enquanto Otávio guiava com especial cuidado seu Del Rey pela viela estreita do motel, para estacionar na garagem que ficava sob o quarto *deluxe* que havia escolhido, Baby sentiu uma onda de frio tomar conta de seu corpo, apesar da temperatura de verão. Desejava estar em qualquer outro lugar. Mas, como boa profissional, sorriu e subiu a escada na frente de Otávio, ensaiando um movimento sensual e um leve rebolado.

capítulo 3
circo (1982)

Inácio

Se o ano pudesse ser resumido em três momentos, Inácio saberia sem dificuldade quais escolheria. Ele e César nadando pelados, com outros pirados drogados, no mar da Zona Sul. A construção dos andaimes do Circo Voador, e o sol, inclemente e belo, refletido nas estruturas metálicas antes que elas fossem cobertas pela lona azul meio desbotada. E a noite sob o efeito de ácido, pecinhas de quebra-cabeça que eram compartilhadas de língua em língua na roda de beijo coletivo. A experiência foi especialmente psicodélica para Inácio: o iniciante engoliu o pedacinho de plástico e papel que deveria ter passado adiante. Pavor de morte, momentos de horror — até que todos os presentes, ali na areia do Arpoador, concluíram que tudo estava bem. O ácido já tinha perdido a maioria do efeito, tanto que os mais experientes nem sentiam o barato. A química havia se perdido em meio a tanta saliva e bactérias bucais. O garoto, porém, continuava estirado na areia. Seguia em êxtase. O que não fazia efeito para os magros flácidos da geração dos anos 1960 operava maravilhas naquele corpinho jovem. Os braços longos de Inácio espalhavam-se como trepadeiras mágicas e acariciavam peitos peludos e seios. Ele via estrelas, milhares de estrelas, que passaram despercebidas durante todo esse tempo.

A pecinha de quebra-cabeça viera dos Estados Unidos. Apenas uma das três mil que, quando encaixadas, formavam a imagem da fotografia oficial do presidente Richard Nixon. Agora, Nixon transformara-se em uma borboleta que percorria seu corpo, fazendo-lhe cócegas e acendendo uma lâmpada em cada um de seus órgãos. Enquanto procurava o caminho de saída, a borboletinha acariciava todos os pontos certos, e Inácio não podia deixar de notar que seus mamilos estavam mais firmes do que nunca. Enquanto todo mundo dançava, Inácio, estirado no chão, desenhava figuras disformes contra o céu, arte abstrata que aparecia e desaparecia, sempre brilhante. Inácio não foi à revolução. Ela desembarcou na porta da casa dele.

"Feliz aniversário", disse César, decretando que este seria o "ano do sim". As mulheres que Inácio comesse não engravidariam, mesmo se estivessem no período fértil; não lhe passariam gonorreia nem o fariam sofrer com o beniquê por mais promíscuas que fossem — naquele curto período de tempo, não havia perigo, tragédias ou namorados ciumentos. Os dias em que a estrutura do Circo Voador foi levantada foram também os mais ativos da vida sexual de Inácio até então e talvez seriam os mais movimentados de toda a sua vida. Pela primeira vez desde o primário, quando aprendeu que a matemática básica era útil na hora de calcular o troco, Inácio fez uso prático de algo ligado à sua educação. Seu professor de teoria da comunicação na PUC tinha um repertório bastante limitado — *Os meios de comunicação*, *O que é ideologia*, e *O corpo fala*, um clássico da década anterior sobre sinais não verbais. E foi justamente este último que Inácio colocou em prática, de maneira inconsciente.

Concentrou seus poderes, naqueles dias de calor inclemente, em seu torso. Imitando um leão, estufava o tórax para atrair as fêmeas, exatamente como descrito no livro. Qualquer complexo de infância que havia tido sobre mostrar o corpo, que o fazia ir raras vezes à praia, desaparecera sem que ele percebesse. O código de vestimenta dos voluntários do Circo era relaxado, e a escolha de Inácio fora a mesma de todos os outros trabalhadores: quase nada. Enquanto o pai dava expediente na Petrobras, passando o dia todo fora, o filho gozava da vigilância relaxada do apartamento da família, de tão conveniente localização. Sua mãe se mantinha por perto, mas fingia que não via o vaivém naquela semana — um arranjo que servia a ambas as partes. Na realidade, o filho acreditava que esse período de sexo livre, e com mulheres, trazia um pouco de tranquilidade a Rita. Embora nunca tivesse dito nada, Inácio sabia que sua proximidade com César, com cumprimentos com beijos no rosto e abraços longos demais, a perturbava um pouco.

Naquelas noites suarentas, Inácio dava um jeito de fugir do general, apelido que dera a Joel por aqueles tempos — tomando cuidado para jamais usar a expressão na frente do pai. Algumas vezes, em vez de sujar os lençóis imaculados daquela casa de família, esgueirava-se pelas barracas de camping armadas na areia ou então encontrava, de mãos dadas com meninas e mulheres, cantinhos calmos entre as pedras do Arpoador. O movimento era grande, mas seu conceito de privacidade se tornara menos severo. Inácio mal conseguia participar das rodas de conversa, pois às vezes os temas se revelavam complicados, com referências a filmes a que não assistira e a livros que não lera. Em outros casos, todos estavam tão chapados que apenas gritavam palavras desconexas ou então trocavam juras de afeto com desconhecidos.

Em um dos poucos diálogos claros que travou, Inácio se lembra de um rapaz usando uma jaqueta verde militar, que contou ser um antigo uniforme do próprio pai.

— Milico repressor filho da puta! — gritava o cabeludo para a lua, enquanto Inácio olhava-o com um misto de admiração e pena.

Bêbado e suado sob o capote de guerra, o rapaz chorava e lutava contra o afeto que sentia pelo dono daquelas insígnias. Para consolá-lo, Inácio mentiu, e o fez menos porque se condoía por sua situação e mais porque queria pertencer ao grupo. Disse que seu pai também era simpatizante dos militares e, à medida que elaborava suas invenções, pensou que não sabia nada a respeito das tendências políticas do pai.

— Se dependesse do meu pai, isso tudo aqui seria destruído — afirmou. — Tudo pelo progresso.

Quanto mais falava, mais Inácio era tomado por uma súbita onda de vergonha. Ele assumira o papel de juiz inclemente, que não dá ao réu o direito de defesa. Quando terminou de falar, o filho do militar estava mais calmo, mas ele sentia náuseas. Não podia agora voltar ao teto que o pai lhe provinha depois de contar todas essas mentiras a seu respeito, não queria que o garoto soubesse onde morava. Estirou-se ali na areia dura e dormiu. Acordou quando o dia amanhecia e percebeu o silêncio da praia. Abriu os olhos e viu duas meninas que, de mãos dadas, iam fazer xixi no mar. Corpos frágeis espalhados pela areia, a temperatura reduzida do corpo durante o sono fazia todos se encolherem. Pareciam um bando de leões marinhos que busca espaço para se acasalar em uma praia da Patagônia. Empanado em areia, fez o caminho de casa antes que o rapaz de casaco verde acordasse. Desviou com cuidado dos que ainda dormiam e dos que já haviam acendido o primeiro baseado, embasbacados com os tons róseos do céu pouco antes que o sol nascesse de vez. Entrou em casa sem limpar os pés, espalhando sujeira naquele ambiente quase imaculado. Viu o pai, terno e gravata, espantando o sono com uma xícara de café. Esperava um sermão, mas Joel foi breve, a voz grave e solene de sempre, em tom quase sussurrante.

— Não faça barulho, não acorde sua mãe.

Não havia julgamento nem no tom de voz nem no olhar do pai. Ficava ainda mais claro para Inácio que Joel era mais difícil de se decifrar do que ele julgava. Doeu-lhe ainda mais o que dissera àquele desconhecido na praia. Queria dizer algo significativo, chamar o pai para perto de si com uma frase inteligente, mas tudo o que conseguiu, como sempre, foi recorrer ao trivial.

— Vou limpar a sujeira.

O pai quase sorriu, mas não chegou a tanto.

— Melhor você ir dormir.

Joel enrolou o jornal sob o braço, pegou as chaves do carro e ajeitou a gravata no espelho para se preparar para sair. Inácio o acompanhava, incrédulo. Mal vinham se falando. O pai voltou a medi-lo, agora com calma. Presenteou-lhe com um sorriso completo. Acenou para ele. Isso pesou sobre o peito de Inácio, uma mistura de coisa boa e ruim que lhe dava vontade de chorar.

Era nesses poucos momentos calmos, deitado em sua cama com o dia já claro, sentindo o odor de sol, sal e suor em seu corpo, coçando-se com a areia espalhada pelo lençol, mas com preguiça de se levantar para sacudir a sujeira, que Inácio lembrava-se de Baby. Novos rostos, novos peitos, novos cheiros, diferentes desenhos de sexo e, ainda assim, o poder da colega do Santo Inácio reinava sobre ele. Dizia a si mesmo que nem se lembrava da última vez que a havia visto, mas guardava uma memória quase fotográfica de tudo. Um encontro sempre poderia ser o último. Gostaria, como seus colegas de sonho do Circo Voador, que o amor fosse para ele também um sentimento leve, em vez de fazê-lo parecer pequeno e sem ação. Queria oferecer algo para Baby, algo que Otávio não pudesse dar, mas tudo o que tinha era a si mesmo. E já havia entendido que, no mundo dela, isso não bastava.

Naquela noite, toda a estrutura já havia ficado pronta, e alguns músicos ensaiavam ali canções que ninguém antes ouvira, mas que um dia seriam grande sucesso. Rapazes franzinos e sem muita graça que, em poucos anos, fariam mulheres rasgarem a própria roupa ao subirem ao palco. Inácio havia convencido César a subir ao nível mais alto dos andaimes. Logo, a grande lona chegaria e eles perderiam a vista. César agora hesitava, segurava-se com ambas as mãos, enquanto Inácio maravilhava-se com o fato de que estavam cada vez mais perto do topo. Naquela semana, as personalidades de Inácio e César pareciam ter se invertido: o primeiro ousava, bebera mais da vida do que nunca e queria mais; já o último vestia a camisa por dentro da calça e penteava o cabelo com cuidado. Inácio queria fugir com os hippies, enquanto César pensava em garantir dez por cento de todos os ganhos das bandas que entrariam no palco na noite seguinte. Apesar da aparente mudança, ainda eram os mesmos — esse intercâmbio só duraria até a maré subir de novo ou a fase da lua se completar. Enquanto isso, olhavam a lua crescente passear, da esquerda para a direita, como se corresse de Ipanema até o Leblon.

O mar estava calmo e a noite, quieta. Tudo foi interrompido por um uivo de Inácio, que levantou os dois braços, sem perder o equilíbrio, e girou o corpo na direção do amigo. Em pé, apoiado com as pernas em dois andaimes e segurando-se com as mãos nas mesmas estruturas em que César se agarrava como um bicho assustado, Inácio se movimentou de modo que os rostos de ambos ficaram frente a frente, bem próximos. No turbilhão de novidades que vivera, Inácio estava pronto para acrescentar mais uma. César permaneceu imóvel, como se sua vida estivesse em perigo. Então Inácio se precipitou decididamente sobre o amigo e o beijou, talvez por três ou quatro segundos e depois novamente, só por um instante. Retornou, com habilidade, ao seu lugar, e sentou-se a uma distância segura de César. Não, definitivamente não era homossexual. Mas ali, do alto, observando todas as outras criaturas do Rio de Janeiro, sabia que o amava. Amava César como um irmão. Ou talvez não fosse isso. Na realidade, o amava de outra forma, de um jeito muito claro e ao mesmo tempo difícil de explicar. Sabia que não era algo comum. Na realidade, em meio àquele silêncio construído em metal e vento, até Baby parecia irrelevante. Naqueles instantes, amava César mais do que qualquer outra pessoa.

César

Um mundo paralelo só tem sentido quando não há interesse na vida real. Cada vez menos César se deixava seduzir por Henrique, não queria mais estar dentro das canções do Pink Floyd, ser transportado para uma galáxia diferente ou escapar da realidade. O tempo havia passado, e César gostava da própria evolução. Não queria mais se dividir em duas realidades, esconder-se em cubículos ou deixar sua visão ser enganada pelo vapor. Continuava esporadicamente a fazê-lo, pois estava preso à ilusão que inventara. Às vezes, uma decisão pode ter consequências de longo prazo. Ao abrir a porta de seu edifício e permitir, por uma só noite, que Henrique sentisse o gosto de sua verdadeira existência, com pisos de madeira maciça, cristais de qualidade e colchões confortáveis, transformou o amante ocasional, que poderia desaparecer de sua vida em um estalar de dedos, em um elemento concreto. Como uma decisão errada geralmente leva a outra, foi induzido a mais um equívoco quando aceitou entrar em um mundo ainda mais impenetrável do que o seu: a morada insuportavelmente quente e assustadora em que vivia seu primeiro homem. O Valongo, onde só sobreviviam humanos e insetos muito resistentes, era o esconderijo preferido de prostitutas e seus cafetões, de viciados e traficantes, de travestis e fornecedores de hormônios, e de todo mundo que procurava um canto escuro para descansar. O receio inicial de César com o local e seus frequentadores misturava-se ao fascínio por um mundo desconhecido. Com o tempo, porém, restou só a intensa vontade de se distanciar de tudo aquilo. Passada a fase do estudo clínico, findo o ciclo do experimento, queria voltar para casa. O problema: precisava devolver a cobaia que adotara em um impulso infantil. E agora aquele animal ferido sabia muito bem onde ele morava.

 O edifício em que Henrique vivia ficava bem próximo ao porto — sabia disso tanto porque era possível ver o cais pela janela quanto pelo cheiro putrefato que se espalhava pelo ar e se esgueirava pelas frestas invisíveis das janelas constantemente fechadas. A maior parte das lâmpadas dos postes estava quebrada. Seres que preferiam permanecer anônimos as destruíam com pedras. A regra para os poucos que passavam por ali era não se atrever a espiar o que deve ficar escondido. O prédio de Henrique tinha uma porta pesada, e fora uma repartição da capitania dos portos em alguma década distante. Era um edifício moderno, estranhamente imponente em sua decadência, diferente dos casarões baixos caindo aos pedaços das ruas vizinhas. Quando o dono resolveu adaptá-lo de forma improvisada para o uso residencial, criando pontos para chuveiros elétricos cujos fios derretiam por causa das instalações deficientes, os moradores passaram a se virar como podiam para se proteger do sol insistente que entrava pelos vidros — quem não tinha cortina se virava com papelão ou jornal. Era a construção mais alta em vários quarteirões, e não havia jeito eficiente de fugir do bafo. Do lado de fora era possível assistir, como se os apartamentos fossem televisores sintonizados em diferentes frequências, às pessoas se virarem para impedir a luz de entrar. Criaturas que não queriam ser incomodadas em suas tocas.

Henrique não destoava do ambiente: uma vez em seu habitat, o bicho trocava de pele e assumia novo disfarce, ameaçador. O aluguel era barato, uma ninharia que o recepcionista da sauna fazia questão de pagar em dia, para evitar dores de cabeça. Não se metia no assunto dos outros, para não fazer inimigos. À noite, seu edifício variava entre o mais absoluto silêncio e gritos e sons guturais — de medo, dor, êxtase. Era difícil distinguir um do outro. Onde terminava o prazer e começava o sofrimento. César navegava tudo com cuidado, com cara de criança assustada, o que renovava e realimentava o poder de seu protetor. Não raramente, quando chegavam ao apartamento, ele assumia posição submissa. Era um novo jogo que inventaram sem combinar, em que o fraco implorava ao forte que jamais fosse deixado sozinho.

Henrique tinha momentos de beleza, à medida que se despia de suas roupas, invariavelmente escuras, ou da camisa polo branca, seu uniforme da sauna. Sua caverna era surpreendentemente ampla, ou talvez a quase ausência de móveis fizesse o espaço parecer maior. Embora morasse ali havia oito anos, Henrique parecia pronto para deixar tudo para trás. Cada vez que trancava a porta atrás de si, estava preparado para nunca mais voltar. Se tudo fosse destruído por um incêndio causado por um curto-circuito ou um chuveiro queimado, nada faria muita falta. Não sabia para onde iria, mas mantinha sempre tudo preparado para uma fuga hipotética.

Naquele espaço não havia cama, apenas um colchão muito limpo sobre o piso, e as roupas, todas muito parecidas, dispostas em uma arara. Uma jaqueta de couro com fivelas pesadas, uma bota de cano três quartos e alguns outros itens usados em ocasionais serviços de dominação também estavam à mostra. Não havia aparelho de som — Henrique ficava à mercê da seleção musical do sistema de som da sauna o dia inteiro, e preferia o silêncio. A televisão quase nunca era ligada. Mas, em um toque de surpresa, havia livros. Henrique gostava de sempre reler as mesmas histórias. Tinha um gosto infantil e levemente feminino. Suas edições de *Mulherzinhas* e *A história de Elza* pareciam bastante manuseadas. A única curiosa e inesperada beleza daquele espaço advinha das cortinas, que ele havia comprado em uma oferta nas ruas do Saara. Eram pedaços enormes de pano, de um tecido grosso, com uma grande e única paisagem de quatro metros de largura: sobre um fundo bege, havia uma plantação de bambus na parte inferior, com uma série de folhagens, de variedades difíceis de se identificar, compondo o restante do quadro. Quando a luz incidia com maior força no apartamento, por volta das dez da manhã, criava-se um paraíso artificial e muito particular que só podia ser apreciado dali.

À medida que o interesse das gravadoras pelas bandas que representava crescia, César aparecia menos no Valongo. Henrique estava acostumado às noites solitárias e logo teria de voltar a elas. César fora o primeiro capaz de fazer Henrique embarcar em um amor romântico, ou algo que transcendesse necessidades corporais ou monetárias. Depois de centenas de homens, talvez milhares, era a aprovação de um que importava. César percebia isso, mas tentava não incentivar essa transformação. Queria que tudo fosse como antes. Sabia que Henrique não tinha mais vontade de agradar os clientes da sauna, mas sua posição financeira estava longe de ser segura. O estabelecimento necessitava atrair um público mais jovem, e um homem de trinta e poucos anos na recepção não ajudava muito a cumprir esse objetivo.

O emprego pagava pouco, sempre fora um portal para um mundo de gorjetas e agrados que garantiam o sustento de Henrique e compravam um futuro ainda indefinido. Agora, quando cedia ao chamado de outros corpos, o fazia apenas por dinheiro. Após o fim do serviço, via-se vítima de um peso indefinido. Confessara a César que sentia-se tolo, pois culpa nunca fizera parte de seu repertório de sentimentos. Porém, o senso de sobrevivência, que sempre fora sua principal qualidade, continuava ligado: ainda aceitava alguns convites enquanto distribuía toalhas, sabonetes e chaves de armário. Quanto mais tempo César demorava para aparecer, com mais frequência Henrique trabalhava. Mas procurava ser seletivo: preferia os gringos, sempre dispostos a pagar em moeda estrangeira. Tudo transcorria da maneira mais impessoal possível, até porque o vocabulário de Henrique em inglês se resumia a expressões como "more" e "harder". Um de seus orgulhos era guardar os pagamentos em dólar, que evitava contar para não ser vencido pela preguiça, em um cofre de banco — uma extravagância necessária. Sempre havia o risco de arrombarem o apartamento. Afinal, na área portuária, qualquer troco era cobiçado.

    Henrique e Inácio se cruzaram apenas uma vez, quando a lona do Arpoador estava armada e as arquibancadas, quase prontas. Meio para se livrar do amante, César propôs um encontro rápido enquanto tentava ajudar a acertar os últimos detalhes para os shows que começariam na noite seguinte. Inácio atingira o ápice de sua sexualidade naquela noite nos andaimes, e era impossível não se sentir atraído por ele. Era o eclipse total de passagem do menino para a vida adulta: um fenômeno tão fugaz quanto inesquecível, um espetáculo atraente e um tanto assustador. Henrique já ouvira César falar de Inácio e demonstrara uma ponta de ciúme. E não conseguiu disfarçar que presenciar ao vivo todo aquele poder de atração despertou-lhe também inveja. Enquanto um vivia de impor sua sexualidade, o outro deixava a sua escorregar de seus poros, quase inocente. Inácio estava tão entretido com as atividades que mal percebera Henrique — algo que César não pôde deixar de observar. Assim, a única pessoa que conectava o mundo de Henrique ao de César continuava a ser Rosalvo, o porteiro que vira o recepcionista entrar e sair do edifício no Leblon. Na tentativa de se esquivar da luz que insistia em emanar de Inácio, o rei do Arpoador, Henrique se apressou em mostrar-se útil. Antes de começar a empilhar ripas de madeira com vigor para construir as arquibancadas, tirou a camisa. Talvez fosse uma tentativa de demarcar César como território seu pelo cheiro. Aquele esforço foi registrado, mas despertava uma espécie de incômodo.

César concordou em ir para o Valongo, mesmo não querendo, pela última vez. Os dois caminharam em silêncio entre as ruínas próximas ao porto. Ouviam pelas ruas, tão tarde da noite, não só os sons dos vivos, mas também os choramingos dos mortos, dos escravos que haviam adoecido e morrido naquele cais agora coberto por várias camadas de concreto. Era um lugar, desde sempre, com uma vocação triste, e Henrique era uma alma a mais naquele purgatório. Após o sexo, mais violento que de costume, não houve despedida. Henrique, ao aliviar-se, segurou o amante o mais próximo de si que conseguiu. Numa súplica muda, abraçava-o com toda a força. Se o envolvesse até deixá-lo sem ar, não poderia ir embora. Mas César esgueirou-se da cama, precisava ir. Não conseguiu nem esperar o dia clarear para se sentir mais seguro. Sabia que Henrique percebera seus movimentos noturnos. E que fingira dormir ao ouvir o clique da porta batendo.

César não disse nada ao sair. Ao desviar das figuras da noite a passos rápidos, não fez um balanço do que vivera com o amante nesses dois anos. Quanto mais caminhava em direção ao futuro, mais aquela situação se descolava de sua mente. Tudo o que ansiava era chegar em casa. Dar fim à trama em que havia se enredado lhe dava uma sensação de liberdade, de asseio. Prometeu que nunca mais pisaria na rua Barão de Tefé — um objetivo fácil de cumprir. Ao chegar ao Leblon, perguntou a seu Rosalvo se ele se lembrava de um amigo que certa vez trouxera para casa. O porteiro fez esforço para lembrar. Sim, era aquele das roupas e botas pretas. Respondendo à solicitação do morador, Rosalvo assegurou que jamais, em hipótese alguma, o deixaria entrar no edifício. Seguiria as ordens. Disse para César ficar tranquilo, de forma que o rapaz se sentiu a salvo. O perigo havia passado, tentava convencer-se, enquanto o elevador subia até o décimo quarto andar. Por alguma razão, mesmo dentro de sua fortaleza, arrepios de pavor ainda tomavam conta de seu corpo.

Selma

Selma acordou sobressaltada, de um sonho do qual não se recordava. Mas havia sido ruim. A casa estava quieta, tomada de um silêncio dolorido, que parecia eterno e a deixava desorientada. Tantos cômodos vazios, espaço desperdiçado. Os pensamentos giravam na cabeça dela, logo cedo, sem sentido ou coesão. Sentou-se à cabeceira da longa mesa de jantar para tomar fôlego. Examinar os objetos da sala a fez eleger um tema para o dia que acabara de começar. Nenhum som vindo de todos os cantos daquele apartamento enorme, César estava fora havia dias e só voltaria na semana seguinte. Por ora, seriam apenas Selma e os móveis, tudo muito sólido, madeira de lei e tapeçaria persa, e ela não pôde evitar pensar sobre a inutilidade das coisas. Tudo o que era palpável se revelava cada vez mais supérfluo. O que mais a incomodava, entre todas as coisas que possuía, era aquela cristaleira. Cogitou virá-la, mas faltava-lhe coragem para quebrar tudo. Aqueles objetos não faziam mais sentido desde que Roberto deixara o Leblon para trás. Só se encaixavam no universo conjunto que eles tinham criado. Então Selma se lembrou do sonho. Era algo que sua mãe sempre lhe dizia sobre os pesadelos: águas escuras, mau presságio. Ou então era a ignorância falando mais alto, disse a si mesma, crendices de uma velha sem nada para fazer. Selma precisava arranjar alguma ocupação. E trabalho não faltava. Havia uma tese inteira a ser escrita. Iria achar os livros, reunir anotações, abrir as janelas e transportar a máquina de escrever daquele escritório escuro até a sala, mais iluminada. Queria estar ao alcance da luz do sol.

Sempre as vítimas, os esquecidos, os que imploravam por afeto e atenção foram os preferidos de Selma. Era por isso, embora não admitisse, que havia escolhido Ifigênia, e não Electra ou Eurídice, como tema de estudo. O sacrifício a interessava mais do que a glória. Pobre Selminha. Essa posição de dama vulnerável a fazia estar sempre atenta a potenciais tragédias, como se tudo o que construíra estivesse à mercê de um furacão. Estudar a grande vítima das tragédias gregas não fazia dela uma pessoa especial, precisava se lembrar a todo momento de que era comum — na verdade, era uma senhora de classe média, privilegiada sem realmente se dar conta das vantagens de que desfrutava, mesmo tropeçando nas mazelas do Rio de Janeiro toda vez que saía de casa. Tinha de parar de buscar preocupações imaginárias. No ano anterior, enquanto preparava a ceia de Natal para sua irmã, que viria de Petrópolis para encher o apartamento de sobrinhos, e embalava cuidadosamente os presentes, deparou-se com uma notícia antiga enquanto desmembrava uma pilha de jornais *O Globo* não lidos para embrulhar um vaso de cristal que daria a Simone. A edição era do início do mês e falava de uma doença misteriosa que acometia homossexuais e sugava todas as forças, como uma entidade poderosa que derruba defesas, deixando-os suscetíveis a males medievais. Continuou a embalar o vaso, mas deixou aquela folha de lado, como um aviso a não ser esquecido. Tremia, e parou por um segundo. Calma, Selma, calma. Sempre a primeira a prever uma grande tragédia. Não era Ifigênia. Riu sozinha, deu de ombros.

Tentou afastar os pensamentos. Mas dobrou a folha do jornal e a guardou em uma gaveta.

Não se deixaria mais levar pelos pensamentos que se emaranhavam. Era importante tomar resoluções de Ano-Novo, e a de 1982 seria não prever que todos os desastres e mazelas do mundo parariam diante de sua porta. Essa doença norte-americana não chegaria aqui, era como os casos de gripe avassaladora na Europa que nunca tinham matado ninguém no calor carioca. O mormaço acabaria com qualquer bactéria. Passou boa parte do ano, no entanto, acompanhando todos os dias as notícias internacionais, para ver se o jornal voltava a falar alguma coisa. Nada, nada, nada, dia após dia. Lá por março, relaxou, deu-se por vencida. Nenhuma menção à epidemia que dizimaria, como um deus furioso, todos os pederastas. Quando encontrou a página novamente, por acaso, percebeu que dera importância demais a algo escrito para encher jornal, nem era um texto tão grande assim. Logo abaixo, lia-se uma notícia muito mais útil: um tratamento à base de colágeno, desenvolvido nos Estados Unidos, que preencheria rugas e poderia apagar cicatrizes, deixando um resultado quase natural. E, ainda mais importante, naquela mesma folha amarelada, uma descoberta soviética para estancar os efeitos da velhice que poderia fazer a vida útil de um ser humano ser esticada até os cento e vinte anos — era óbvio, pensou Selma, que viver doze décadas seria coisa comum lá pelo ano 2000. Degeneração celular viraria coisa do passado. Selma pensou que precisava ler os jornais com mais afinco. Os russos certamente dominariam o mundo.

Selma preocupava-se, solitária e confusa, até arranjar alguma distração. Quando jovem, concentrou-se em Roberto, que, como descobrira recentemente, mal chegara a conhecer de verdade. Ela aos poucos deu-se conta das vantagens de não ser mais mulher de alguém: não precisava mais organizar festas para clientes ou preocupar-se com o que outro adulto iria jantar. Agora, ocupava-se em analisar livros e, ao mesmo tempo, a si mesma. Observava, por horas, a folha limpa enrolada na máquina de escrever, em busca de algo original para dizer sobre Ifigênia, com quem se identificava. Enquanto contemplava o aspecto agridoce da própria solidão e controlava-se para não pensar no paradeiro do filho, lhe dava satisfação observar a atenção que César dedicava a Inácio, o menino franzino que florescera cada vez mais solar. Tudo estava bem, insistia, sem convencer-se por completo. Respirava fundo e sentia-se pronta para trabalhar. Mas seus pensamentos então voavam e se espalhavam, invariavelmente em direção a Adriano, doutorando em história com quem dividia algumas aulas. Ele sequer havia completado trinta e cinco anos e tinha um semblante calmo e relaxado — os músculos, porém, eram firmes. Surpreendeu-se ao ser olhada com desejo. Sucumbiu. O gosto de Adriano era doce e amargo, compreendendo todas as variantes entre esses dois extremos.

    As teorias sobre Ifigênia, seus paralelos com heroínas do cinema e das novelas, não eram mais um passatempo de uma dona de casa entediada, mas algo a ser levado a sério. O que mais a atraía em Adriano eram os olhos atentos, a atenção sem desvios. Tudo o que ela dizia era importante, urgente, vital. Apesar de Selma ter dado o primeiro passo, e depois o segundo, não conseguiu levar a história adiante. A despeito de toda sua recente evolução, ela ainda era a menina do Méier, a filha de dona Ieda, que temia as águas escuras. Riu de si mesma, mais uma vez. Eram quase onze horas, logo precisaria cuidar do próprio almoço, cozinharia algo especial para si. Não, era melhor insistir e tentar trabalhar mais um pouco.

Selma olhava para a página em branco presa na Olivetti azul e não conseguia pensar em nada, nenhum pensamento novo sobre Ifigênia lhe vinha à cabeça. O telefone tocou, num tom alto, alto demais, como se trouxesse notícias ruins, os maus presságios de Ieda. Desde que se tornara mãe, Selma sempre associava possíveis tragédias a César. Essa figura tão dona de si, tão livre, correndo pelo mundo. Pensava nisso e se tranquilizava, ele havia achado um caminho. Mas César carregava também uma fragilidade inexplicável, como se pudesse quebrar a qualquer segundo. O barulho do telefone tomava conta da sala, e Selma desistiu de calçar as sandálias antes de se levantar. Foi o mais rápido que pôde, e respondeu com um alô ofegante. Do outro lado, ouviu a primeira ficha ser engolida por um orelhão.

— O César está? — perguntou a voz de um homem, em um tom inquisidor, urgente.

— Bom dia, com quem falo? — respondeu Selma, com o objetivo de reduzir a velocidade do diálogo.

— Henrique — respondeu a voz masculina, forte.

Ele falava de um orelhão num lugar barulhento, era óbvio pelos ruídos ao fundo, e ansiava falar com César. Selma percebeu que era algo que não podia esperar, uma necessidade febril e primal, como ir ao banheiro.

— Eu gostaria de falar com ele, por favor — disse Henrique.

Selma percebeu que a pessoa tentava manter a calma.

— O César está? — repetiu ele, tentando parecer mais polido, mas sem conseguir esconder seu desespero.

Selma respondeu de forma amorosa, meio condoída pelo tom que escutava:

— Não, Henrique, ele não está. Viajou, não sei ao certo quando volta. Quer deixar recado?

— Diz para ele...

De repente, um barulho seco. A ligação caiu.

Selma ficou, em um primeiro momento, sem saber como reagir à necessidade febril daquele homem de falar com seu filho. Anotou o nome de "Henrique" e "retornar", sublinhando três vezes a recomendação. Mas César acabaria adiando seu retorno tantas vezes, buscando o sucesso para seus clientes, que o recado se perderia no tempo.

Além de não ter conseguido produzir uma só frase a manhã toda, ela ficou ainda mais perturbada com essa chamada estranha. Resolveu dar uma volta pela praia naquele dia de maio. Mas o vento agitava o mar, e as pessoas usavam casacos de inverno que não saíam do armário havia muito tempo. O céu estava limpo e, quando deu por si, Selma vencera Ipanema, Arpoador e já estava em Copacabana. O mar se acalmara por ali. A água, muito verde, refletia uma luz bonita que ela não via há tempos. As gaivotas circundavam a orla, em um espetáculo de sobrevoos que a encantava. Observou a revoada por um bom tempo e se percebeu mais tranquila. Riu das crendices de sua mãe e convenceu-se que seu sonho era isso, apenas um sonho.

Chegou em casa disposta a ter um dia pelo menos relativamente produtivo. Não havia levado dinheiro para a água de coco, mas um copo de água gelada cairia bem agora. Antes que pudesse ir até a cozinha, no entanto, foi surpreendida por uma aguda dor na boca do estômago. A sensação de que algo ruim estava para acontecer voltou. Selma perdeu o controle, abriu mão dele por absoluta falta de forças. A dor viera mais forte do que nunca. E daquela vez foi tão fulminante, assertiva e potente que a derrubou no chão.

Rosalvo

Era fácil se distrair com tanto barulho. O mundo em que vivia Elza era cheio de sons, de samba, copos batendo em um brinde, mais cerveja, mais latinhas, mais gritos, pandeiro tocando, netos chorando, crianças gritando enquanto soltam pipas. Com tamanho agito, era fácil esquecer, deixar para trás o fato de que tinham de acordar cedo para limpar a bosta dos outros, abrir a porta para bacana, dizer sim, senhora, não, senhora, trazer café para a madame, esfregar o tapete herdado da vovó. Então, se sorrissem e tocassem música em volume absurdo, esqueceriam. A cervejinha, barata e em grande quantidade, ajudava. Elza queria ver fartura em sua casa, não importa que tipo de fartura fosse. Rosalvo havia falado mais no último ano do que em toda sua vida. Elza estava sempre perguntando alguma coisa. Ele não estava acostumado a ter preferências, isso ou aquilo para jantar, ir para lá ou para cá. Sempre havia se contentado com o que tinha, era melhor assim. Elza não: queria ser dona do próprio barraco, ansiava deixar alguma herança para os filhos, mesmo que fosse essa casa meio colorida, meio sem pintura. Assim, entre uma festinha e outra, entre um pagodinho e uma roda de samba, Rosalvo foi se acostumando com aquela atividade toda. Com tanto a fazer, acabou se afastando da missão de vingar Marquinho, única razão para ele vir para o Rio de Janeiro. Seus ouvidos zumbiam com o vaivém. A felicidade, ou a ilusão dela, também cansa.

E Marquinho sempre dava um jeito de voltar a seu pensamento nos momentos mais inesperados. Isso aconteceu, por exemplo, quando ele e Elza estavam num samba, na laje de algum vizinho, e Beth Carvalho começava a cantar "dente por dente, olho por olho". Sentado em uma cadeira de praia meio rasgada e avistando a favela de cima, tentava traçar uma saída daquele labirinto tão cheio de cantos escuros, fios elétricos aparentes e telhas de zinco. Quando a lembrança do filho voltava, Rosalvo sentia-se impotente, como o pai que promete uma bicicleta nova, mas só pode comprar uma bola de plástico. Havia feito um juramento, assumido um compromisso. Por não cumprir a própria missão, sentia-se pequeno e incapaz. Queria ir à igreja, pedir alguma ajuda, mas voltar atrás nisso também estava fora de questão. Virara as costas a Deus e pelo menos a isso precisava ser fiel. Incomodou-se tanto consigo mesmo que saiu mais cedo da festa. Sozinho em casa, sob a única lâmpada de seu quartinho, revisou as poucas pistas que tinha para encontrar o filho. Um postal do Pão de Açúcar, uma foto de Marquinho, todo vestido de mulher, uma mulher quase perfeita, não fossem as costas tão largas. Fora Rosalvo quem dera dinheiro para o filho sair do Serro, mas, ao ler as cartas, sempre se espantava com o fato de ele insistir em assinar os cartões, aqueles textos curtos em que só cabiam descrições de alegrias, de uma euforia meio falsa, como Eloá. Não conseguia se acostumar a esse nome. Sua mente não se estendia tão longe. Talvez pudesse perguntar por aí por Eloá, mas como iniciar o assunto, e com quem? Tentara isso antes, sem sucesso. Ser um matuto calado não vinha a calhar para quem queria bancar o detetive.

Rosalvo se dividia entre os eventuais sussurros de Marquinho e o conforto barulhento oferecido por Elza. O homem que chegara pronto para matar agora se rendia a algo que desconhecia: o amor sem um compromisso de honra, sem a obrigação de criar os filhos, de manter as terras e alimentar as criações. Era fácil ceder aos encantos da alegria, mesmo que o sorriso que emanava dela pudesse ser comprado no dentista que atendia no consultório protegido por grades, logo na entrada da favela. Dentaduras que serviam em quase qualquer boca — Elza exibia a dela com orgulho, apesar de ser grande demais para ela. A mulher que se defendia pelas palavras, que sempre tinha tanto para contar, revelava-se justamente nos momentos mais calmos, quando sussurrava em vez de gritar.

Rosalvo não se mudou para a casa da nova mulher por vontade própria, mas porque Elza mandou fazer uma cópia da chave do barraco para ele. Evaldo, o último menino dela, estava prestes a sair de casa e iria construir um puxado nos fundos do terreno da sogra. E Elza não podia ficar sozinha, não suportaria isso depois de tantos anos de movimento. Conhecia o amado o suficiente para saber que era uma boa escolha. Acariciou a mão calejada de Rosalvo, entregou-lhe a chave e perguntou se ele viria morar com ela. O homem que havia se despedido do Serro, da memória da mulher, dos filhos e até de Deus, nada disse. Apagou as luzes de seus dois cômodos, trancou a porta e sorriu ao pensar que nunca mais precisaria voltar àquele lugar. Mandou dizer ao senhorio que só ficaria até o fim do mês. Estava pronto para quebrar todas as promessas, para esquecer tudo, até o filho assassinado. Tudo o que queria era descansar nos seios fartos de Elza, tinha direito a isso, era a maneira perfeita de passar o resto da vida.

Mas Marquinho não era um menino qualquer. Nunca fora, nunca se rendera. Os sinais dele estavam por toda parte, nas meninas que circulavam pela favela, prontas para servir a qualquer homem em caso de necessidade. Havia muitas almas como a de Marquinho. E essas almas viviam não apenas na favela, mas também em prédios chiques como aquele em que ele trabalhava. Embora jamais tenha trocado mais do que algumas palavras com César, formou uma conexão imediata com o rapaz. Ele despertava, como Marquinho, seu instinto de proteção, uma reação primitiva que só se conhece depois da paternidade. Um pedido de César ganhava caráter especial, era uma espécie de chamado. A ordem para barrar o homem de roupas negras, apesar de o próprio César ter aberto a porta de sua casa para ele anteriormente, foi interpretada por Rosalvo como uma missão a ser cumprida a qualquer custo. Era preciso proteger César. Rosalvo faria o melhor que pudesse, seria mais um projeto para homenagear Marquinho. Desta vez, ele ficaria mais atento, cuidaria do filho de Selma com mais atenção e zelo do que havia sido capaz de fazer com seu próprio sangue. Sabia como doía a ausência de um filho e não desejava aquela experiência a ninguém.

Fazia semanas que César estava viajando quando Henrique reapareceu, frágil e cabisbaixo, uma figura patética em posição de súplica. Lembrava os santos de segunda linha da igreja, imagens dispostas nos lugares menos iluminados dos altares. Quando o viu perambulando ao redor dos canteiros do jardim do edifício, aquela calça apertada e a camiseta grudada, o porteiro caminhou até ele com fúria, como havia sido orientado a fazer com os pivetes que queriam ficar ali pedindo esmolas ou oferecendo-se para engraxar sapatos. Não deveria escutar histórias, ouvir justificativas, ceder a choramingos. Era o espaço dos moradores, quem não havia sido convidado a entrar deveria ser repelido a todo custo, sem pena. Rosalvo, um metro e sessenta, calça preta e camisa azul bebê, como quase todos os porteiros da Zona Sul, aproximou-se a passos firmes daquele rapaz, que havia cansado de esperar e agora tomava fôlego sob as árvores do jardim. Ao parar diante de Henrique, aquele homem nem tão jovem assim, deteve-se. Não se dera conta disso antes, mas ele também tinha os olhos do Marquinho. Enquanto o filho de Rosalvo transformava-se em Eloá, Henrique se disfarçava de cavalheiro vestido de preto, um predador ameaçador. Mas a expressão não mentia, ele podia decifrar o pedido de socorro. Todo o afeto que sentia por César, em um momento, transferiu-se para aquele estranho. Segurou-se por um momento, precisava ganhar tempo, pensar no que fazer.

Decidiu ir devagar. Estava apenas fazendo seu trabalho, um homem precisava honrar o seu salário.

— Posso ajudar? — perguntou Rosalvo, de maneira protocolar, porém firme.

Henrique sentou-se na borda de um canteiro. Era bom uma voz se dirigir a ele novamente. Estava cansado e assustado, uma fera que havia saído do esconderijo e agora sentia medo, o pavor inexplicável e infinito dos animais sob ameaça. Engoliu em seco e preparou-se para dizer alguma coisa, mas não falou nada, soltou somente um suspiro ofegante, como se estivesse submerso e respirasse pela primeira vez depois de um longo tempo. Rosalvo o observava, curioso e compassivo, tentando entender a situação. Henrique olhou para ele novamente e sorriu, mas era uma expressão triste, como a de um palhaço idoso. O porteiro teve vontade de abraçá-lo, pensou em salvá-lo da tempestade também, e teve uma visão do rosto de Marquinho enquanto morria. Não sabia como o filho fora assassinado, mas às vezes a imagem dele sendo esfaqueado, espancado ou coisa pior lhe vinha à cabeça. A dor de Marquinho era a dor daquele rapaz. Queria tocá-lo como não havia feito com o filho. Fechou os olhos e voltou a si. Precisava fazer o trabalho, proteger o castelo dos ricos. Comprometera-se com César a manter o rapaz longe. Quem já perdeu tudo está sempre pronto para atacar. Não podia salvar todos, tinha de fazer uma escolha. E escolheria César. Daria o tiro de misericórdia no leopardo de pata quebrada. Examinou Henrique até encontrar as palavras corretas a dizer:

— Desculpe, mas o senhor não pode ficar aqui.
— Eu preciso falar com o César — disse Henrique.
— A essa hora da noite? — perguntou Rosalvo.
— E existe hora certa? — devolveu Henrique.
— Tem hora certa para tudo, meu filho.
— Você sabe se o César está?

Rosalvo não podia voltar atrás.

— Não posso dar informações sobre os moradores.

Imaginou Henrique correndo até a portaria num ato desesperado, mas ele apenas assentiu. Balançou a cabeça afirmativamente, resignado. Gastara todas as forças para chegar até ali, e não restava mais fôlego para a carreira final. Assistir a alguém se desintegrar daquela forma perturbava Rosalvo.

— O interfone pode tocar. Eu preciso voltar para a portaria — disse Rosalvo.

— Pode ir, pode ir tranquilo. Eu já vou embora. Só preciso sentar aqui mais um minuto. Tudo bem? — cedeu Henrique.

Um nó na garganta impediu que Rosalvo dissesse mesmo uma só palavra. Fez um sinal de que tudo bem e deu as costas a Henrique. Mesmo já em sua mesa, dentro do saguão, permaneceu assim. Não tinha coragem de olhar para fora. Depois de algum tempo, no qual escutou todos os pequenos sons que a cidade fazia já perto da meia-noite, criou coragem e virou-se para a calçada.

Henrique não estava mais lá.

Baby

Baby olhou-se no espelho e viu Eunice, como fora batizada, e não ela mesma. A menina que corria mais rápido do que todos os garotos de Copacabana, que jogava bola no bairro Peixoto, que atraiu todos os homens que desejou — e também os que nunca quis — transformara-se de novo em Eunice, e vivia em um mundo em que valiam as mesmas regras da avó paterna, que nem sequer conheceu, mas cujo nome carregava. Olhava-se e tudo o que via era uma figura fraca e vetusta. Ou pior: uma versão mais jovem de sua mãe. Havia descido tão baixo que não havia mais aonde ir. Agora iam ao mesmo cabeleireiro, à mesma manicure, alimentavam-se das mesmas expectativas. E não havia sido Norma que a trouxera até aqui — ela viera empurrada, mas chegara com as próprias pernas. Sentou-se por um bom tempo, examinando-se, buscando vestígios de si mesma, e viu que não havia escolhido nenhuma das roupas que usava ou das joias que a enfeitavam.

Os presentes de Otávio impunham também a presença dele. Trancou a porta do quarto, um hábito adquirido para recuperar a sanidade quando se sentia sufocada. O silêncio do mesmo cômodo infantil que comportara estratégias de grandes aventuras agora era a morada de uma figura de cabelo longo e penteado com laquê, conjunto de saia e blusa salmão, duas pulseiras de ouro e dois anéis, sendo um de noivado. Perdida nos pensamentos, com frequência fazia Otávio esperar além da conta. E agora não era diferente. A mãe sempre a repreendia. Norma descontava a frustração na maçaneta da porta, revirada violentamente. Baby levantou-se — ou melhor, levantou-se Eunice. Baby se perdera entre tantas roupas novas. Calçou os sapatos de salto alto, de um branco meio brilhoso, conferiu a maquiagem. Estava carregada demais, mas Eunice era assim. Antes de sair, guardou o solitário de Eunice, símbolo do noivado dela com Otávio, na caixa de joias. Trancou-a. O anel havia ficado largo, os dedos estavam fininhos, pois ela não parava de perder peso. A mãe lhe disse que isso era uma coisa boa.

Baby pensou em pedir ajuda, em acionar Inácio, mas o que ele poderia fazer? Um garoto não poderia salvá-la de sua história. E ele vivia perto demais, estava muito próximo dos domínios de Norma para lhe garantir a liberdade. Baby não podia contar com ninguém. Mandara reformar os canos da suíte, que antes faziam muito barulho, para deixar o noivo mais à vontade quando passava a noite. Eles fingiam que Norma de nada sabia, em mais um jogo social cansativo. Aos poucos o apartamento foi ganhando vida, mais móveis foram substituídos ou reformados, tudo no curso de um ano e meio. Eunice lucrara muito desde que decidira seguir os conselhos da mãe. E o anel cravejado de diamantes coroava essa trajetória. Por insistência de Norma, foi à joalheria Dante fazer o ajuste, um anel desse era para ser exibido. Não tinha ideia de quanto valia, mas era uma prova de amor real. Norma possuía bom radar para coisas valiosas, em especial para aquelas que poderia conseguir de graça. Ela valorizava o lucro sem esforço. Dinheiro era um assunto constante para a mãe de Eunice. Mal sabia ela, no entanto, que o símbolo máximo da união com Otávio seria também o passaporte para Baby voltar a ser Baby.

O plano começou a se desenhar com o ajuste do anel. Quando ela foi informada do preço da joia, imediatamente perguntou se havia jeito de devolvê-la, sem pensar. Não podia, oficialmente. Quando a loja se esvaziou, no entanto, a gerente se aproximou e disse que havia um jeito de passá-la adiante. Algumas clientes estavam dispostas a comprar boas joias de segunda mão. Um anel cobiçado poderia atrair interessadas, desde que com um desconto generoso. Dava para conseguir uns dois mil dólares por aquela peça, caso precisasse levantar dinheiro, informou dona Ada, uma senhora de olhos pueris que falava muito baixo, com longas pausas, uma fria gângster a detalhar os meandros de seu esquema ilegal. Deu-lhe o recibo do ajuste e disse que, caso não conseguisse uma interessada, retornaria a joia. Tudo na maior discrição. Ela já tinha alguém em mente, mas a pessoa exigia que o certificado de garantia também lhe fosse entregue. Depois do dinheiro, disse Baby, providenciaria o que fosse necessário. O alívio no rosto de Baby — que aos poucos eliminava o ranço de Eunice das feições — despertou a curiosidade de Ada.

— Seu noivo não vai gostar disso — comentou a vendedora.

— Não, provavelmente não — respondeu Baby, cada vez mais no controle da própria identidade.

— Já sabe o que vai fazer?

— Ir pra longe.

— Se decidir fugir, precisa ir para algum lugar. É impossível escapar para lugar nenhum — disse Ada.

— Qualquer outro lugar é melhor. Eu pensei em São Paulo.

Baby achou melhor não dizer mais nada. Um silêncio se interpôs entre elas.

— E você vai provavelmente precisar de um emprego em São Paulo — disse Ada, retomando o diálogo.

— Sim, faço qualquer coisa.

— Estamos abrindo uma nova loja lá. Esses dois mil dólares não vão dar para muito tempo.

— Eu sei disso. Mas por que você de repente está tão interessada em me ajudar? — indagou Baby, agora agindo como Baby mais do que nunca.

— Digamos que o nosso arranjo não é, exatamente, permitido pela diretoria.

Ada estendeu a mão para Baby.

— Amigas? — questionou a senhora.

Baby fez que sim com a cabeça, mas sem muita convicção. Queria deixá-la tranquila e, ao mesmo tempo, com uma ponta de dúvida sobre suas intenções.

Tomada por um senso de excitação, Baby voltou ao apartamento e apanhou as demais joias. Não eram todas tão caras, mas faziam peso, presentinhos corriqueiros que o pobre Otávio lhe dava para amenizar sua expressão de enfado. A mãe ficava desesperada todas as vezes que era obrigada a recorrer ao penhor da Caixa, fazendo e refazendo contas para que seus bens, lembranças de tempos melhores, não fossem a leilão. Baby não tinha o mesmo apego por aquelas pulseiras, brincos e anéis que havia ganhado. Podia nunca mais vê-los, não via muita utilidade neles. Inseriu todas as joias na mesma cautela, sem intenção de resgatá-las. E saiu com dinheiro suficiente para comprar as passagens de ônibus e para alugar um quarto numa pensão, por um ou dois meses. Caso o emprego na joalheria fosse só uma promessa vazia, poderia ganhar tempo com os dólares do anel de noivado. Nos dias seguintes, silenciosamente, organizou as demais partes de seu plano. Trancou a matrícula do curso de arquitetura. Organizou a pequena bolsa que levaria na fuga. Apenas o estritamente necessário. Um novo item significava a desistência de outro. Precisava aprender a abrir mão do supérfluo e, principalmente, não deixar pistas.

Ada lhe repassou os dólares em um envelope pardo. Baby conferiu o conteúdo ainda dentro da loja. Recebeu o cartão com endereço e telefone do gerente da loja que seria aberta no Shopping Iguatemi. Voltou para casa e achou uma bolsa de carregar dinheiro em viagens internacionais, dessas que se usa sob a roupa. Seria útil. Não podia mais adiar, fugiria naquela mesma noite, enquanto Otávio esperava para levá-la para jantar. Trancou-se no quarto. A mãe bateu na porta. Eram oito horas, Otávio chegaria às nove, não deveria fazer o rapaz esperar tanto, uma hora ele se cansaria do jogo.

Baby respondeu, sem abrir a porta:

— Tá. Pode deixar que vou me atrasar só o suficiente para manter o interesse dele, mãe.

Baby sabia que a mãe gostava quando ela falava assim, mostrava a estratégia para segurar o noivo rico. Ela tinha certeza de que Norma, acostumada que estava, garantiria que o drinque de Otávio estivesse gelado, prepararia algumas torradinhas para acompanhar a bebida. Caso ela demorasse muito, inventaria desculpas, diria que estava especialmente nervosa hoje. Não conseguia se decidir qual era o traje mais adequado, gostava de se enfeitar para o noivo. Poderia recitar de cor o repertório de platitudes e bobagens da mãe.

Baby pensou em Norma desesperada. Toda a boa educação, as aulas de balé para deixar a filha mais feminina, os cuidados para que não andasse desleixada, tantas mentiras em vão sobre a ascendência da família e os negócios do marido. Sentiu pena da mãe, de suas escolhas, de sua visão tão pequena do mundo. Mas não podia voltar atrás. Ligou o chuveiro. Deixaria a água correr. E dirigiu-se à janela. A mãe sempre quisera morar em um andar mais alto, mas viviam no segundo andar — o que, neste momento, era perfeito. Não podia arriscar encontrar Otávio, precisava esperar que ele chegasse — ele, ao contrário dela, era sempre pontual. O vestido que Norma havia separado para a noite, fazendo o papel de cafetina livre de culpa, estava impecavelmente passado. Ela olhou para ele, feliz em deixá-lo para trás.

A essa altura, Baby conhecia todos os artifícios da mãe. Sabia que esperaria pelo menos até as nove e meia para bater na porta com insistência. O chuveiro ainda estaria ligado, e essa seria a senha para que ela concluísse que algo estava errado. Como a porta estava trancada, ela gritaria por Baby do corredor e ficaria sem resposta. Calculou que levariam mais algum tempo para derrubar a porta — Otávio até tentaria bancar o herói, naturalmente sem êxito, uma vez que as portas só caem feito papelão nos filmes de Hollywood.

Quando finalmente conseguissem entrar, depois de muita tensão, Baby já estaria longe, a caminho de São Paulo, em um ônibus Cometa quase vazio. Espalharia-se por dois bancos, abriria a janela para ventilar um pouco e, mesmo após horas na Dutra, ainda sentiria o pulso acelerado. Aos doze anos, fugira para pular Carnaval na praia, de short e camiseta, pelo cano de ferro do edifício. Como eram só dois andares, calculou que não morreria caso se desequilibrasse. Quando voltou, tinha queimaduras de sol, sua pele ficaria comprometida. Fora repreendida com gritos pela mãe, enquanto o pai achou a situação engraçada, mas não ousou contrariar a esposa. Norma enfiou-a embaixo do chuveiro gelado. Ela até gostou, pois aliviou o ardor das queimaduras. Pequenas bolhas em seus ombros. Parecia um prêmio diante da transgressão.

Eram nove e cinco quando Baby saiu pelo parapeito, calça jeans, camiseta e tênis, e abraçou o cano. Desta vez, deslizou com bastante dificuldade. Primeiro derrubou a bolsa, e sua camiseta subiu, fazendo-a lembrar de esconder a pochete com os dólares atada à sua cintura. Os braços fraquejaram, mas restavam só uns dois metros. Largou, e seus joelhos fraquejaram. Caiu sentada, com a barriga um pouco arranhada pelo cano. O corpo doía, mas estava inteira. Colocou-se em pé, ajeitou-se como pôde, precisava agir rápido. Não tinha muita gente passando, então ela colocou a sacola de náilon no ombro e recalçou o Keds branco que havia saído do pé. Não podia parar. Lavaria o cotovelo e o arranhão na barriga no banheiro da rodoviária. Pensou em correr até a Barata Ribeiro para pegar um táxi, mas não queria chamar atenção. As pessoas passavam por ela sem olhar diretamente, sem se espantar com aquela menina esbaforida e despenteada na calçada. Começou a caminhar devagar, uma noite como qualquer outra. Não deixou bilhete nem explicações. Era melhor calar para não acabar revelando pistas. Resolveu escrever um nome ilegível na identificação da passagem de ônibus. Trocou um dos números da carteira de identidade. O motorista conferiu sem atenção, como sempre. Cada detalhe importava, precisava ficar em segurança, ganhar tempo.

A caminhada de três minutos até a Barata Ribeiro pareceu ter durado uma eternidade. Baby riu sozinha e, por alguma razão, lembrou-se das aulas de balé que frequentara quando tinha oito ou nove anos. Então, bem na esquina da avenida, esticou-se toda, ereta. Ficou na ponta dos pés, em pose de primeira bailarina do Teatro Municipal. Um, dois, três segundos. Uma maluca de Copacabana, fingindo ser um cisne. Recomeçou a andar e, feliz, dobrou a esquina. Então fez sinal para o primeiro táxi que passou.

PARTE 2

vida imensa
1983-1986

capítulo 4
ápice (1983)

Inácio

O que você faz quando o circo que veio para a cidade procura uma próxima parada? Todos os artistas que brilharam sob a lona seguem adiante, até porque o circo, mesmo com os mágicos mais talentosos e os melhores trapezistas, sempre perde a graça depois de um tempo. Inácio só pôde fazer exatamente o que quase todo mundo faz: deixar a caravana seguir caminho. Havia sido um privilégio não ter ficado só na plateia. Desta vez, ele participara um pouco, mesmo que apenas carregando barras de ferro e pedaços de madeira. Mas não queria cantar, fazer sucesso ou estar sob os holofotes. Por isso, quando a prefeitura desmontou, na calada da noite, a lona que havia sido armada no Arpoador, ele não seguiu o Circo Voador até a Lapa. César não conseguia aceitar que Inácio não desejasse fazer parte da revolução cultural que ocorria diante de seus olhos. O rock nacional começava a ganhar espaço nas rádios comerciais. Jornalistas agora podiam ser cantores, ninguém precisava ter talento de verdade para estar no palco. O segredo estava na atitude. A passagem do circo fora ruidosa, e César seguiu com a caravana. O fogo de Inácio, no entanto, emanava uma chama branda. César queria viajar pelas cidades do interior, promover shows de rock que chocavam as famílias de bem com rapazinhos que agarravam a própria virilha e faziam gestos obscenos para a plateia, com garotas que pareciam garotos, meninos com voz de mulher. Enquanto César olhava para fora, tudo o que Inácio queria era voltar para casa. Sua natureza ansiava por um pouco de segurança.

César dizia que o jornalismo estava morto, que era melhor o amigo largar a faculdade, viajar com ele, ajudar a produzir os shows, fazer visitas a rádios na hora do almoço, pregar cartazes em postes durante a tarde e garantir que o som das bandas fosse audível, mesmo quando não havia quase ninguém assistindo. Inácio propôs a César algo diferente: que o amigo lhe enviasse um cartão-postal das cidades pelas quais passasse. Quem precisava de fotos de Paris e Nova York? Isso todo mundo tinha. Ninguém se dedicava a analisar as belezas de Itaperuna, São Manuel, Cristina e Telêmaco Borba. Mesmo que os cartões demorassem a chegar, mesmo que tivesse tempo somente de colocar as imagens no correio sem escrever nada e juntasse vários cartões para mandar de uma vez só, Inácio de alguma forma participaria da jornada. Se a preocupação de César era que ele deixasse de viver, Inácio se ocuparia das memórias e aventuras do amigo. Veria, sem sair do Rio, aspectos que César não teria tempo de perceber. Uma lembrança, outra e depois mais outra. Os cartões se avolumavam dentro de uma mala de viagem velha, sem que Inácio realmente os olhasse ou demonstrasse especial interesse por eles. Era importante, de alguma forma, manter César ocupado. Palavras para não esquecer, imagens para fixar na memória. Desde que Baby fora embora — sem dizer nem para Norma aonde tinha ido —, um silêncio, o mais puro silêncio, inexplicável e cálido, tomava conta de Inácio. César queria atingir o topo do mundo, rápido, tinha pressa. Inácio gostava de apreciar planícies.

As anotações de Inácio, naqueles meses, eram um conjunto desconexo de frases que nunca formariam versos de poemas ou estrofes de canções. Junto com os postais de César, a mala ganhava bilhetes que ele escrevia para si mesmo, lembranças e pensamentos que pareciam irrelevantes e tolos, mas seriam úteis em algum momento, talvez apenas para ele perceber, no futuro, como era pretensioso e infantil. A presença de César se impunha não só em forma de imagens — praças com fontes iluminadas, prédios de bibliotecas pretensamente modernos e igrejas matrizes pintadas de bege e marrom —, mas também em músicas. César não podia descuidar da educação de Inácio. Em um dos sempre rápidos e animados telefonemas, Selma fora informada por César que Inácio teria acesso ilimitado à sua coleção de discos. Poderia levá-los para casa se quisesse — jamais alguém tivera tal permissão. Eram um tesouro formado por anos de garimpo em sebos, de súplicas a amigos que viajavam ao exterior, uma seleção refinada e aleatória, uma ode ao amor à música. Junto com os postais, às vezes chegavam também fitas malgravadas, com as novas canções dos artistas que César representava. O rock estava prestes a explodir, mas, àquela altura, todos os grupos que já tocavam nas rádios eram uma mistura mal-acabada de jovem guarda com punk americano. Os homens eram os líderes e as mulheres, as backing vocals. De todas as canções que Inácio recebia, as de que mais gostava eram justamente as que tinham menos chance de um dia fazer sucesso. Poderia ser um sinal de que seu gosto musical estava melhorando ou um reflexo de seu apreço pelos perdedores.

Inácio aceitava estar fora de moda, em descompasso com o mundo que estava buscando. Passara a vestir-se como um hippie, o cabelo crescera e a barba também, precisamente no momento em que isso estava ficando cafona. Seu disco favorito, que ouvia em esquema de repetição infinita, era *Talking Heads: 77*, lançado seis anos antes. Tudo estava mudando tão rápido, uma nova ordem se estabelecia, as discotecas fechavam e davam lugar a boates finas, para endinheirados. Ter dinheiro, de repente, se tornou algo importante — e assunto de conversa. O movimento paz e amor tinha ficado para trás, apesar dos malucos do Circo Voador estarem agora ocupando o centro abandonado. Muita gente estava preocupada em ter mais e melhores coisas. Inácio continuava a dar aulas na Cultura Inglesa e a cursar a PUC. Às vezes, passava na casa de César para aproveitar o espaço do quarto e o fato de que Selma, ao contrário de seus pais, parecia saber aparecer e desaparecer nas horas certas, sem se impor a ele o tempo todo. César corria atrás do sucesso e, quando contou, em tom de triunfo, que uma música de uma de suas bandas iria aparecer na trilha sonora da novela das oito, Inácio não conseguiu conter o riso. A medida de sucesso da nova geração havia, de um jeito estranho, se igualado à de seus pais. César ficou um pouco magoado com a demonstração de desdém do amigo, mas aceitou a avaliação como um recado de que deveria manter o ego sob controle. De todas as canções que recebera de César, a escolhida pela Globo era precisamente a de que Inácio mais desgostava.

César se preparava para dominar o mundo, e com um apetite que surpreendia Inácio. Sua ascensão foi meteórica: da promoção de shows no interior a produtor da música de abertura de novela, chegou ao cargo executivo de uma grande gravadora em questão de meses. Enquanto isso, Inácio desenvolvia seu trabalho de fim de ano para a PUC. A proposta era singela: pegar emprestada a câmera de vídeo da universidade para filmar pequenas biografias a partir de uma só pergunta. Cada um podia ficar com o equipamento por quarenta e oito horas, o que fez Inácio escolher a própria família como personagem. E o resultado foi além do esperado. Inácio filmou a si mesmo primeiro. Focalizou uma cadeira vazia enquanto, com a voz empostada, colocava o desafio: "O que vem depois que se atinge o alto da montanha e tudo o que se vê é um penhasco?". Havia imaginado uma montanha-russa, na verdade, mas a pergunta ficaria muito complicada usando a analogia do parque de diversão. Uma montanha comum poderia deixar outros níveis de interpretação implícitos, como eventuais ameaças da natureza. Então, questão feita, colocou-se diante do monitor em outra posição. Respondeu com cuidado, calibrando a atuação:

— Depois do topo da montanha? Depois do topo da montanha vem tudo.

Gostou de sua presença, forte e meio cínica. Não tinha muito apreço pela própria imagem, pois achava-se desengonçado, mas se comportara com dignidade o suficiente para não se fazer de ridículo na frente do resto da turma. Esses projetos idiotas tinham importância, ao menos no momento em que estavam sendo apresentados. Eram uma nova versão das colagens dos tempos de pré-escola.

A segunda perfilada, sua mãe, revelou-se arredia e se recusou a posar para a câmera ou a responder qualquer pergunta. Então, Inácio a filmou fugindo e colocando a mão diante do visor, em várias posições — era algo que poderia fazer funcionar na ilha de edição. Depois veio Irene, que, como sempre, concordou sorrindo em fazer o que lhe era requisitado. Sua resposta, para quem sempre dava voltas e gostava de jogar conversa fora, foi concisa: "Medo". Inácio usaria a imagem repetida várias vezes e deixaria alguns segundos para a expressão séria dela, esperando que alguém identificasse alguma aura de mistério ali. Por último, veio Joel. O pai não ofereceu qualquer resistência em ser parte do experimento, aceitou sem questionamentos, entendera o conceito. Virou uma das cadeiras da mesa de jantar na direção de Inácio, que empunhava a pesada câmera sentado no sofá, e disse estar pronto. Tamanha agilidade pegou o entrevistador um pouco de surpresa. Começou a filmar.

— Está pronto? — perguntou Inácio.

— Sim. Vamos lá — respondeu Joel.

— Certo. O que vem depois que se atinge o alto da montanha e tudo o que se vê é um penhasco?

— E por que eu estaria no topo da montanha?

Inácio gaguejou um pouco, não esperava uma pergunta como resposta.

— Você pode escolher a razão. Pode não ter razão nenhuma.

— Eu não subiria uma montanha sem um motivo.

— Bom, mas subiu essa montanha, para responder a um desafio de alguém. Atingiu o topo.

— Não sei se aceitaria esse tipo de desafio.

Inácio irritou-se, mas Joel continuou impassível.

— Mas aceitou esse. Por algum motivo. Está no topo da montanha. O que vem agora? — perguntou Inácio.

— A hora de traçar um bom plano — disse Joel, olhando para a câmera.

Inácio deu de ombros, ficou desapontado, mas não surpreso, é claro que o pai viria com um tipo de jargão do mundo dos negócios.

— E por que é a hora de traçar um plano? — continuou Inácio.

— Porque, uma vez que se está no topo, não existe nenhuma alternativa que não seja a queda.

O dia de Inácio na edição seria dividido com Lauro, seu parceiro de projeto. Todo mundo gostava do Laurinho. Mas ele vivia atrás de César, como um cãozinho apaixonado que não se importava em ser chutado. Incomodava um pouco que a amizade dos dois estivesse agora também ligada à quantidade de informações que dispunha sobre César. Mas Laurinho nada perguntou naquela tarde. Estava quieto, magro e meio pálido, mas sempre fora magro e pálido, apesar dos olhos curiosos, muito azuis, agora um tanto cinzentos. Inácio gostava de avançar e retroceder as imagens, parecia que tinha controle do tempo. Era bom poder escolher o momento ideal para cada coisa. Não tinha pressa. Laurinho falava pouco, estava com uma tosse seca, insistente, e reclamava do ar-condicionado. Como se não tivesse crescido no Rio de Janeiro, onde existem só duas temperaturas: forno de fundição do lado de fora e Antártida em ambientes fechados. Enquanto Inácio admitia que a participação de seu pai tinha força, além de deixar o seu trabalho com a duração exigida de um minuto, Lauro encostou-se na parede e tossiu com força.

— Você está bem? — perguntou Inácio, ainda distraído.

— Sim, só vou lá pra fora um pouco — respondeu Laurinho.

Lauro esgueirou-se pelo apertado espaço da ilha de edição, mas tombou perto da porta, tremendo de frio. Inácio parou a imagem, que ficou congelada em uma cadeira vazia. Foi ajudar o amigo e descobriu que ele ardia em febre. Abriu a porta e tentou fazê-lo levantar. Achou-o leve, leve o suficiente para carregá-lo no colo. Sentia seus ossos ao agarrá-lo com força. Não dava tempo de chamar ambulância. Inácio saiu correndo, Laurinho nos braços, pelo vazio comum de meio de tarde no campus da PUC e se jogou dentro de um táxi que estava no ponto em frente ao portão principal. Pediu para o motorista dirigir até o Miguel Couto. Entrou na emergência, ainda com o amigo no colo, e o taxista disse que ele poderia pagar depois pela corrida. Laurinho parecia estar ainda mais quente, já desacordado.

Os enfermeiros lhe fizeram perguntas que ele respondeu como pôde. O nome era Lauro, Lauro Garcia. Isso Inácio sabia. Não lembrava a data de nascimento, mas sabia que era um ano mais velho do que ele, então 1962, tinha vinte e um anos. Homossexual?, perguntou um médico ou enfermeiro. Inácio só fez que sim com a cabeça, não teve tempo de pensar na pertinência da informação. Não sabia endereço nem telefone de um parente, sabia apenas que ele morava em Laranjeiras. Sim, ele se sentia bem. Não, ele não precisava de atendimento. Ligaria para alguém? Sim, buscaria ajuda. Antes precisava se sentar um pouco. Achou uma cadeira vazia. Era uma tarde comum, quarta ou quinta-feira, Inácio já não sabia precisar. Sentou e tomou fôlego, concentrou-se em respirar. Passou a bolar estratégias. Haveria muitos Garcia na lista telefônica, mesmo em Laranjeiras, pensou Inácio, calculando como poderia achar os pais do colega. Poderia recorrer à secretaria da PUC. Nenhuma outra ideia decente lhe ocorria.

O médico voltou. Não haviam se passado mais do que vinte minutos. Ele ainda não tinha conseguido ligar para ninguém. Tentou se explicar, organizar os pensamentos para ser capaz de fornecer mais alguma informação útil. O médico o interrompeu. Pousou a mão em seu ombro.

Lauro estava morto.

Selma

Selma estranhava a calmaria. Por isso, além de dar aulas na UFRJ e escrever uma tese de centenas de páginas, via-se inventando atividades. E a tarefa que criou para determinada tarde foi a de caminhar pelo Shopping Rio Sul, em um dia de semana, para procurar uma lingerie nova para impressionar o namorado. Um médico. Como os homens, as mulheres também gostavam de contar vantagem, sabiam o que era valorizado por seus pares: posição, porte, dinheiro, poder. Por que, em vez de falar do namorado médico, médico de pronto-socorro — essa parte omitia —, Selma não explicava seu próprio doutorado ou o artigo que estava traduzindo para o inglês? Ninguém se importava muito com Ifigênia, essa entidade meio esquecida. Só gente de muito longe estava interessada no que ela tinha a dizer, no quebra-cabeça que montou, nas informações que garimpou usando tradutores, dicionários em diversos idiomas e intuição. Uma professora da Inglaterra havia elogiado seu projeto, mas isso não era algo que chamasse atenção em encontros sociais ou carregasse uma conversa por mais de trinta segundos. Por que Selma, que ansiava tanto ser diferente, especial, acabava sempre se curvando ao que se esperava dela?

   Queria — precisava, na verdade — preencher espaços. Todos os espaços que, por sorte ou caridade, havia conquistado. Agora ela podia decidir a vida sem perguntar nada a ninguém, e essa talvez fosse uma lacuna que a ausência da Roberto tivesse aberto. Então veio o Ivo, que ela conhecia desde os tempos de escola e andava perguntando por ela a amigos em comum havia algum tempo, até que telefonou e a convidou para um café. Selma gostava da atenção, de companhia, mas não necessariamente do namorado. Apesar dessa falta de entusiasmo, ali estava ela, perambulando de loja em loja, buscando uma combinação que refletisse o gosto dele, e não o dela. Decidiu que não podia seguir assim, era preciso acabar tudo. Saiu do shopping de mãos vazias. E se deu conta de que a perspectiva de nunca mais ser tocada por Ivo lhe trazia satisfação.

Já o vazio deixado pelas viagens de César acabou sendo resolvido, de certa forma, por ele mesmo. Ao permitir que Inácio escutasse seus discos, aquela estante gigante que tomava o quarto construída a despeito dos protestos de Roberto, o filho acabou enviando uma espécie de substituto. Para dar conta de todo o catálogo, Inácio precisava de muito tempo e, uma ou duas vezes por semana, aparecia e ficava na casa por algumas horas. Eles nem se falavam muito, ele ficava trancado e quieto, mais ou menos como fazia César, enquanto ela corrigia provas, lançava notas dos alunos ou vasculhava informações sobre Ifigênia. Não era exatamente uma relação, mas saber que tinha alguém ali trazia uma sensação de calma, como se as peças tivessem se encaixado de novo.

Sempre que queria algo, quando realmente buscava alguma coisa, Selma sofria por considerar não merecer o prêmio que cobiçava. De Inácio, não queria quase nada, só aquela presença tranquila. Desta vez, soube se aproximar do objeto de sua fascinação aos poucos. Era preciso conhecer os hábitos, observar os detalhes, esperar os momentos. Foi pega de surpresa pela guarda aberta de Inácio: ele não era Roberto nem muito menos César. Desejou, por um minuto só, que Inácio e César ficassem juntos. Agora entendia a atração que ele exercia sobre seu filho. Não havia nele dissimulação nem um toque de vulgaridade. Selma já havia entendido que César o amava, pelo tom brando que adotava quando o mencionava. Ela tinha certeza de que jamais ouvira algo semelhante da boca do filho. A atração não era correspondida da mesma forma. Enfim, encontrara um ponto em comum com César: ela gostava de colecionar semelhanças com o filho, pois era raro identificá-las. Ambos eram dados a romances idealizados, que não tinham chance de acontecer conforme projetados em suas mentes. Não demorou muito para Selma coletar as informações necessárias para saber que César amava Inácio, que amava Baby, que tinha sumido. Era a narrativa de sempre, um amava o outro que amava o outro que amava o outro. Mas funcionava. Selma sabia melhor do que ninguém que as mesmas narrativas se repetiam desde os gregos. O mundo mudava e permanecia igual.

As chamadas de César eram até frequentes, mas rápidas, às vezes de hotéis, outras, de orelhões. Ele parecia estar bem, animado, um projeto atrás do outro, mais shows fechados, havia quase sempre música ao fundo, às vezes gritaria típica de festinha regada a bebida. Mas ela andava distraída demais com Inácio a essa altura. Tudo nele era simples, fácil. Algumas pessoas vêm ao mundo para dizer sim. Ao contrário de César, que nunca estava com fome, nunca queria nada, a não ser um café de vez em quando, Inácio sempre queria comer. Um sanduíche? Sim. Na verdade, com aquele tamanho todo, ela resolvia sempre fazer dois, que eram devorados com vigor. Quando lhe ofereceu café, Inácio disse que preferia um Toddy. Por alguma razão, ela tinha Nescau no armário — e a resposta à questão "serve Nescau?" foi, naturalmente, afirmativa. O estrogênio corria solto no corpo de Selma, como se ela estivesse prestes a dar à luz novamente, desta vez sem dor nenhuma, sem parto a fórceps, como no caso de César. Quando deu por si, estava batendo o Nescau no liquidificador, para fazer bolinhas, deixar aerado. Trouxe um copo gigante cheio para ele tomar e a jarra do liquidificador junto, para que acabasse com o que havia sobrado. Sentia-se no céu. Ela adorava como Inácio era lindo e, mais ainda, como não se dava conta disso.

A presença de Inácio também restabelecera uma linha de comunicação que Selma já havia tido com César, mas que se perdera nos últimos anos. De repente, suas ideias importavam novamente. Inácio se interessava por ela, por sua pesquisa e pelas histórias sobre os mitos. Era bom ter aqueles olhos acompanhando o que ela dizia com atenção real e constante. Até em um flanco em que César nunca lhe dera ouvidos, a música, ela conseguiu tocar Inácio. Estava fora de moda, mas ela havia desenvolvido um amor pelo jazz. Quando eram recém-casados, ela e Roberto sempre saíam para os bares de jazz, que eram frequentados por quem gostava de bossa nova. Era importante para um executivo em início de carreira ser visto lá. Roberto criticava a música, tocada fora de compasso, e jamais percebera como a mulher apreciava aqueles ritmos. Selma desenvolvera uma paixão calma e duradoura pelo jazz, que se traduzia em uma seção inteira — e pouco manuseada — da coleção do filho. Ella Fitzgerald, John Coltrane, Miles Davis, Nina Simone, Billie Holiday... Todos catalogados e com encartes. Podia levá-los para casa, se quisesse. Ela não achava que César fosse sentir falta deles. Inácio escolheu apenas um — Nina Simone: *Songs of the Poets* — e aceitou como presente. Foi embora abraçado com o disco.

A presença de Inácio, naqueles meses, era aguardada — e Selma gostava que essa proximidade fosse um segredo para César, pelo menos até onde ela sabia. Em uma tarde, Inácio tivera a gentileza de telefonar para dizer que precisaria chegar mais tarde, havia um trabalho da faculdade para fazer, mas que viria em algum momento. Ela adiantou a correção de alguns trabalhos de alunos do primeiro ano de literatura, que eram recheados de absurdos que dariam um bom programa de piadas na televisão. Tinha bolo da padaria para comerem, com Toddy. Selma riu, distraída. Andava leve e despreocupada. César tinha ligado mais cedo. Não haviam falado nem dois minutos, mas ele parecia ocupado e satisfeito. Começou a grifar em vermelho as bobagens escritas pelo aluno da vez — não olharia o nome para não cair na tentação de persegui-lo. Riu sozinha com uma analogia. Ficou tentada a olhar o nome do estudante de novo, mas não o fez. Riu de novo. O telefone tocou, tirando-a do seu estado de atenção. Ficou tensa, pensou no filho, mas em seguida se acalmou. Não podia ser ele de novo. Era alguém que ela não queria atender, talvez Ivo, que ainda insistia em ligar. Caminhou de má vontade até o aparelho.

Mas era Inácio. Em um estado de pavor. Era Inácio, sempre calmo, atropelando as palavras, sem fôlego. Ele morreu, ele morreu, ele morreu — repetia. Pedia desculpas, não queria ligar para os pais de Lauro, não sabia o que fazer. E perguntou se ela podia ir até o Miguel Couto. Agora? Sim, agora.

Selma entrou desesperada no hospital e encontrou Inácio já mais calmo. Alguém da secretaria da PUC havia fornecido telefone e endereço de Lauro. Estava esperando o orelhão vagar para ligar. Como é que se dá uma notícia dessas? Selma argumentou que o hospital resolveria a questão, eles têm prática nessas situações. Ela agradeceu que não era nada com os seus. Nada com Inácio, César estava bem. Era um tipo de alívio sem sentido. Pensou na mãe de Lauro por alguns segundos, mas depois voltou para si, novamente, como todo mundo faz. Sentou-se um pouco com Inácio, que tentava explicar de forma desconexa o que tinha acontecido. De repente, parecia muito importante para ele comunicar a morte de Lauro a César, queria falar com ele. Ao ouvir o nome de César, a falsa sensação de calma que havia tomado conta de Selma se esvaiu, a segurança foi substituída pelo pânico. Eles achavam que era aids, e Lauro, naquele fim de outubro, não era mais o paciente zero. Já tinha acontecido algumas vezes, naquele mesmo dia tinham internado um rapaz com o corpo tomado por um raro câncer de pele. Estava vivo, mas não duraria mais do que alguns dias. Inácio sabia, àquela altura, sobre a doença só de ouvir falar. Mas Selma conhecia mais do que os médicos sobre o mal, e não pelo que saía nos jornais. Sua tese sobre as tragédias clássicas narra o desespero, o isolamento e o desamparo dos escolhidos pelos deuses para as faces mais sombrias da morte.

Por um momento, pensou que poderia perder César hoje, a qualquer momento, e uma energia quase maníaca tomou conta dela. Precisava encontrar o filho, ela perguntava sem parar se Lauro e César tinham tido alguma coisa. Inácio achava que não. Eles pareciam ter sido próximos uma época, mas achava que nada havia acontecido. Mas não tinha como saber ao certo. Não tinha certeza. Não havia mais certezas.

Rosalvo

— Painho, precisa de ajuda?

Foi a pergunta que Margot fez enquanto Rosalvo tentava carregar os muitos quilos de tomate que comprara na xepa da feira do Leblon ladeira acima. Margot era como Marquinho. Assim como o filho de Rosalvo, Margot usava shortinho apertado, blusinha com a barriga aparecendo e batom vermelho. No entanto, ao contrário de Marquinho, que era bem convincente como Eloá, esse menino não conseguia realmente parecer uma menina. Lembrava mais um homem vestido para o Carnaval que não se dera o trabalho de trocar de roupa no resto do ano. Margot usava muita maquiagem, mas, mesmo sob as luzes das poucas lâmpadas da entrada da favela daquele início de noite, ainda era possível ver o contorno de sua barba. Como tudo o que se torna conhecido — parecia muito popular por ali —, não atraía mais olhares, era oi para um e outro que passava, Margot parecia ser amiga de todo mundo. Rosalvo percebeu que tinha um sotaque meio arrastado, parecido com o seu. Ao mesmo tempo, misturava tudo com um chiado carioca. Todo mundo ali falava mais ou menos assim, uma boa parte dos moradores viera mesmo do Nordeste. Rosalvo não queria incomodar, mas era mesmo muito tomate, tudo quase de graça, e ele pensou em oferecer alguns a Margot depois que venceram os degraus, parecia que as ladeiras ficavam mais longas a cada dia.

Margot conhecia todo mundo na favela porque, segundo ela mesma, circulava em todas as casas, dos barracos mais pobres às construções de alvenaria em que moravam as famílias dos chefes do tráfico, sempre carregada com catálogos de roupas, perfumes e *tupperware*. Era Margot quem ditava a moda da favela — não adiantava vender o creme da Regina Duarte ou a maquiagem da Glória Pires, não era a revista *Cláudia* que pautava os gostos da Rocinha. Ninguém queria as roupas das estilistas do Leblon, todo aquele tecido desperdiçado para esconder o corpo, as ombreiras largas que deixavam as mulheres sem forma, parecendo ETS.

— O importante é ter a roupa que a vizinha quer, mas não pode comprar, isso sim dá status — explicou a sacoleira.

Rosalvo logo percebeu que a travesti conhecia como poucos a Rocinha. Sua principal clientela eram as mulheres que conseguiam parar na cama dos bandidos do primeiro escalão. Bom relacionamento, sempre rindo, um presentinho aqui ou ali poderia determinar o que todo mundo estaria disputando no momento seguinte. Margot era mesmo forte. Além de carregar metade dos tomates, trazia no outro braço uma sacola que parecia infinita. Para quem não gostava das colônias da Avon, Margot encomendava quinquilharias do Paraguai: tubos de bronzeador Rayito de Sol e batons que duravam vinte e quatro horas nos lábios. Tudo começava com a roupa ou o perfume doce da Fabiane, namorada do Dinei, ou da Meiry, do Uzi. Margot subia até o topo da favela e se encarregava de fazer com que as tendências descessem pelas vielas, até o ciclo das revistinhas recomeçar. Ao fim da próxima campanha de vendas, as amantes do tráfico poderiam até ter trocado de nome, mas o ecossistema da moda da Rocinha continuava o mesmo. Pertencia a Margot.

O poder de observação dela e o detalhado conhecimento das esferas de poder da favela chamaram a atenção de Rosalvo. Ela estava sempre atenta, tinha de tomar cuidado para saber quem ascendia no poder da favela e quais eram os anjos caídos, prestes a fugir ou serem mortos. Enquanto subia e descia, observava com atenção tudo o que se passava, conhecia as vielas e seus moradores como ninguém. Naqueles momentos com Margot, Rosalvo não conseguia parar de pensar em Marquinho e sentia-se culpado por ter se desviado de sua missão de encontrar o responsável pela morte do filho. Achar o assassino já era improvável no início. Agora, havia se tornado quase impossível. Avançara muito pouco em suas investigações, mas alguém pelo menos lhe disse que Vladimir tinha abotoado o paletó de madeira havia tempos, exterminando uma de suas frentes de investigação. Por ali, tanto os traficantes quanto os meninos como Marquinho eram muitos e caíam em desgraça facilmente. Ninguém gostava de responder perguntas sobre quem já tinha saído de circulação. Enquanto algumas travestis foram simpáticas e abertas quando ele se aproximava, pois estavam à cata de clientes, outras se mostraram arredias e ameaçadoras.

Para a incansável Margot, cada minuto do dia era uma oportunidade de venda. Ao chegar diante da casa de Rosalvo, acabou garantindo mais uma. Elza perguntou do desodorante da Pierre Alexander, pois o dela estava no fim. Receberia alguns nos próximos dias, e a esposa de Rosalvo deveria deixar o dinheiro separado, até o fim de semana passaria para entregar. Margot quase riu ao lembrar que nem sempre Elza havia sido tão amigável: em uma época, Evaldo, seu caçula, havia se engraçado para o lado dela, o que deixou a mãe meio enciumada. Mas, como Margot contaria meses depois para Rosalvo, não tinha interesse em homens, eles eram um bom atalho para acordar com a boca cheia de formiga. Não podiam oferecer a ela nada que ela já não tivesse. Então, dispensou Evaldo sem cerimônias. Ele voltou para casa chorando, e Elza ficou satisfeita. Voltaram a se cumprimentar e a se despedir com dois beijinhos. Repetiram hoje o ritual antes que Margot virasse a esquina para seguir para casa.

Ao ter as lembranças de Marquinho reacendidas, Rosalvo se sentiu culpado por nunca ter revelado seu segredo à mulher. Eles faziam tudo juntos, ela pagava as contas da casa e ele guardava um pouquinho todo mês na caderneta de poupança. Elza dizia que assim estava bom, pois nunca tinha conseguido fazer uma reserva, sentia-se grata por finalmente ter encontrado um homem responsável. Ela até mencionou que desejava que ainda pudesse ter filhos, mas os calores da meia-idade já tinham vindo e, a essa altura, ido embora. Rosalvo sentia que a mulher confiava nele, o que tornava ainda mais difícil fingir que havia chegado ao Rio de Janeiro sem propósito, como um aventureiro. Elza era esperta demais para não saber que havia uma história escondida, mas, ao mesmo tempo, parecia não querer cavar muito fundo, descobrir tudo. Ele estava em casa todos os dias pontualmente às sete, a não ser quando fazia o turno da noite. Gostava de se sentar para comer e responder ao "boa-noite" do Cid Moreira, como se ele pudesse ouvi-lo de volta, através da tela da televisão. Elza ria que só, exibia uma alegria que Rosalvo não entendia, mas era bom ficar perto dela. Formavam uma boa dupla: ele dava boa-noite para o apresentador do jornal e ela xingava as vilãs das novelas.

Assim como Inácio guardava agora os cartões-postais de César, Rosalvo também tinha os seus, além de algumas fotos antigas. Sem dizer nada, como era seu costume, Rosalvo foi até o guarda-roupa, pegou sua mala e trouxe até a sala. Elza tomou um susto. Ela chegou a perguntar se ele estava indo embora, os homens sempre acabavam achando alguma coisa melhor para fazer. Mas, quando Rosalvo abriu a mala, ela estava vazia. Isso a deixou aliviada, ainda que confusa. Ele então pegou as imagens que estavam em um compartimento separado, já meio amassadas, e as entregou para Elza. Ela olhou com cuidado, primeiro para o cartão-postal do Pão de Açúcar, e conseguiu ainda ler: "Um beijo, Eloá". Depois viu a foto de Eloá, toda sorridente, em um dia na praia: era uma moça bonita, apesar do maxilar enorme e do corpo meio quadrado. Tinha algo de Rosalvo: a inocência e os olhos doces. Elza sempre era a primeira a falar, a fazer perguntas, mas desta vez parecia não saber o que fazer. Sabia que o marido estava se preparando para dizer algo importante.

— Esse é o Marquinho, meu filho. Ele morava aqui no Rio de Janeiro, aqui na Rocinha. Mataram ele — explicou Rosalvo, do jeito sucinto de sempre.

Rosalvo havia fechado o capítulo anterior de sua vida em busca de vingança. Não sabia mais o que procurava. Ansiava saber o que acontecera a Marquinho. Elza, agora que sabia da verdade, se mostrava aliviada. Era viúvo, não abandonara a esposa. E o filho — ou filha — havia sido perdido para a favela. Elza passara a vida tentando afastar os filhos do tráfico, sabia dos perigos da Rocinha. Ela entendia a busca de Rosalvo, mas não se lembrava de Eloá, sempre fora ruim de guardar fisionomias. Mal se recordava dos mortos da semana passada. A filha de Rosalvo morrera em 1980. Ela tentou puxar pela memória, mas aquele ano se emaranhava em todos os demais, não conseguia separá-lo. Sabia que as meninas eram unidas — a única chance do marido era buscar informações com as amigas da Eloá, se é que ela havia tido alguma.

No outro dia, antes do trabalho, às seis e quinze, Rosalvo já estava do lado de fora da casa de Margot. Encontrou-a fumando um cigarro na janela da residência sem pintura que não se diferenciava das demais, a não ser pelos cômodos separados e pelas tábuas bem assentadas da parede, sem frestas. Por dentro, porém, Margot havia criado seu próprio mundo, uma explosão de cores, lilás e verde nas paredes e um chão de vermelhão bem encerado. Não tinha a intenção de chamar atenção para a própria prosperidade, então concentrava os investimentos na parte interna. Não recebia muita gente, mas convidou Rosalvo para tomar um café. Ele fez sinal de recusar, mas ela colocou o copo americano em cima da mesa e serviu de qualquer forma. O velho tirou as imagens do bolso. Margot olhou de canto de olho.

— É meu filho. Marquinho — explicou.

— Marquinho? — perguntou Margot.

Ela alcançou as imagens, olhando de perto.

— Eloá — disse Rosalvo baixinho, com dificuldade.

— Sumiu, né? — disse Margot.

— Você se lembra dela? — perguntou Rosalvo, espantado.

— A brejeirinha? — devolveu Margot.

Os olhos de Rosalvo se encheram de lágrimas. Alguém se lembrava, finalmente.

— Eu recebi essa carta, dizendo que ela tinha morrido — disse Rosalvo.

Margot assentiu com a cabeça.

— Isso não é tão incomum aqui. Acontece com garotas como ela. Ou como eu.

— Quero saber o que aconteceu. Quero saber quem foi — disse o pai.

A frase saiu com intensidade, como se o ódio que trouxera Rosalvo até o Rio de Janeiro tivesse ressurgido em uma erupção inesperada. Margot olhou para ele, em um sinal de que se condoía com aquele destino infeliz. Rosalvo sabia que ela não precisava do risco, sua vida estava boa, não queria perder tempo nem vendas. Ao mesmo tempo, viver por ali era um desafio diário. Contava com essa segunda realidade para despertar a solidariedade dela. Era sua única opção.

— Posso fazer umas perguntas por aí, mas com uma condição — disse ela.

Rosalvo nada disse, mas Margot entendeu que seus termos seriam aceitos.

— Esquece essa história de Marquinho. Ele já estava morto muito antes da Eloá.

César

O taxista parou o carro na avenida larga, e César imediatamente soube que aquela viagem havia sido um erro. Deparou-se com o pórtico do Nova Ipanema, um condomínio de casas da Barra onde seu pai morava havia três anos. Uma pessoa entrando a pé por aqueles acessos largos, feitos para os donos de F-1000 e Alfa Romeo, chamaria a atenção dos seguranças. O que diria, uma vez que chegasse lá? Que era o filho do Roberto Mendonça? De qual rua, de qual casa? Todos aqui provavelmente conheciam o senhor Roberto e sabiam que ele só tinha dois filhos pequenos, e ele já era adulto. Em sua ignorância, os funcionários estariam certos se o barrassem: naquele ambiente, tentando se desviar dos carros da avenida das Américas, o impostor era ele. O pai havia inventado uma nova existência, e o filho antigo não fazia parte dela. César se perguntou por que esse sentimento de inadequação, agora tão forte, não se manifestou antes, quando o táxi ainda passava por São Conrado ou por todos aqueles túneis, ou ainda mais cedo, em casa. Poderia ter sido uma dessas ideias que passam pela cabeça da gente, mas são abandonadas. Sentia que tinha o direito de se impor, de exigir sua legitimidade, de conhecer um mundo onde sua entrada fora proibida.

 Quando chegou à calçada, precisava caminhar ainda mais uns cem metros para chegar à portaria. O asfalto estalava, o sol cegava e não havia nenhuma sombra à vista por ali. Seria ridículo empreender todo esse esforço, gastar uma fortuna de táxi, para desistir agora. Mas foi o que César fez. O gigantismo das casas, os seguranças, as árvores pequeninas que um dia formariam um belo bosque do qual só os privilegiados moradores poderiam desfrutar, impuseram a ele um cansaço inexplicável. Riu das próprias intenções. Não sabia se buscava confronto ou conforto — talvez ambos. Ansiava mostrar que, se dinheiro era problema, agora ele tinha de sobra, podia até desperdiçar o custo de uma corrida até a Barra. Se era um filho executivo que Roberto queria, agora tinha um. O pai podia voltar, abandonar a vida de plástico, as casas iguaizinhas, as viagens à Disney com a tia Augusta, as roupas copiadas das capas de revista. César o aceitaria de volta. Roberto, que antes lhe parecera tão insignificante e obtuso, de repente se mostrava essencial, algo que queria muito e não tinha. Ou então talvez quisesse jogar em sua cara o dinheiro, esnobar sua herança, lhe dar as costas de vez. Ou apenas precisasse chorar em seu ombro a morte de Lauro. Nunca dera nem um beijo em Lauro, e agora desejava ter dado. A pobre Selma ficou aliviada com a notícia. Os pais nunca sabem nada dos filhos e é melhor assim. Não podia contar que a mãe tinha motivos suficientes para ter muito medo, para não pregar os olhos. Não queria preocupá-la antes do tempo. Ainda tinha esperança de ser poupado.

César pensou que deveria ter comprado um carro. Descobrira um tipo de rock chiclete que tocava nas rádios sem parar, diferentes letras para um ritmo que quase não variava. Tinha certeza de que seriam uma febre ao longo de 1984. Dinheiro para comprar um carro zero na conta, para quitar o apartamento do Leblon, para emprestar ao pai. Desejou que ele estivesse mal nos negócios para ser obrigado a pedir ajuda. Queria que Roberto soubesse do seu sucesso, por isso tinha aceitado conceder aquela entrevista ao *Jornal do Brasil*. Mesmo longe, seguindo um cantor pelo interior de São Paulo, perguntara-se várias vezes o que o pai acharia ao saber que liderava um bando de fedelhos rumo ao sucesso. Quando garantiu um percentual das vendas dos discos que havia agenciado, pensou que era o tipo de cláusula que Roberto exigiria. Pode ser algo que tenha escutado quando pequeno, numa visita à empresa do pai, ou que fosse pura invenção, uma forma de materializar uma relação inexistente. Uma tentativa de dar crédito a um autor que renegava a própria obra ou a um compositor que, diante de tantas intervenções da gravadora, decide assinar a canção com um pseudônimo. Isso acontecia com frequência no trabalho de César e era o que tinha se passado com ele, na vida. O pai não buscava o mérito por sua criação, não queria assinar aquela tela, agora uma imagem cansada e disforme de suor e despeito.

O estranho amor que sentia pelo pai tomara conta de César e, movido por uma força sem explicação, viera até a Barra para acertar contas. Se o pai, em vez de reconhecer seu olho para talentos e tino para negócios, apenas lhe oferecesse um abraço, ele aceitaria. Tudo o que precisava agora era de um abraço de alguém que não soubesse nada sobre ele. Poderia bem agarrar o primeiro estranho que passasse. Buscava consolo para curar algo que não conseguiria traduzir em palavras. Mas Roberto nunca foi bom em compreender o imponderável, e César não podia, mais uma vez, oferecer-lhe explicações. Aceitando essa realidade, em vez de insistir para ver o pai, deu as costas para o condomínio, para achar um caminho que o levasse à praia. Por uma rua recém-asfaltada, andou devagar, até começar a ouvir o mar. As ondas batendo na areia, aquele *splash* bom de escutar, e se acalmou. Embora Roberto nunca fosse saber, ele tentara reconstruir essas pontes. Era uma trégua franca, não declarada. César aceitava a própria mentira: tinha dado o primeiro passo, mesmo sem fazer nada de concreto. No futuro, acusaria o pai de não adivinhar que ele observara o condomínio e sentira-se deixado para fora. Riu sozinho.

O vento soprava cálido na orla, e pela primeira vez César olhou a Barra com alguma benevolência. A praia no fim de tarde era agradável. Não havia turistas vulgares nem gente vendendo quinquilharias. Aqui os ricos viviam sem ser importunados, com tudo de perverso que essa noção embute. Eram gênios. Criaram um jeito de fingir que os pobres não existem. No vaivém calmo da orla via-se alguns velhinhos, babás pretas vestidas de branco, passeando com bebês igualmente brancos, um sonho estéril que quase se tornara realidade, não fosse o pó fino que emanava das construções em andamento. Dois meninos louros e sem muito equilíbrio para andar de bicicleta logo passaram por César. Atrás deles vinha um homem de cinquenta anos, cansado demais para acompanhá-los. Parecia um ator velho que insistia no papel de herói. E não era uma questão de idade: Roberto, cabelos e olhos castanhos, não convencia como pai daquelas crianças. Olhou para César ali, sentado. Parou. Gritou para os meninos irem até o próximo posto e voltarem. Ele tinha de estar surpreso, não podia achar que o filho estava ali por acaso. Mas não demonstrou nenhuma confusão. Andou até César, em silêncio. Ocupou a ponta oposta do banco em que o filho estava sentado. Bem apertadas, outras duas pessoas poderiam se acomodar entre eles. O filho sentiu que o pai estudava suas feições. Por um momento, julgou ter quebrado sua resistência, como se ele não pudesse se controlar diante de uma visão inesperada e bela, tão bela que chegava a ser dolorida. Mas essa sensação logo se esvaiu.

O silêncio entre os dois era tão profundo que tinha se tornado inquebrável. César não podia articular todo o medo que sentia e tampouco a alegria de ver o pai. O jovem, que era um turbilhão de palavras, sempre com tanto a dizer, agora não conseguia encontrar alguma platitude para quebrar o gelo. Imaginou que o pai também ansiava expressar algo, mas provavelmente achava inapropriado ser o primeiro — se César havia vindo até ele, que iniciasse a conversa. O filho, vendo-se refletido nos olhos do pai, lembrou-se das tensas relações familiares e das disputas entre os mitos gregos estudados pela mãe. Não era de ficar analisando tudo, mas isso agora viera à sua cabeça.

Naqueles infinitos minutos sem diálogo, César perguntou-se se Roberto conseguia perceber que sua estrutura, por trás daquela aparência sólida como mármore, começava aos poucos a ruir. Fez menção de abrir a boca, de contar todos os pavores que o perseguiam em madrugadas insones. Mas então voltaram os meninos de bicicleta — o pai, ainda em silêncio, sinalizou que eles deveriam dar mais uma volta. César quase riu, pensou que eles tinham cara de abobados e deveriam precisar do auxílio de professoras particulares para passar de ano. Roberto, de repente, suspirou — um suspiro que o filho interpretou como cansaço e que o fez ser tomado por uma sensação de impotência. Quem os olhasse de longe, veria apenas dois estranhos dividindo o mesmo banco de alvenaria, numa tarde igual a todas as outras. Duas pessoas sem conexão aparente. Ambos escondiam bem tudo o que circulava no espaço entre eles, como sempre haviam feito.

César agora queria ouvir os conselhos que ignorara. Sentia ciúme dos garotos saudáveis e meio débeis, que tentavam chamar a atenção de Roberto com sua habilidade questionável ao guidão. Guardava um sentimento de posse que jamais associara ao pai. Estava em desvantagem, e só tinha um ponto a seu favor. Apenas um. Sua vantagem era algo imutável, verdadeiro e também belo: os dois sentavam-se exatamente na mesma posição, com as mãos peludas entrelaçadas, as cabeças levemente abaixadas. Julgou que Roberto talvez estivesse um tanto surpreso por seu filho ter desenvolvido a capacidade de apreciar o silêncio, de calar-se quando não se deve dizer nada. Por mais alguns segundos, fizeram companhia um ao outro. Ouviram o barulho do mar e do trânsito. O filho finalmente se moveu, chegou um pouco mais perto, em uma aproximação muito discreta.

E, enfim, teve a coragem de agir. Disse:

— *Eu* sou o seu filho.

Em um movimento contínuo, César se levantou e caminhou em direção à avenida. Fez sinal com a mão — um táxi se aproximava, começou a piscar as luzes. O rapaz desejou com todas as forças que o carro não o visse. Sentiu em suas entranhas que o pai quis, de verdade, correr e abraçá-lo. Mas ele não se moveu. Roberto permaneceu sentado. O táxi parou.

capítulo 5
sabedoria (1984)

César

César abriu os olhos e entendeu o que o resto do mundo já havia aceitado. Seus sonhos de grandeza eram devaneios — apesar de todo o sucesso de que desfrutava, admitia que provavelmente as músicas que trouxera ao mundo estavam, como ele, fadadas ao esquecimento. Nenhum astro de cinema interpretaria sua história na tela grande, sua vida não daria um livro, ele jamais ouviria um estádio aplaudindo seu talento para a dança, a música ou os esportes. Queria tempo, mas oitenta anos não pareciam ser o bastante, cento e vinte também eram pouco para entrar para a história. Almejava ser lembrado. Se quisesse, já poderia ter realizado um grande feito, mas ele não havia nascido com uma missão divina, não tocaria a humanidade com seu dom. Ao menos agora compreendia que o tempo é relativo. Quanto dele é suficiente para dançar todas as danças que queremos, ouvir todas as músicas que alguém nem sequer compôs, comemorar mais um ano ordinário ao lado de quem se ama? Sentia-se impotente, pequeno. As grandes expectativas que sempre tivera de si não passavam de ilusão. Para se proteger, carregava um orgulho que desarmava qualquer um que ousasse lhe insinuar o contrário. Agora que aceitava a verdade, o desafio seria manter essa fachada.

Ele vivia também em um limbo: de que adianta saber se não há salvação? Não havia tratamento, esperança, futuro. Sem aviso, as festas da adolescência, com dança da vassoura e bolo ruim, foram substituídas por funerais-surpresa. Foram seis até o Carnaval de 1984, amigos e conhecidos caindo feito moscas. Todos próximos, bem ao lado de César, como se ele fosse tóxico e pudesse fazer mal a qualquer um que ousasse se aproximar. No ano anterior, durante suas viagens pelo interior com as bandas, um dos cantores, muito tímido e com talento para criar letras melancólicas, se esgueirava para o lado de César, tentando captar um pouco de seu magnetismo, suplicando beijos e carícias, queria ser amado mesmo que fosse por piedade. César apenas o olhou com pena, sabia que seria apenas uma distração, e entendia que depois teria muito trabalho para cortar a conexão, como já acontecera com Henrique. Então, deixou passar, fingindo não perceber o recado. Nem assim o rapaz se salvou. Havia poucas semanas, justamente quando assinou contrato para um disco em que quase todas as canções seriam de sua autoria, pediu para voltar para a casa dos pais. Suas letras, agora, seriam cantadas por outra voz. Todas as outras músicas que um dia poderia escrever virariam poeira.

Quanto a César, o corpo continuava delgado, porém forte, os linfonodos pareciam em ordem, não havia nada de errado com sua pele, os exames de sangue sem alterações. Ninguém tinha muito a dizer, não existia diagnóstico nem tratamento eficaz. O único jeito era esperar os sintomas aparecerem e, depois disso, aceitar o fim. Os médicos se dividiam entre totalmente ignorantes e bem-intencionados. Dentro da última categoria, Selma pesquisou até escolher o mais renomado. Talvez ele tivesse alguma resposta, pudesse tranquilizá-lo de alguma forma, acalmar o turbilhão de perguntas que giravam em sua mente. Quando César conseguiu marcar uma consulta e explicou seu histórico de múltiplos parceiros durante o período em que frequentou a Sauna Leblon, tudo o que ele pôde lhe dizer parecia vir de um manual de autoajuda, e não de enciclopédias médicas. Basicamente, ninguém sabia ao certo de onde tinha vindo a doença, apesar de os franceses terem conseguido inocular o vírus. Nos Estados Unidos, em alguns meses, um teste serviria pelo menos para identificar quem a tinha. Sendo assim, por ora, o médico foi honesto e admitiu que só havia uma recomendação: vida normal. Você pode parar e esperar a morte ou viver a vida enquanto ainda a tem nas mãos. César sabia que ele tinha razão, mas isso não resolvia nada.

Nos meses seguintes, César escolheu que sua versão de viver a vida seria garantir que suas bandas tivessem sucesso, que os meninos que por tanto tempo pensaram em noites de glória em suas garagens realizassem o sonho de ser reconhecidos, cantassem no Chacrinha e fizessem shows em estádios de futebol. Enquanto no ano anterior foram as músicas mais tolinhas que chegaram aos primeiros lugares, em 1984 o Brasil parecia ter descoberto o rock. Havia público para todo tipo de estilo, das bandas que faziam paródia às que se dedicavam à crítica social. Discos lançados havia dois anos, de repente, eram executados nas rádios; álbuns que não deram em nada podiam ser relançados em versões ao vivo. A gravadora fazia qualquer coisa para colocar o material na mídia, que celebrava o novo movimento. Era uma revolução na MPB que vinha de São Paulo, do Rio, de Brasília, de Porto Alegre. Ele queria encontrar mais músicas, descobrir talentos em outros estados, tinha pressa. Frenético, César parecia o coelho de Alice, apostando uma corrida contra o próprio relógio. A sua única chance de ser lembrado, de ser tema de documentário, mesmo aqueles a que ninguém assiste, era o rock and roll. Um tique-taque insistente se fazia ouvir, impiedoso, noite e dia.

 E Inácio estava cada vez mais perto. Parecia ter se esquecido de Luiza, que arrastava um caminhão por ele. Dava pena dela, mas não muita. César sentia satisfação por ter todas as atenções do amigo voltadas para ele, agora que Baby havia sumido. A atração de Inácio pelos condenados, pelos excluídos, desta vez trabalhava em seu favor. Inácio mudou-se, ainda que não oficialmente, para o apartamento do Leblon. Passava a maior parte das noites com César e Selma, ocupava a cama e a parte do armário do quarto de hóspedes — a situação chegara ao ponto de Rosalvo, que seguia à risca as regras do condomínio, perguntar se poderia permitir que Inácio subisse sem ser anunciado. Inácio entrava no último ano da puc e ouvia todo tipo de piada perversa, como se fosse um magneto de veados — corria até boato de que estava infectado. Os comentários, que passavam pela boca de gente progressista e liberal, que fumava maconha nos bares da Marquês de São Vicente às terças-feiras à tarde, chegaram aos ouvidos de Joel. O pai de Inácio, pela primeira vez, interveio: exigiu que, se o filho estivesse doente, contasse. Inácio estava magro, como sempre fora, mas deixara crescer o cabelo e a barba, o que lhe dera uma aparência meio largada.

 César se surpreendeu quando Inácio se envolveu nos comícios das Diretas Já. Usou as camisetas e foi a reuniões, agitava-se nos dias em que o movimento se reuniria no centro da cidade. César absteve-se de participar, pois tinha as próprias urgências para resolver, e viu que Selma, que tinha passado todo o movimento estudantil dos anos 1960 em branco, também não fez muito desta vez. Antes se via preocupada demais em garantir que seu casamento fosse um sucesso. Agora tinha consciência da importância do momento, mas também estava às voltas com um problema maior: o filho vivia um embate constante entre a vida e a morte, enquanto a redemocratização era questão de tempo, para ela pouco importava se tivesse de esperar mais alguns anos para escolher o presidente. As décadas se sucediam, mas a vida dava um jeito de fazer com que as pessoas permanecessem as mesmas.

No fim, as Diretas não passaram, apesar de ter sido bonita a mobilização, que para César parecia acontecer em outro planeta. Algumas músicas de protesto de um grupo do Sul, que pareciam muito complexas para emplacar nas FMS, começaram a ser executadas repetidamente. As pessoas cantavam a letra toda errada e se perdiam um pouco na mensagem, mas a essência do conteúdo era entendida. César se perguntou se suas músicas não seriam usadas mais adiante, em outras mobilizações populares, e isso lhe deu algum conforto. Quem sabe daqui a vinte ou trinta anos, quando ele não estivesse mais aqui, sua produção ainda valeria alguma coisa.

Os dias de César se sucediam em um estado de anestesia, como se passassem à sua revelia. A presença tranquila de Inácio arejou o apartamento do Leblon, uma sensação de constante segurança tomou conta do ambiente, aparou as arestas e acalmou a tensão. Até Selma, com aqueles olhos doloridos, parecia consolada, quase satisfeita. César sabia que era uma ilusão, que Inácio era como um objeto a ser olhado a distância, uma peça de porcelana que ele tinha de tomar cuidado para não quebrar. No fundo, sabia que o amigo era muito mais frágil do que ele, apesar de tudo. Uma noite sonhara com o toque de Inácio e, ao acordar, repeliu o que acontecera enquanto dormia. Iria perguntar à mãe sobre a criatura mitológica que podia ser admirada, mas nunca tocada. Quem sabe daria a ela uma ideia para um trabalho futuro, ou pelo menos ririam juntos da situação, já que Selma era perspicaz o suficiente para perceber a história de amor impossível que se desenrolava entre aqueles cômodos. De certa forma, ela também estava apaixonada por Inácio. O charme despreocupado e inconsciente ampliava sua força. Nem o fato de ele finalmente ter cedido aos encantos de Luiza, que se impôs de forma paciente e cálida, fazendo-o abrir a guarda, foi capaz de quebrar o fascínio que Inácio exercia tanto sobre o filho quanto sobre a mãe.

Por algum tempo, César monitorou de perto, tão perto quanto possível, o telefone de casa. A mãe, Inácio, a faxineira, todos foram orientados a anotar todos os recados, ele não podia perder nenhum compromisso de trabalho. Mas, na verdade, esperava um contato do pai, achava que existia uma chance, embora tenha mantido aquela viagem até a Barra em segredo, jamais contara sobre ela nem a Inácio. Sentia vergonha, achava-se fraco por tê-la feito, e o gosto desse sentimento amargava mais sua boca à medida que Roberto insistia em manter distância. Inácio estava na faculdade, Selma fora estudar na biblioteca da UFRJ e César se viu sozinho em casa pela primeira vez em muito tempo. Sentou-se na sala, olhando o aparelho mudo, que assim permaneceu por horas. Sentia que o pai iria ligar naquele dia, mas nada aconteceu. Era o que era, e não havia mais razão para mudar uma história cujo fim já estava escrito. Pensou em beber um uísque para celebrar a morte de Roberto, mas se conteve. Transformaria o pai numa miragem amigável e muda, uma alucinação causada pela insolação.

Já era início de dezembro quando o telefone tocou, e daquela vez era para César. Dr. Rodrigo, do outro lado, falava como se contasse um segredo. Havia trazido dos Estados Unidos alguns kits de testes para HIV e ofereceu ao paciente a oportunidade de saber, de sair da ignorância desconfortável em que se encontrava. O médico disse que estava falando apenas com pacientes especiais, o que era um eufemismo para aqueles que tinham condições de pagar centenas de dólares para obter uma informação. César sentiu a estratégia mercantilista, mas não se incomodou. O que ele esperava, um médico de bom coração disposto a adotá-lo como filho, substituindo Roberto? O dr. Rodrigo não tinha mais de trinta e cinco anos e precisava fazer a vida. Apesar de já ser fim de tarde, disse que iria ao consultório naquela mesma hora, já com os dólares. Foi até o cofre da mãe — instalado ainda na época de Roberto —, apanhou o dinheiro e em cinco minutos já andava pelas ruas do Leblon. Parecia estar no comando da própria vida, era o senhor do tempo que lhe restava. Agora saberia, e a expectativa de estar no controle, de viver a realidade em vez de esperar ser atropelado por ela, lhe garantia, enfim, certa tranquilidade.

Inácio

Inácio acordava e não conseguia mais dormir, temendo que César morresse no meio da noite, sem aviso, sem que ele ou Selma se dessem conta. O pavor da morte anunciada o compeliu a ficar uma noite, depois duas e, por fim, quase todas. Ficaria alerta, sempre a postos. No Leblon, quando despertava na madrugada, tremia de medo e de frio. Levantava-se na ponta dos pés, cruzava o corredor silencioso e abria a porta do quarto de César. Pulava com destreza os obstáculos — sempre havia fitas cassete ou livros pelo chão —, caminhava até a cama e posicionava suas mãos, com precisão, a dois ou três centímetros do corpo dele. Pousava os dedos sob as narinas do amigo. Seu pior temor não tinha se concretizado, mais um dia fora concedido. A contribuição de Inácio seria evitar que a morte chegasse como uma surpresa. Mantinha-se atento para evitar ser surpreendido pela foice traiçoeira, pronta para fazer a colheita antes da hora. Encontrara, assim, um código secreto para dizer a César que estava ali e não iria embora.

Ao mesmo tempo que oferecia sua presença a César, Inácio apoiava-se na consistência de Luiza. Enquanto Baby tinha se aventurado em outro lugar, buscado outra vida sem sequer avisá-lo, Luiza permanecia firme, sólida, confiável. Era certo dar-lhe algo em troca. Inácio herdara de Joel, apesar de tanto tentar se distanciar dele, a tendência em ver a vida de forma prática. Certos prêmios são merecidos, sentimentos podem ser cultivados. Ter Luiza por perto o fazia se sentir seguro e confortável, um bote salva-vidas em tempos de águas revoltas. Ele desejava a presença de Luiza e achava que essa era uma forma de amor. Ela havia enfrentado batalhas para protegê-lo. No grande vão sob o prédio da reitoria, o "edifício da amizade", um grupo de machinhos da PUC dizia para ele não se aproximar, senão iam quebrar sua cara — parecia que tinha voltado para o ginásio. Inácio, alto e forte, sentia que poderia esmagar os três com a fúria que continha dentro de si, mas manteve-se calado. Ouviu resmungarem "aidético" para ele, como se não tivessem coragem de dizê-lo em voz alta, pois temiam que Inácio tivesse, de alguma forma, o poder de contaminá-los apenas pelo olhar. O barulho de gente indo e vindo cessou, e Inácio ficou com medo do próximo passo que se via obrigado a dar. Ser portador de uma chaga, mesmo uma que existia apenas na imaginação alheia, trazia inesperado poder.

Inácio saboreou esse momento e estava pronto para tomar uma atitude quando Luiza segurou seu braço e acariciou seu cotovelo, depois suas costas e, finalmente, apertou a mão dele. Os dedos se entrelaçaram.

Os batimentos cardíacos de Inácio estavam fora de controle, e ele percebia que suas veias ficaram aparentes. Elas saltavam, descolando-se da pele. Cada vez mais Inácio se aproximava da aparência física e do caráter de Joel. Luiza esticou-se, tocando os cabelos de Inácio, tentando acalmá-lo. Aos poucos seus sentidos foram retornando ao normal. Tomou consciência do mormaço, do suor escorrendo pelas costas, ouviu a retomada das conversas que tinham sido silenciadas e acompanhou, ainda imóvel, os rapazes — que eram do tipo que usava camiseta regata, tênis da moda e boné virado para trás — achando outra coisa para fazer. De repente, pareciam ter pressa em ir para qualquer outra direção. Era necessário manter distância. Inácio apertou a mão de Luiza com força e a trouxe para perto de seu corpo, agradecia o santo tato feminino, e deu-lhe um beijo. Um toque pode desencadear uma reação em cadeia, despedaçando uma pessoa, mas pode ajudar a manter uma alma coesa, mesmo nas piores circunstâncias.

Depois desse episódio, Inácio entendeu que, em suas buscas noturnas para garantir a segurança de César, havia sido covarde. Compreendeu que o amigo carregava o peso de repelir o contato de outros: César vivia uma vida apartada, esterilizada, distante. Por isso, ao entrar no quarto dele na noite seguinte, fez bem mais do que apenas checar a respiração do amigo covardemente. Pousou as mãos, aquelas mãos enormes e gentis, sobre o peito dele. Com a força de um gigante bom, não recuou diante dos olhos de César, que de súbito se arregalaram. Ele assustou-se, mas de uma forma boa, como se o presente de Natal que tanto esperava tivesse sido antecipado. Sem dizer uma palavra, Inácio continuou arrastando suavemente as mãos pelo torso de César, depois pelo seu pescoço. Os dedos de Inácio então passearam pelo rosto, contorno de olhos, nariz e boca, fizeram cócegas no queixo e acariciaram os cabelos, de uma forma contínua e cada vez mais calma. Depois de alguns momentos, Inácio parou. Eles trocaram um olhar rápido, mas não disseram uma palavra. A tentativa de César em tomar fôlego ocupava o ambiente enquanto Inácio saía em direção à luz que invadia o cômodo pela porta entreaberta. César sabia que tudo tinha acontecido de verdade, mas provavelmente acreditaria se alguém lhe dissesse que fora só um sonho.

Inácio retornou para sua cama, deitou-se e pensou em Baby — quando estava sozinho, e o mundo parava de girar, quando todas as escolhas racionais eram deixadas de lado, era a imagem dela que lhe vinha à cabeça. Nos momentos em que não havia escolha a não ser a honestidade, desejava Baby ainda mais do que quando ela estava por perto. Era uma quimera, um sonho besta. Pensou em abrir a velha mala que trouxera consigo para o Leblon e olhar os pensamentos que escrevera sobre a mulher que amava, agora misturados aos cartões-postais enviados por César no ano anterior. Já fazia quase dois anos que não ouvia falar de Baby, que sabia como encontrá-lo. A essa altura, devia ter construído uma nova vida, talvez em São Paulo, talvez em outro lugar. Fechou os olhos e a viu novamente. Desta vez não tentou afastar o pensamento ou rechaçar o que era natural. Entregou-se e dormiu.

Pela manhã, acordou mais cedo e saiu com a casa ainda em silêncio. Caminhou do Leblon até a PUC, cortando pelas ruas mais calmas, determinado a pedir para que Luiza fosse sua namorada. Gostava da noção de formalidade embutida em um pedido de namoro, sentia-se tomado pela solenidade e pelo senso de justiça de seu pai e desta vez entendia que isso era uma coisa boa. A imagem que representaria aquele dia seria a dos cabelos de Luiza. Estavam soltos, eram muito bonitos. No fim das contas, são esses detalhes meio tolos que grudam na cabeça da gente: dessa vez, concentrou-se no movimento dos cabelos de Luiza enquanto ela chacoalhava a cabeça afirmativamente à proposta dele. E no sorriso dela. Ele se curvou e a beijou ali, na frente de todo mundo. Agora eram oficialmente namorados. De mãos dadas, foram tomar um suco. Ainda tinham alguns minutos antes da primeira aula.

O retorno de Inácio ao apartamento dos pais, no Arpoador, foi também a primeira aparição de Luiza como sua namorada. A ocasião foi a comemoração em família da formatura de Irene, que havia terminado o curso de arquitetura, em meio a uma das maiores crises do setor de construção na história. Entre um cliente pão-duro dos novos condomínios da Barra da Tijuca e outro, dava aulas de desenho no Senai. A festa de formatura custaria mais do que a irmã de Inácio ganharia em seis meses, mas Irene mantinha aquele sorriso resignado, aceitando cumprir o que dela era esperado. Havia escolhido participar de todas as cerimônias caras, comprar todas as fotos, incluindo as do baile de formatura com vestido de gala. Ela não sabia se preferia comemorar do jeito tradicional ou gastar o dinheiro em uma viagem, como faziam os amigos mais descolados e menos preocupados em satisfazer os desejos dos pais. Disse a Inácio que gostaria de ter tido a chance de pensar melhor. O único veto foi aos salgadinhos e brigadeiros, que Irene banira para sempre do Arpoador, embora tenha concordado com um jantar de família no Porcão.

Uma celebração íntima. Além de Joel, Rita e dos dois filhos, incluiria apenas três convidados, todos de Inácio. Luiza já havia passado no apartamento para experimentar as entradas feitas pela mãe — ela abrira mão dos salgadinhos, mas não de preparar uma mesa de patês —, e Selma e César compareceram mais tarde, ao restaurante. César havia comprado um carro novo, o que lhe dava uma sensação de normalidade, embora a esta altura já tivesse a certeza de que tudo podia mudar num estalar de dedos. Mas esse, ao menos esse, era um dia de festa, desses que a gente sempre desdenha quando muito jovem. Inácio aproveitou a carona e percebeu que ele apreciava o sentimento de ver as luzes da cidade passarem enquanto deslizava as mãos pelo volante. Sentiam o cheiro de plástico e de couro que o veículo emanava, o ar-condicionado em máxima potência. A mãe de César segurava um presente embrulhado com cuidado. No restaurante, garçons, mesa redonda, a expressão de orgulho de seu Joel e de dona Rita, aquela comida toda, Irene reclamando que não tinha namorado... Momentos triviais que a gente não consegue reviver ao olhar álbuns de fotografia. Inácio estranhava aquela plenitude e especialmente a expressão tranquila de César, que passara o ano todo sobressaltado. Aquela leveza não era apenas uma surpresa para Inácio: dava-lhe também a sensação de que algo estava errado, de que um monstro verde se escondia atrás de alguma porta e estava prestes a aparecer.

Durante o pequeno discurso de Joel, que agradecia a todas aquelas poucas pessoas pela presença, como se estivesse em um banquete para trezentos convidados, Inácio deu um jeito de abordar César discretamente.

— Está tudo bem? — perguntou.

— Sim, está tudo ótimo. Agora eu sei — respondeu.

— Sabe o quê?

César sorriu.

— Sei que teremos ingressos para o Rock in Rio. Chegaram hoje cedo.

Rosalvo

O pastor bateu à porta da casa de Rosalvo no fim da tarde. Queria se apresentar, embora não fosse necessário. Ao longo dos poucos meses em que se instalara na Rocinha, aquele homem se tornou uma celebridade instantânea. Suado, perguntou se Rosalvo podia lhe apanhar um copo d'água, pregara desde cedo, de casa em casa, o senhor sabe como essas ruas são estreitas, não bate um vento. Rosalvo olhou para ele sem demonstrar o que pensava — na realidade não pensava em nada. Aquela figura não lhe despertava simpatia nem o irritava, mas, mesmo assim, desejava que fosse embora. Sem falar nada, deu o copo d'água para o rapaz, tentando decifrar aqueles olhos grandes e intensos. Tinha centenas de homens parecidos com ele por ali, mas alguma coisa nele instigava sua curiosidade. Vestido naquele uniforme de gente de bem, que comanda igreja, calça escura, camisa branca e sapato 752, dava para ver que era vaidoso. Não era algo ruim: os cabelos estavam muito arrumados e os dentes, limpos. Quando os mostrava, os olhos se transformavam. Rosalvo percebeu que, por trás daquelas maneiras, carregava a missão, a obrigação e a promessa de propagar a palavra divina. Com aquele jeito imponente, ereto, demandava atenção. Quem estaria acima de dar um minuto a Deus? O homem impunha presença de um jeito meio angelical, esgueirava-se de casa em casa feito um réptil. Quando segurava a Bíblia, sua expressão assumia um jeito meio endiabrado. Possuído pela fé, tornava-se atraente, quase sensual. Uma mistura de bem e mal, humildade e soberba. Atraía e repelia em igual medida.

Depois de virar a água em um só gole e de bebê-la como uma dádiva divina, uma oferenda no deserto, o homem agradeceu e, por fim, apresentou-se. Era o pastor Fábio Alberto. Quando engatou seu discurso de beato, o homem quase perdeu a atenção de Rosalvo. A sociedade seria destruída pelas drogas e pelas más escolhas, doenças e pragas de Deus — as escrituras bem que avisavam. Um monte de ideias recicladas, pensou, nada que não tenha ouvido antes, só dito de forma mais eloquente. O discurso de Fábio Alberto era claro e inteligível, mas Rosalvo, da velha guarda, gostava mais da linguagem floreada, cheia de palavras complicadas, que os padres usavam. Achava que poderia dar aula de Bíblia ao pastor, se assim quisesse, embora soubesse do evangelho de ouvir falar, pois só aqui no Rio aprendera a ler direito, a juntar palavras para dar sentido a frases mais longas. Em sua jornada, tinha aceitado Cristo, batizara e crismara todos os filhos, pagara dízimo. Havia lembranças de dia de festa de primeira comunhão, os meninos com uniforme de pinguim, com gravatinha-borboleta, e as meninas, em elaborados vestidos brancos. Quando Rosalvo estava prestes a fechar a porta na cara do rapaz, meio enfadado, ele engatou uma mudança do discurso que voltou a despertá-lo. Fábio Alberto lembrou que só pregar é fácil — era mesmo, pensou Rosalvo. Por isso, ele estava em busca de gente que pudesse trazer doações, ensinar alguma coisa, fazer qualquer coisa na igreja, mesmo que não gostasse de orar. Sabia que Rosalvo era de Minas, na favela todo mundo sabe da vida de todo mundo, o senhor sabe como é. Se pudesse ensinar alguma coisa às crianças, se soubesse confeccionar cestas, fazer geleia, ou pudesse ajudar a plantar uma horta, qualquer ajuda seria bem-vinda.

Rosalvo deixou o rapaz no meio da frase e saiu em direção à cozinha. Como a casa tinha somente um grande cômodo, a não ser pelo quarto e pelo banheiro, o pastor podia ver toda a movimentação. Encostou a cadeira no armário da cozinha. Subiu nela para ganhar estatura e começou a tirar panetones da parte de cima. Ganhara dos moradores do edifício as sobras das cestas de Natal. Todo ano era sempre igual: guardavam os Bauduccos e distribuíam os mais vagabundos. Todas as visitas tinham comido bolo de frutas cristalizadas nas últimas semanas, mas ainda assim sobrara um farto estoque. Do tanque, onde tentava dar conta das roupas, Elza olhou o marido de um jeito meio feio, ela gostava das caixas empilhadas, davam impressão de fartura. Rosalvo recuou e deixou duas unidades para trás, mas mesmo assim trouxe oito panetones para Fábio Alberto. Tudo para que ele se calasse. Disse que era para distribuir depois do culto, mandar alguém fazer um café, quem sabe conseguiria atrair uns fiéis a mais. Embora ainda fosse início de dezembro, desejou-lhe Feliz Natal e disse que, se pudesse, iria sim à igreja, quem sabe levaria a família toda, era numerosa. Elza tinha cinco filhos e os netos já haviam começado a chegar. O rapaz aceitou o presente de bom grado e, mal se virou para partir, Rosalvo fechou a porta.

A igreja do Fábio Alberto nem parecia igreja e tinha um nome engraçado. Era uma construção de alvenaria simples, mas bem rebocada e pintada, tudo em branco e bege, com bancos de madeira sem encosto feitos pelos próprios fiéis. Os bancos eram, de tempos em tempos, empilhados nos cantos, e as festas da comunidade aconteciam no mesmo espaço onde se pregava a palavra de Deus. Todo mundo que participava do arroz carreteiro ou do bingo para arrecadar fundos ajudava a colocar tudo de volta no lugar. Não havia vitrais ou imagens de santos, igreja evangélica é contra santo, Rosalvo já tinha ouvido falar. Só um Jesus mais escuro, sem aqueles olhos azuis que ele via nas igrejas de Minas. O pastor disse que Jesus era mais parecido com eles, não tinha aquela cara que todo mundo conhecia, aquilo era invenção. Fábio vivia no mundo real, sabia das tentações que cercavam os jovens, por isso os escolhera como foco de seu trabalho social. Cadastrava adolescentes e os encaminhava para trabalhar em empresas, ajudava a comprar cadernos para a escola, evitava que faltasse comida na mesa dos praticantes mais assíduos. Tinha ambições políticas, mas ainda estava achando um jeito de se lançar candidato sem irritar os traficantes. Não queria virar alvo, morto não conseguiria fazer nada.

Rosalvo chegou assim, sem saber como ajudar, e achou que aquele ambiente não se classificava na categoria de igreja. Faltava ostentação, ele estava acostumado ao barroco. Assim, decidiu que não estaria quebrando a promessa que fizera em Minas ao frequentar os cultos. Em uma questão de dias, foi a uma papelaria e comprou uma Bíblia nova, daquelas de capa de couro com zíper, para proteger bem as páginas. Quando trabalhava à noite, levava a Bíblia para ajudar a passar o tempo. As letras haviam ficado pequeninhas e ele tinha de ler de perto, mas Rosalvo gostava de decifrar as frases. Encontrar o significado dos versos era um prazer que ele celebrava com um sorriso solitário. César percebeu seu interesse e esforço, no meio daquele ir e vir, e disse que teria outros livros para ele caso ele se interessasse. Rosalvo negou a oferta, mas agradeceu, afinal, já não podia ver um fim para as letras da Bíblia. Aventurar-se além disso seria demais para ele.

Também não tinha interesse em histórias inventadas, preferia ir a fundo na vida de Cristo.

Esse renovado interesse do porteiro em religião levou Rosalvo e Elza a ajudar na organização da festa de fim de ano da igreja. Nas cartas das crianças para Jesus — Fábio achava melhor evitar outras figuras de adoração, e incluía Papai Noel na lista — estavam pedidos que cortavam o coração mesmo de gente pobre. No meio dos desejos por bolas, bicicletas e pipas, misturavam-se cartas com anseios reais, como uma cesta básica, um emprego para o pai, o fim do vício do irmão em tóxicos. Diante dos rostos consternados de suas ovelhas, durante seu sermão, o pastor resolveu soltar mais uma platitude inútil, voltando a incomodar Rosalvo, que não conseguia decidir se acreditava ou não naquela superfície de tantas boas intenções. Os homens mais perigosos que já havia conhecido também falavam manso.

— A messe é grande, mas muitas são as mãos para o mutirão — disse Fábio Alberto, expressão grave, mãos entrelaçadas diante do peito, como um apóstolo.

— É porque esse povo daqui não para de ter filho e largar no mundo — soltou Rosalvo, que ficou surpreso com as próprias palavras.

— As crianças não têm culpa, seu Rosalvo. Cabe a nós fazer alguma coisa por elas — respondeu o pastor.

Rosalvo não disse mais nada. Já ouvira o mesmo discurso antes, mas ponderou que talvez ele fosse válido mesmo assim.

Enquanto Rosalvo decidia o que achava do pastor Fábio, Elza parecia cada vez mais fascinada com aquela figura, tanto que o convidou, com esposa e filho, para um almoço na véspera de Natal. O pastor, mais popular a cada dia, veio apertando as mãos dos fiéis, recomendando que todos se lembrassem dos ensinamentos do Senhor da noite anterior, e chegou meio-dia em ponto. Foi recebido por Rosalvo, que, àquela altura, voltara a gostar dele. Elza havia preparado tudo com esmero, mas teve de se deter um tempinho porque os presentes de Natal que faltavam haviam chegado, graças a Margot, que não tinha avançado muito na ajuda que prometera a Rosalvo, mas se tornara uma presença mais ou menos constante na casa. Margot ajudava Elza a embrulhar os desodorantes e cremes para mãos comprados para as noras. A euforia de fim de ano se esvai logo, mas é boa enquanto dura. Elza se abriu em sete sorrisos para o pastor e a família, mas recebeu em troca uma cara fechada maldisfarçada. Rosalvo notou que Margot soube, imediatamente, que a animosidade era direcionada a ela. Lembrou-se de Marcos, da mercearia, no Serro. Elza ficou apenas confusa. Foi interrompida por uma explicação da vendedora sobre o uso de outra aquisição, uma loção para passar no rosto antes de dormir. Foi o bastante para distrai-la.

O pastor acomodou no sofá a mulher grávida e o filho, um rapazinho de quatro anos muito comportado, e pediu um momento para falar a sós com Rosalvo. Na rua, Fábio Alberto disse que não ousaria dizer a Rosalvo o que fazer — que é exatamente o tipo de coisa que se fala quando se está prestes a fazer precisamente isso. Rosalvo ficou parado, confuso com o tom grave do pastor, mas queria entender o que perturbara o rapaz a tal ponto de agora estarem tendo essa conversa.

— O senhor recebe esse tipo de gente dentro de casa? — perguntou Fábio.

Rosalvo continuou calado, esperando que o pastor prosseguisse.

— Você sabe o que as escrituras dizem desse tipo de pessoa? — continuou o pastor.

O pastor tremia. Por alguma razão, perdera o controle.

— Eu sei o que li na Bíblia. Que eu não sou ninguém para julgar outra pessoa — respondeu Rosalvo, calmo e firme.

Fábio pensou em argumentar, mas achou melhor trocar de assunto, tudo o que não precisava agora era de uma discussão ou um debate acalorado. Era melhor se acalmar. Em silêncio, os dois entenderam que era a hora de entrar. Assunto encerrado. Encontraram Margot, que recebeu um olhar fulminante do pastor, de saída. Ela não baixou a cabeça. Cumprimentou Rosalvo discretamente.

— Feliz Natal, minha filha — disse Rosalvo.

— Feliz Natal, seu Rosalvo — respondeu Margot.

Então, Rosalvo entendeu o pastor. Dentro daquele exterior afável morava a ira.

Só restava saber agora a razão de tanta raiva.

Selma

Se lhe perguntassem como estava, Selma temia ser incapaz de articular em palavras o que se passava por sua cabeça. Suas entranhas queimavam de medo — a diferença é que o perigo, antes difuso, agora era iminente. Estava apavorada, ainda que lúcida e alerta, como uma pessoa perdida em uma floresta escura que aponta o facão que tem nas mãos para o desconhecido, para o que não consegue ver. A segunda parte do que a adivinha lhe disse naquele dia, tantos anos atrás naquela tenda no Parque Shanghai, parecia tê-la finalmente alcançado. Agora, desejava que aquela menina de dezesseis anos tivesse ouvido os conselhos da mulher vestida de cigana com mais atenção. Mas nada poderia prepará-la, tudo agora parecia inútil. Nem a adivinha nem todas as leituras sobre personagens trágicos da Grécia antiga lhe serviam de nada. Uma praga divina, comparável às da antiguidade, estava à espreita, batendo à porta. Seus dias agora estavam dominados pela certeza de que a agonia da espera se transformaria, de forma inevitável, em uma dor aguda e real. Enquanto trabalhava na revisão da versão em inglês de sua tese de doutorado, Selma sabia que era questão de tempo — assim como Ifigênia, sua fiel companheira nesses últimos anos, estava condenada. Tentava respirar e manter a fachada, mostrar que tudo tinha solução, como havia sido ensinada a pensar na juventude. Mas sua estrutura de proteção estava ameaçada. E desabaria assim que a ventania por vir mostrasse sua real força.

Entre as mentiras que inventou para si, Selma, que sempre havia sido boa aluna, a melhor de todas as classes, convenceu-se de que conseguiria se tornar uma pesquisadora melhor do que qualquer médico brasileiro. Saberia mais de aids do que qualquer um. E, de fato, empreendeu leituras cuidadosas, guardando recortes de jornal. No ano anterior, no jornal *O Globo*, havia lido sobre um médico que prometia curar pacientes infectados ao injetar ozônio na corrente sanguínea. Em setembro, um grupo de cientistas dos Estados Unidos anunciou que poderia ter uma vacina pronta para o mal em seis meses, enquanto pesquisadores franceses garantiram que, em outubro, a aids poderia ser curada caso fosse diagnosticada a tempo. Mas todas essas informações eram desencontradas e, a cada promessa de cura fácil, vinham notícias que a assustavam, como uma notinha pequena, de pé de página, que alertava que os portadores do vírus poderiam passar um longo tempo sem apresentar sintomas, ou uma grande reportagem que especulava, a partir de um estudo da Universidade de Harvard, que o vírus poderia ser contraído por um simples beijo.

Além da busca cuidadosa nos jornais diários, Selma também pesquisava os bancos de dados médicos de anos anteriores, mas todas as informações lhe pareciam velhas e inúteis. Até a notícia que a televisão mostrava como novidade — o fato de que heterossexuais também estavam sendo contaminados, inclusive mulheres — era antiga. A expressão "câncer gay", simplificação irresponsável, rendera boas manchetes de jornal, mas não fazia qualquer sentido científico. No fim das contas, Selma sentia que apostava corrida com o demônio e via-se em desvantagem. Outro dia, pegara-se rezando, falando com alguma entidade divina, coisa que não fazia havia trinta anos. Voltou a si e se deu conta de que, depois de tanta pesquisa e esforço, encontrava-se no mais profundo desespero.

E se ela mantivesse o filho numa bolha de plástico, protegido e esterilizado por anos, enquanto buscava uma solução? Seria uma versão do John Travolta naquele filme ruim e antigo, que a televisão mostrou anos atrás. Enquanto isso, ela correria estradas jamais percorridas atrás de um remédio, uma poção, um charlatão que curaria com as mãos. Ela encontraria uma saída, sempre havia sido tão boa em solucionar problemas.

Preocupar-se tanto, perder o controle, fazia Selma deixar de dormir. Ela se via esquálida, sem viço. Analisava seu reflexo no espelho e não se reconhecia — estava viva, mas parecia cinza, apagada. Peitos murchos que ninguém mais tocaria. Pensou em retocar a maquiagem, mas temia acabar parecida com um palhaço triste. Sem ter outra escolha, levantava-se, ia trabalhar, fazia compras no supermercado, pesquisava os alimentos mais ricos em ferro, vitamina c e potássio, mantinha a casa em estado clínico de limpeza, girava e girava em busca de ajuda, mas estava a ponto de se desintegrar. Ter Inácio e César por perto a acalmava um pouco, mas o ar despreocupado de ambos, aquela disposição dos jovens em viver o agora, amplificava sua perturbação, em vez de aliviá-la.

Na festa de formatura de Irene, o tom de informalidade e de celebração em família estava a ponto de fazê-la cair dura no chão. Queria vomitar o couvert do Porcão em cima daquelas pessoas. No entanto, mais uma vez, manteve-se impassível e sorridente, quase ao custo de uma implosão de seus órgãos. Queria enfiar o carro novo que César comprara no primeiro poste, para destruí-lo. Ansiava calar as vozes jovens esperançosas com a democracia, elas não sabiam o que diziam. Quando se recordava de Roberto, chacoalhava a cabeça. Se pensasse nele por muito tempo poderia matá-lo com socos e pontapés, esmagaria seu crânio contra o asfalto.

Será que ter um segundo filho, opção que ela considerara mais de uma década atrás, ajudaria a aplacar a dor de uma perda que considerava iminente, como se um ser humano pudesse ser também uma boia de salvação? Nunca saberia ao certo, mas chegou à conclusão de que não, isso não mudaria muita coisa, seria apenas uma mulher miserável e sem rumo com um filho a mais para acabar de criar. César, não importa todas as outras pessoas que existiam no mundo — nascidas ou ainda por vir —, jamais poderia ser substituído.

Em meio a dias de tanta consternação e medo, veio uma surpresa agradável. Aquele corpo prestes a se desintegrar, o físico cada vez mais frágil, ainda poderia despertar o desejo — e

Adriano a queria com o fervor dos jovens. Selma, que terminara o caso que haviam tido dois anos antes, disse que não, obrigada, deu desculpas, adiou. Mas o professor substituto era inteligente, trabalhador, cheirava bem. Selma descobria enfim uma forma de alívio, uma viciante e repetitiva onda de sexo sem amor que lhe dava sentido e foco quando estava prestes a ceder ao desespero. O gozo era um lugar sem medo, e esses poucos momentos em que se livrava da besta que a perseguia, do sofrimento que se avizinhava, tornavam sua vida suportável. Adriano beijava melhor que Roberto, a tocava com menos pudor e mais destreza, havia uma suspensão de sentidos que valia as visitas a motéis do circuito Fundão–Zona Sul. Camas redondas, decorações em vermelho, estátuas de flamingo. Contanto que fosse em seu tempo, que ele jamais lhe dissesse não. Era um homem viril e doce. Ela se sentia confortável em sua presença, gostava do silêncio enquanto recolocavam as roupas depois do sexo, sob aquelas luzes difusas, em preparação para retornar ao calor do Rio de Janeiro. Evitava olhar nos olhos dele. Não falavam sobre o futuro nem conversavam além do necessário.

Até que Adriano quebrou o silêncio. Ele carregava a luz nos olhos e, quando eles se acendiam, Selma não aguentava encará-los. Ela não estava preparada para vislumbrar o amante além do sexo. Não podiam apenas se calar e fazer o que vinham fazendo? Palavras podem estragar tudo e, no caso de Adriano, a erupção repentina de ternura fez com que ele deixasse de ser somente uma distração, alguns minutos de paz para uma mente que passava o tempo traçando cenários antes de dobrar uma esquina para enfrentar um labirinto repleto de feras. Por mais que maquinasse, não importava os subterfúgios que inventasse, estava fadada a perder.

Teria de lutar, não havia outra escolha, e seu esconderijo se tornava vulnerável cada vez que Adriano ameaçava iluminá-lo. Ela queria mantê-lo funcional, apagado e a distância. Seria sempre aquele colega de departamento que ela poderia cumprimentar com um bom-dia e um sorriso inocente nos lábios depois de ter percorrido seu corpo com a língua na noite anterior. Gostava de trocar olhares com ele enquanto todos se organizavam para montar um novo partido de esquerda. Sentia prazer imenso em dar uma banana para o engajamento político, o que isso importa agora, por que não lutamos mais e melhor antes? No caminho para a celebração da democracia, encantou-se com os balões enormes das Diretas Já e como refletiam o sol. No meio daquela multidão que parecia não saber muito o que fazer, ela acariciava o torso do amante, deslizava os dedos pelas costas dele e, de vez em quando, arriscava roçar suas partes íntimas. Ele deu de ombros para os colegas que estavam por ali, pegou sua mão, segurou com firmeza e entrelaçou, lasso e determinado, seus dedos nos dela. O amante exigia mais espaço, e ela cedeu. Adriano ouvia com atenção o discurso, e Selma se fixava na expressão dele enquanto pensava no futuro do país. Deixou-se levar, ou quase.

Mas não era o que ela precisava, não agora. Selma queria apenas as pernas e o peito peludos, a pele queimada de sol, as mãos fortes, a força que segurava todas as peças de seu quebra-cabeça no lugar. Pensou em buscar outros corpos, mas já havia tentado isso antes. Adriano a agradava de um jeito inédito e inesperado. Tudo o que queria era que ele ficasse restrito a um só propósito. Seriam amantes mudos, como em um filme japonês. Mas ela percebia que aquele menino bonito, trinta e seis anos, ainda era um garoto, e queria mais do que as luminárias de neon dos motéis. Não queria magoá-lo. Viu-se obrigada a afastá-lo. No estacionamento do Fundão, quando ele tentou tocar as mãos dela em mais um convite sem palavras, Selma novamente recuou. Não havia tempo, não podia se dar ao luxo de distrair-se. César era o senhor do tempo. Adriano não existia. Selma não existia. Olhando-se no espelho, mais tarde naquela noite, disse, pausadamente:

— Selma. Não. Existe.

capítulo 6
rumos (1985)

Inácio

Inácio dirigia o carro de César pelas ruas da Barra. Gente pedindo carona nas avenidas largas. Não pararam para ninguém, ignoraram todos aqueles seres inofensivos. Ao se aproximarem do Riocentro, as chuvas de janeiro tinham formado um lamaçal que parecia se estender por quilômetros. César, produtor de sucesso, poderia ser carregado por escravos e ganhar um altar no meio da Cidade do Rock. Preferiu o anonimato. Andava quieto, introspectivo, e perguntou a Inácio se poderiam abrir mão das regalias para serem mais dois rostos na multidão. Fazia tanto tempo que buscava promover bandas, até as ruins, e fazer com que elas ganhassem dinheiro mesmo não merecendo o sucesso, que sua relação com a música estava maculada. Não queria receber tapinhas nas costas, não precisava ouvir que sabia tudo, que o rock viera para ficar. César estava cansado de ouvir as mesmas bobagens, tudo na vida dele parecia andar rápido demais. Era um disco tocado em setenta e oito rotações, e por vezes ficava impossível apreciar um mundo que girava tão rápido. O carro era novo, o estofado de couro, o toca-fitas automático buscava sozinho o início de cada música. Inácio acelerava sem solavancos rumo a

Jacarepaguá, mas fora muito mais feliz no Fusca de Baby, fazendo caminho semelhante, anos antes, naquele mesmo calor de matar. Era impossível não pensar em Baby. Apesar do namoro com Luiza, desejava que a amiga estivesse com eles agora. Vendo meninas de shortinho e óculos baratos onde se lia "rock" nas armações, em alguns momentos chegou a acreditar que a encontraria ali, por acaso. Eles se abraçariam e ririam ao constatar que seus planos adolescentes haviam caído por terra.

Inácio decidira vir de bom grado, de coração aberto, queria estar com César, na verdade não suportava estar longe dele. O amigo era um privilégio, uma fonte de conhecimento e afeto que ele corria o risco de perder a qualquer momento. Por um minuto, enquanto César saía do carro e se queixava da temperatura, Inácio teve inveja dos garotos empilhados em um ônibus sem ar-condicionado, embebedando-se de pinga barata e contando os cruzeiros para inteirar o dinheiro da coxinha, do churrasquinho ou qualquer outra porcaria que César não podia mais comer, por determinação de Selma. Como dois adolescentes, fugiram da mãe para estarem aqui, inventaram alguma mentira estúpida para ver o show do Queen. Na educação musical que César tão bem organizou para Inácio, eles eram peça fundamental. Veriam Freddie Mercury de perto, aquelas calças coladas e fivelas de couro, aquele peito peludo que fazia César se incomodar, lembrar de Henrique e de tantas coisas que deveriam ter sido diferentes.

No meio daquela lama acumulada, do som que falhava e da multidão que se apertava nas entradas dos pobres mortais, os dois empunharam suas credenciais e foram acolhidos por seguranças sorridentes — permitiram-se, ao menos, esse privilégio. Por uma noite, os dois pareciam ter trocado de corpo: César, aquela força da natureza, que tirara Inácio de seu torpor infantil e de seus sonhos tão pequenos, parecia anestesiado. Já Inácio tentava se conter, mas não conseguia parar de sorrir, era como se as portas do paraíso tivessem sido abertas. Sentia um sopro de vida inesgotável. O firmamento tinha cheiro de cerveja ruim, daquelas que dá nojo de tomar, e talvez gente demais tivesse ganhado o direito de entrar no céu, mas era impressionante do mesmo jeito. O Brasil tinha seu próprio Woodstock, disse Inácio, que só ouviu o riso de desdém de César. Inácio queria agradecer-lhe por todos aqueles verões que passaram juntos, aqueles verões emocionais, e desejava que ele recuperasse o vigor de antes, nem que fosse só por um dia. Ofereceu um gole do Limão Brahma que tomava, mas o amigo recusou. Limão Brahma era uma merda, mas muito melhor do que Malt 90.

Inácio e César conversaram longamente sobre o que o Rock in Rio significava. César sabia que os pioneiros do movimento do rock, lá em 1982, tinham sua parcela de crédito para que o sonho de um grande festival se concretizasse. Mas, para a surpresa de Inácio, em vez de ficar satisfeito por ter auxiliado na criação dessa caótica experiência, ele ressentia-se de seu sucesso. Na verdade, tudo o que se passava de bom em sua vida era encarado como uma ofensa pessoal. Nada parecia importar: esse festival poderia para ele ser um grande fracasso, o rock nacional poderia desaparecer em dois anos — nada do que havia conquistado profissionalmente lhe trazia orgulho. Se o futuro fosse recheado de música ruim, de lixo tóxico e de bombas atômicas, restariam apenas os insetos — um grupo do qual ele não tinha interesse nenhum em fazer parte. Talvez fosse mais sensato sair de cena agora, era o que Janis Joplin e Jim Morrison tinham feito. Precisava ter certeza de que Pink Floyd seria a última grande banda, que nenhum filme seria melhor do que *Blade Runner*, que o mundo havia atingido seu pico e que um bando de yuppies seria a raça dominante daqui em diante, com seus ternos de mil dólares e veículos equipados com telefone. A economia estava cada vez mais nas mãos dos tipos mais boçais. Os vilões haviam triunfado. Todos rodavam juntos em uma grande estrada que corria para o nada, como diria David Byrne, um apocalipse sem explosão. Era melhor saltar da viagem no meio do caminho. Era isso o que ele planejava fazer.

Inácio não se deixava contaminar pela visão amarga do amigo. Ele sabia que a humanidade anda para trás e segue adiante ao mesmo tempo. Pensava no próprio César e concluía que o mundo ainda abarcava amor e compaixão em quantidade suficiente para evitar a extinção da vida na Terra, ou ao menos adiá-la. Ele sabia que até um condenado conseguia, de vez em quando, apreciar o mundo. Percebeu que, enquanto ele cantava "Perdidos na Disneylândia", no show de Baby e Pepeu, César parecia abrir mão de suas posições. Inácio sempre tivera o poder de desarmá-lo e fazia isso com facilidade. Parecia que tudo o que César queria era congelar a visão dos olhos atentos do amigo, vidrados na direção do palco, e lembrar-se daquela imagem para sempre. Queria apertar a tecla "mudo" daquele show e concentrar-se no rosto dele. Inácio olhou para ele e sorriu, passou o braço em volta do amigo e começou a cantar aquela canção infantil ainda mais alto, só para provocar César. Era o tipo de comunicação sem palavras comum entre os dois. Mais uma vez, César se entregou a Inácio, ficou olhando para ele, estudando suas expressões, enquanto a noite se desenrolava. Por um momento, podia entregar-se, era isso que definia a paixão pela música. Inácio entendia. Era um jeito de esquecer o mundo. Ser mais um na multidão novamente tinha seu lado bom. E que multidão, era um mundo inteiro que cantava, em uníssono, músicas boas e ruins.

Inácio percebeu que César havia se tranquilizado e imaginou um mundo que passava em câmera lenta, para que tivesse a perspectiva necessária para prestar atenção em momentos especiais como aquele. César parecia ter entendido que, não importa quantos anos vivessem, se mais um ou mais noventa, esse seria um marco em suas vidas e também um evento que as próximas gerações só poderiam sonhar em participar. Estavam ali, presentes e ainda inteiros. Eram parte daquela insanidade coletiva. Todos dando pequenos saltos de esperança juntos, comandados por um inglês de calça branca colante e sem camisa. Freddie Mercury concedeu um milagre que ninguém fora capaz de operar ao longo dos últimos dois anos: fazer César esquecer, deixar de sentir-se amaldiçoado por um inimigo invisível que havia invadido seu corpo, quebrando suas defesas. Inácio quase conseguira, mas nem ele tinha esse poder. Poderia ser apenas um sonho besta, uma premonição que jamais se confirmaria, mas César sentira uma conexão inexplicável com Freddie naquelas duas horas e quinze minutos recheadas de refrões conhecidos, de letras que ganhavam novo significado entoadas ao vivo, por milhares e milhares de vozes. Cantaram "Love of my life, can't you see?" com toda a força que possuíam. Inácio pôde sentir o clima mudar ao redor deles. Era imprescindível mostrar que ele estaria lá pelo tempo que fosse necessário. Os dois se olharam, só por um segundo ou dois, mas foi suficiente para Inácio entender que enganar Selma para viver essa noite havia sido a decisão correta.

O público já começava a ir embora, mas a possibilidade de um novo bis, de que o Queen voltasse ao palco, manteve Inácio e César com os pés bem plantados no chão. Até que chegou o momento em que o palco silenciou, o brilho cessou e a equipe começou a desmontar os instrumentos. A trégua havia acabado, Inácio notava o peso voltar ao peito de César. Ele precisava, apesar de tudo, viver. Olhou para o amigo, seus olhos lhe contavam tanta coisa... E Inácio então teve certeza do que era apenas desconfiança. Entre aquelas pessoas, trôpegas e felizes, que cambaleavam em busca de um ônibus cheio ou de uma carona, teve a confirmação. Era justamente o que temia, o pensamento que tentava afastar. Poderia ter gritado palavras de revolta, mas notou que deixar tudo às claras emprestava alguma tranquilidade a César. Inácio leu os pensamentos do amigo e não quebrou o silêncio, não se deixou distrair pelos grupos de jovens que falavam alto e cantarolavam de novo trechos de músicas que tinham acabado de ouvir. Num movimento brusco, puxou César e o abraçou. Se o segurasse tempo o suficiente, garantiria que ele se manteria assim, inteiro, até o fim dos dias.

Imaginou que, se continuasse segurando César ali, por anos ou décadas, estariam protegidos. Nenhum mal poderia acontecer porque ele era forte como um touro, os médicos sempre lhe disseram isso. Se concentrasse todo o seu esforço em não deixar nenhum mal entrar naquele espaço único que haviam criado, se fizessem daquela uma união indivisível, César estaria a salvo. Não o largou, não deixaria que saísse dali, ficariam para sempre em segurança. Mas o próprio César optou por quebrar aquele círculo supostamente inquebrável. Inácio ainda demorou alguns momentos, talvez um minuto inteiro, para relaxar os braços. César segurou Inácio pelos ombros, num gesto firme, numa tentativa de consolá-lo e de trazê-lo de volta à realidade.

— Nós estamos aqui — disse César, quase num sussurro.

Inácio não soube como reagir. Então César continuou:

— Nós estamos aqui. E estamos vivos. Bem agora. E agora. E agora. E agora. E agora também.

Inácio viu o amigo sorrir. Pela primeira vez, em muito tempo, ele parecia estar em paz.

Selma

Tola é você, repetia Selma para sua imagem refletida no espelho. Deus, estava cansada da própria cara. Sempre a menina assustada, buscando um salvador. O medo a levara até ali, mas não era a resposta. Temer o que estava por vir nunca impediu o desenrolar dos acontecimentos. Selma ansiava por uma vida sem imprevistos. Perdia tanto tempo antecipando o amanhã, traçando os piores cenários, que terminava por não prestar atenção ao que estava acontecendo no presente. Quando olhava fotos antigas, mesmo as de César, as lembranças eram mais doces do que a realidade. Seus sorrisos nas fotos são amarelos, tensos, sempre estava com cara de constipada ou com os olhos arregalados de quem vira uma assombração. Selma analisava seu corpo, faria quarenta e cinco anos em dois meses, e sentia que desperdiçara oportunidades demais. Via César e Inácio seguirem com suas vidas, Luiza também era presente em sua casa, e compreendia que estava ficando para trás, sempre amargurada e em busca de soluções impossíveis, de fórmulas milagrosas, renunciando à própria vida pelos outros, fazendo sacrifícios que ninguém havia pedido. Temia ressentir-se do filho um dia, porque sofria agora. Ansiava, mais do que tudo, por leveza. Olhou-se novamente, tentou relaxar os braços e o pescoço. Respirou fundo e soltou o ar de uma vez e, por apenas um momento, viu sua expressão relaxar. Era uma mulher bonita.

É possível evitar uma tragédia? Selma passara tanto tempo se preparando para o pior, como os malucos americanos que constroem abrigos contra o holocausto nuclear, e de nada adiantara. Sentia medo de Adriano trocá-la por uma mulher mais jovem, com a qual poderia ter filhos. Em relação ao maior dos temores, que a acompanha dia e noite, ela também era impotente. Desde que César era criança, ela o imaginava caindo dos patins e batendo a cabeça no meio-fio ou afogando-se em uma poça d'água, como acontecera com uma prima distante, segundo relato de sua mãe. De todos os monstros, reais e imaginários, que poderiam fazer mal a César, nunca pensara que ele pudesse ser devorado por algo que vivia dentro dele e que, devagarinho, consumia suas forças. Em vez de aproveitar os dias bons, sofria ao antecipar os ruins. Agora que a possibilidade do sofrimento era real e estava fora de seu controle, tinha dificuldades de vestir a farda de salvadora. De repente, a construção de toda uma vida se mostrava inútil. Ela olhava para Inácio, Luiza e César, que parecia estar mais tranquilo depois do diagnóstico, e tentava entender como eles podiam seguir vivendo. Estava paralisada e, mesmo dando palestras e participando de debates sobre literatura grega, sua alma permanecia sempre em posição fetal, esperando o pior.

Na manhã seguinte, em vez de permanecer paralisada embaixo da coberta enquanto seu corpo circulava pelo Rio de Janeiro, fazia compras no supermercado e posava de acadêmica bem-sucedida, Selma esforçou-se e conseguiu, pela primeira vez em muito tempo, não ser apenas um holograma desfilando por aí. Veio inteira e sentia seus pés pisarem de forma mais firme no chão, seus movimentos deixaram de ser artificiais e deliberados para assumirem um ritmo de gente comum. Não seria mais um robô programado para se vestir de maneira discreta, sorrir para Rosalvo na portaria, garantir que o trabalho estivesse em dia e que a casa parecesse sempre limpa e com a despensa abastecida. Selma não faria loucuras nem gritaria para aliviar sua dor. Ela sempre odiara os clichês, especialmente os que bebiam em obras clássicas e tornavam todos os arquétipos banais e desinteressantes. A diferença estava nos detalhes: Selma não era mais a figura silenciosa e triste, agora voltava a ouvir o barulho que seus saltos de madeira faziam contra o piso da sala. Esses detalhes imperceptíveis para os outros eram uma vitória para Selma naquela manhã. Mostrava sua face real na rua e se perguntava se, em um mundo em que todos são obrigados a passar boa parte do tempo fingindo, isso faria alguma diferença. Não era fácil viver por inteiro. Viu-se recorrendo a velhos hábitos. Corrigiu-se, mudando de pensamento cada vez que ameaçava cair na armadilha da autocomiseração. Selma, depois de um longo tempo, vestia suas roupas reais, caminhava de forma decidida e se expressava naturalmente. Não interpretava mais um papel. Fazia isso por prazer e também para mostrar a si mesma que era capaz.

Seria um dia de aventura, e Selma permitiu-se um minuto para sentir o vento de julho, que soprava frio e deixava as ondas do mar mais agitadas que de costume. Usava uma saia branca longa cujos botões iam até abaixo do joelho. Precisava movimentar-se melhor, então abriu as últimas casas e deixou que sua roupa flutuasse um pouco. Selma se perguntou se Adriano já a havia visto assim, por inteiro, e duvidou que lhe tenha baixado a guarda por completo. Decidiu que começaria sua experiência por ele. A Selma verdadeira não se importava que ele tivesse contado que estava noivo, que pretendia se casar com a namorada da época de escola, achava que aquela história era só uma provocação ou uma forma de atingi-la. Nunca se tornaria realidade. Riu sozinha, noivado estava fora de moda, parecia coisa de mocinha coquete dos anos 1950. Se era essa vida que ele queria, tudo bem, mas não custava nada dar-lhe uma chance de experimentar algo diferente. Selma gostava dessa atitude relaxada e um pouco imprudente, quem tinha de tomar conta do relacionamento com a noiva era ele, e não ela. Não se sentiria culpada quando, naquela tarde, procurasse os olhos dele até encontrá-los. Uma Selma lasciva e inconsequente.

Selma estudou Adriano o tempo todo, espiava os contornos sob aquela camisa bege fina e sem graça. Ele percebeu que tinha toda a atenção da amante. Os dois foram bastante imprudentes. Não se importaram com a possibilidade de que alguém do departamento notasse suas intenções. Sentiu-se viva e excitada quando pediu a Adriano que ele fosse a seu escritório e ele disse que iria. No minuto em que ele chegou, ofegante e curioso, soube o desfecho do dia, pôde ver os sinais de neon diante de si. Mas saboreou o momento, aproveitou aquela certeza meio incerta.

— Você sabe, tive de vir sem carro hoje. Por acaso você vai passar pela Zona Sul? Uma carona viria a calhar — disse Selma.

Adriano, colocando as mãos nos bolsos, como um garoto que estava prestes a fazer uma travessura, afirmou que, ao menos naquele dia, iriam na mesma direção. O que ele disse não a afetou, era mais ou menos o que ela antecipava, mas o movimento que ele fez, essa reação de menino bom, a assustou. Ela percebeu que o amava. Era tarde demais para voltar atrás — e a Selma de verdade queria Adriano tanto quanto poderia querer alguma coisa. O pequeno escritório de Selma ficava no fim de um longo corredor que os dois precisavam percorrer para chegar ao estacionamento. Enquanto eles caminhavam e tinham de desejar boa-tarde aos colegas que também estavam para ir embora, Adriano quase cometeu um deslize e chegou perto de colocar aquela mão quente em volta de sua cintura — ela sentiu o calor do toque dele se aproximando e, ali, permitiu-se a mais sublime experiência sexual de sua vida. Tentar manter distância nos mais impossíveis momentos, dar passos curtos quando tudo o que se quer é sair correndo, aquilo a energizava. Sempre achara duas pessoas em lados opostos de uma sala que não conseguiam evitar olhar uma para a outra uma imagem muito mais poderosa do que um casal se agarrando no meio de um salão. Seu erotismo era muito mais sutil, não envolvia necessariamente contato. Quando chegaram ao carro, ele no lado do motorista e ela no banco do carona, percebeu o volume na calça de Adriano, mas não teve pressa. Apenas molhou os lábios e o olhou com calma. Disse uma só palavra, em tom de desafio, tentando não transparecer ansiedade.

— Vamos?

Selma não abriu o coração para Adriano, nenhum drama sobre sua vida, não disse nada sobre seu filho aidético, sobre todos os questionamentos de sua existência de classe média muito alta carioca. De repente, tudo pareceu uma grande besteira, não via motivos para usar seu poder sobre um homem para transformá-lo no alvo de suas lamentações. A Selma real gostava de segurar esse poder, sentir suas formas redondas e pontudas, macias e espinhosas. Atrair alguém dessa forma, poder jogar com isso, era algo delicado, e não queria agir de maneira leviana. Evitava se fixar na jovialidade de Adriano, especialmente os olhos sinceros, porque não queria desabar. Apesar de tomar certos cuidados — afinal, Selma passara a vida maquinando como se proteger —, conseguiu suspender o clima pesado que sempre se instalava quando Adriano e ela estavam prestes a sair do motel. Dessa vez, conversavam sobre a vida, sobre literatura e história, sobre temas superficiais e profundos. Enquanto Adriano se vestia, percebeu que ele recolocou a aliança no dedo anular da mão direita, mas fingiu não notar. Apenas perguntou se ele poderia levá-la a algum lugar bonito, queria tomar uma taça de champanhe, mas não ali no meio daquela iluminação que não a favorecia. Queria ir a um lugar decente. Só um drinque ou dois.

Decidiram por um lugar e, ao chegarem ao Aterro do Flamengo, ela se viu encantada pelas luzes — dos hotéis, dos carros que vinham na direção contrária, dos postes da orla, do Pão de Açúcar. Entraram em direção a Botafogo, deslizavam devagar pelas ruas, e ela fechou os olhos. Era mais um momento bom, precisava de um minuto para deixá-lo esvair e esperar pelo próximo. Quando sua visão voltou ao foco, estavam em frente ao Cemitério São João Baptista, onde tinha ido a tantos enterros. Seus antepassados estavam lá, embora ela não tivesse o hábito de visitar túmulos. Perguntou-se o que faria quando seu filho estivesse ali. Sentiu toda a sua confiança secar, e o medo tomou conta dela novamente. Percebeu, então, que não existia uma Selma, mas uma série delas. E que, sim, havia razão para temer. Soube que, em algum momento, andaria por aqueles anjos de pedra, flores de plástico e cruzes de madeira e sepultaria seu filho. Sentiu uma pontada na altura do estômago, mas aguentou firme, combatendo a dor que vinha de tempos em tempos, e sorriu enquanto tomava uma — apenas uma — taça de champanhe com Adriano.

Chegou em casa e deitou-se na cama, em posição fetal, com mais cobertores do que o necessário para o inverno desanimado do Rio. Ao levantar-se no dia seguinte, reconheceu que a Selma apavorada era uma legítima parte da Selma real. Mas não podia carregá-la consigo, não aguentaria. Todos os dias, ao se levantar, ela deixava aquela Selma ali, encolhida. Ela era coberta com cuidado, ganhava uns afagos encorajadores e passava todos os seus dias e noites ali, oculta sob cobertores e edredons, tão confortável quanto possível. Aquela Selma um dia teria de deixar aquela cama e enfrentar o mundo, mas isso seria permitido apenas no momento necessário. Só quando fosse inevitável.

Rosalvo

A primeira intenção foi repreender. Marquinho rodava e rodava no terreiro, só o pai e as criações no quintal como testemunhas. Um rodopio infinito, que transformava a anágua da mãe em vestido de baile, de princesa, da mulher mais bonita do mundo, de Miss Universo. Rosalvo chegou a se levantar para dizer para o menino parar, aquilo não era coisa de se fazer, mas não sabia explicar bem por qual razão. Em pé, olhou um pouco mais e pensou que era brincadeira de criança, um hábito do qual ele logo iria se cansar. Deixa o menino se divertir, estava cansado demais para dar uma lição de moral. Desde que Eloá morrera, a imagem daquele dia, quando ela tinha uns seis ou sete anos, grudou na mente de Rosalvo. Era tão inocente quanto natural. Que coisa mais linda sua filha, diziam, com encanto genuíno, os que a viam pela primeira vez. Eles explicavam que era menino, estava todo vestido em um terninho de homem, como é que poderia ser mulher? Mas era, não importava que roupa usasse. Sempre fora Eloá, sua filha. Ela anunciou-se e exigiu seu lugar desde cedo.

Lembra da brejeirinha? A pergunta de Margot quase sempre era respondida com uma dose de surpresa. Rosalvo se sentia mal ao ouvir esses relatos de sua detetive, pois parecia que a vida da filha não havia tido importância. A maior parte das travestis não tinha ideia de quem era Eloá — as poucas que ainda se recordavam também se espantavam, porque não pensavam nela havia muito tempo. Rosalvo admirava o estilo de Margot, pois ela sabia se cuidar. Às vezes dando uma amostra grátis aqui e outra ali, ela fazia suas investigações, mas não avançava muito. Só quando voltou Sarali, que havia ficado um tempo presa depois de ter sido apanhada em uma revista íntima durante uma visita ao presídio, Margot conseguiu algum dado novo. Sarali se lembrava bem de Eloá e parecia disposta a falar, mas suas lembranças caminhavam justamente para o lado contrário da linha de investigação proposta por Rosalvo. Depois do Vladimir, Eloá passou a sair com o Bolão, desfilava por aí de braço dado com ele e vestindo roupa de bacana, todo mundo sempre soube que o gordo gostava de mulheres como elas. Às vezes, eles quebravam o pau, era grito para tudo quanto era lado.

Mas Eloá gostava mesmo era do filho do dono de uma banca de bicho. Ganhava dinheiro se fazendo de homem para um, mas se realizava mesmo sendo a mulher do outro. Não se lembrava mais do nome do bicheiro, só do bigode dele. O Bolão logo caiu também, levou uma saraivada de tiro de uzi porque não conseguia correr rápido o suficiente. A Eloá continuou por aí, se virando. Era puta, avião, fazia o bico que aparecesse — o pai, anos depois, não pôde deixar de perceber que esses tempos duros jamais foram relatados em postais, um sinal de que Eloá não queria preocupá--los. E o filho do bicheiro, depois de um tempo, não quis mais saber dela, era casado. A mulher tinha engravidado. Ela só voltava à vida, recuperava o viço, quando ele não aguentava de saudades e retornava por algum tempo. Era amor de verdade, decretou Margot a Rosalvo, lembrando as palavras de Sarali:

— De repente, ela parecia menina moça, tinha achado o príncipe encantado, um homem de bem. Mas a verdade é que homem de bem não quer saber da gente, seu Rosalvo. Ou tem medo. Todo mundo fica mesmo burro quando se apaixona. "Com esse, vai ser diferente", é o que a gente pensa... Olha o que aconteceu com a Sarali: ficou dois anos em cana porque resolveu levar maconha pra agradar macho que tava preso.

Margot não tinha como saber se a informação era confiável, até porque tinha passado tanto tempo, mas era o melhor que reunira em mais de um ano de investigações. Se o Vladimir e o Bolão tinham sido executados, e a Eloá continuou trabalhando mais alguns meses, isso descartava a teoria de Rosalvo, a de que ela havia sido morta por algum homem que a bancava. Não se sabia quem era o filho do bicheiro — os bicheiros costumam ter muitos filhos, com diferentes mulheres —, então podia ser metade da favela. Talvez todo esse amor fosse só invenção de Eloá, poderia ter sido apenas um cliente mais educado que ela confundiu com seu salvador. Margot chegou até a sugerir, em meias palavras, que Rosalvo desistisse de vez da ideia de achar o assassino da filha. Todo mundo parecia ocupado demais para se importar com o desaparecimento dela. Achar uma pista nova, a essa altura, seria quase impossível. Teriam de contar com a sorte, que, como se sabe, tem muita preguiça de subir o morro. Eloá era apenas uma concorrente a menos para as travestis, uma morte corriqueira para os demais moradores, um dia como qualquer outro. Apesar de ter afirmado que estava preparado para tudo, que Margot não deveria omitir nenhum detalhe, foi difícil para ele ser informado da lábia de comerciante de Eloá para cobrar mais pelos programas, de sua habilidade para surripiar pertences dos clientes ou de sua predileção por cocaína, droga de madame. A detetive bem que tentou amenizar o golpe, dizendo que poderia ser tudo maldade de Sarali, mas a essa altura Rosalvo já sabia bem que, no lugar onde viviam, muitas vezes era preciso fazer de tudo para sobreviver.

Enquanto Rosalvo processava as informações que acabara de receber, e o café que Margot lhe servira esfriava intocado, Sarali reapareceu. Talvez percebendo que as informações que havia fornecido a Margot tinham algum valor, perguntou se ela tinha um dinheiro para emprestar. Margot fez que não com a cabeça, mas tirou da bolsa algumas amostras grátis de cosméticos e deu para ela. Sarali — que não pareceu interessada em entender a presença daquele senhor distinto em casa de travesti — perguntou se tinha um creme cheiroso, algo de morango ou rosas.

— Traveca podia ser mais generosa com a amiga — apelou Sarali.

Margot argumentou que era melhor começar pelo básico e deu para ela um desodorante sem perfume, o mesmo que Elza gostava de usar.

Elza, aliás, deixara de ser uma cliente assídua. Sempre que Margot perguntava, dizia que estava estocada de produtos, não precisava de nada. Parou de insistir. Margot decidira que não entraria em casa onde não se sentia mais bem-vinda. Sorte de travesti mudava rápido, disso Margot sabia, e era melhor não tentar entender o que havia acontecido. Rosalvo não tinha dúvida de que Elza virara as costas para ela por causa da igreja. Nada de novo. Margot perdera o único homem que amara de verdade porque um dia ele foi chamado de veado no bar, foi o que contou ao porteiro. Tentou matá-la para provar que era macho. Acabou levando uma surra. Sabia que não podia contar com aliados, nem mesmo com Rosalvo, disse-lhe sem constrangimento. O porteiro até a convidava para entrar em casa, mas não insistia muito, não queria entrar em conflito com a esposa. A vida é o que é, concluiu Margot. Tinha feito o que podia, sentia que não conseguira ajudar mais. Ele ainda pediu que ficasse alerta caso alguma informação nova surgisse, mas ela decidira não se arriscar. Desejou-lhe boa sorte, e nunca mais ofereceu Avon para Elza.

Elza, que sempre gostara de um churrasquinho com samba bem alto e cerveja farta, aos poucos se silenciava. Estava mais quieta, mais calma. Dizia que tinha encontrado uma paz que a vida toda desconhecera. Gostava de usar seu tempo para algo mais útil do que festa, declarava. Sentia-se parte de algo maior, de um objetivo além dos próprios interesses. Seu figurino foi ficando mais discreto e o palavreado, mais controlado. Rosalvo não desgostou da mudança. Elza sempre falara pelos cotovelos. Ele, que nunca foi de muita conversa, via-se fazendo um esforço enorme para arranjar assunto, para responder o que ela perguntava, para demonstrar alegria, mais fingia animação do que se divertia naqueles churrascos barulhentos. Agora Elza se aproximava cada vez mais de Rosa, sua primeira esposa, e Rosalvo gostava de viver no ritmo habitual.

Os filhos de Elza gostaram menos da mudança, reclamavam que a mãe parecia ter perdido o viço, desistira de si mesma para se juntar a um rebanho de ovelhas. De repente, tudo era pecado. O pastor Fábio Alberto havia dito que fazer um churrasco e passar o fim de semana se embriagando não era necessariamente pecado, mas era desperdício de um tempo que poderia ser usado na pregação da palavra, em oração, na coleta de donativos para quem precisava. Os meninos passaram a aparecer cada vez menos, sempre para visitas rápidas, e a mãe frustrava-se pelo insucesso em convertê-los. Eles preferiam o terreiro ao culto. A contragosto, acabou aceitando a escolha da prole, disse que alguma religião era melhor do que religião nenhuma. Rosalvo olhava tudo de longe, sem dar palpite. Acompanhava a mulher à igreja, não era certo deixá-la ir sozinha. Participava do culto, mas evitava exageros na hora de incorporar a glória divina, cantava os hinos e dizia amém baixinho. Trabalhava, tinha o que comer, voltara à igreja. Estava em paz.

Rosalvo também via a importância comunitária de Elza crescer. Graças a seu poder de comunicação, ela tornou-se a líder em angariar doações para os mais pobres, que eram separadas e distribuídas a partir da igreja. O pastor Fábio Alberto a elogiava e a incentivava a explorar a culpa católica das mulheres privilegiadas para as quais fazia faxina. O arranjo servia bem a Elza e também às patroas. Embora todos fossem iguais perante Nosso Senhor Jesus Cristo, a esposa de Rosalvo sabia que ascendia na hierarquia dos fiéis, era um pouco melhor do que os outros. Ela nunca pensara em si como um exemplo a ser seguido, mas o próprio Fábio Alberto destacara seu empenho e a usara como exemplo em diversas ocasiões. Já as patroas, ao doar um monte de roupas e cestas básicas aos favelados, sentiam fazer algo pelos menos favorecidos. Uma das dondocas esvaziara os guarda-roupas e se dispôs a dar uma carona para Elza até a entrada da Rocinha. Ao chegarem, a madame, nervosa, olhou para os lados. Quando ouviu que estava ótimo e que Elza se viraria a partir dali para carregar aquelas duas sacolas enormes ladeira acima, arrancou o carro o mais rápido que pôde.

Elza contou a Rosalvo, não sem alguma frustração, que Margot a vira esbaforida, lutando para arrastar tudo aquilo ladeira acima, mas desviou do caminho. Era uma reação comum, muitos estavam preocupados com as próprias vidas, e ela sabia que quase todos queriam evitar "papo de crente". Quando chegou, Rosalvo a recebeu na porta. Propôs que guardassem os donativos em casa até o dia seguinte. Elza, exausta, disse que não, que aquilo precisava chegar na igreja o mais rápido possível. Já passava das dez da noite, argumentou Rosalvo, dizendo que provavelmente não tinha mais ninguém lá. Elza, que tinha deixado de levantar a voz, descontrolou-se e deu vazão à própria frustração. Irritada, insistiu que a distribuição começaria logo cedo. Ela tinha a chave da igreja. Era só chegar e deixar as coisas lá. Vendo o estado da esposa, ele se ofereceu para levar as sacolas, recebendo um olhar agradecido como pagamento.

Rosalvo continuou subindo escadas e virando as ladeiras com mais destreza do que Elza, mas ainda assim era muita coisa para carregar. Ao chegar, percebeu tudo muito quieto. No entanto, no quartinho onde as doações eram separadas, a luz estava acesa. Girou a chave na fechadura e fez algum barulho ao empurrar a pesada porta, mas ninguém pareceu ouvir. A luz que emanava do quartinho recém-construído iluminava de leve o breu do salão, o suficiente para que Rosalvo conseguisse desviar dos bancos em que se sentava aos sábados à noite. Um rádio estava ligado, ouvia-se uma música não muito alta e dava para perceber que tinha gente ali. Ele disse "boa noite" e "tem alguém aí?" em um tom só um pouco acima ao que normalmente usava — ouvira de uma moradora do Varandas do Leblon que gritar de longe, em vez de chegar mais perto e se apresentar, era mania de favelado e achou que ela tinha razão. Chegou à porta do cubículo, bateu discretamente, a música agora estava mais alta, um samba ou algo assim. Entrou na sala e, em meio às montanhas de roupa velha, viu o pastor Fábio Alberto montado em cima de alguém de bruços, ofegante, um pouco violento. Assustado, soltou as sacolas, que bateram no chão, fazendo um som seco. O pastor abriu os olhos e viu Rosalvo, levantando-se em um pulo e puxando para cima a calça arriada.

— Sai daqui — gritou Fábio Alberto, não para Rosalvo, mas para a menina que estava embaixo dele, com a cara enfiada na mesa cheia de roupas velhas.

Não era Eloá, Margot ou Sarali, mas era uma menina como elas.

César

Era sempre o mesmo lugar, um ritual que se repetia todos os fins de tarde. César caminhava pela João Lira e atravessava a Delfim Moreira, acomodando-se em frente ao Hotel Marina. Levava uma fita cassete diferente a cada dia. E via o pôr do sol, sempre com os olhos grudados no Dois Irmãos. O Rio é um amante lindo e sujo. Naquele início de primavera, exibia-se lascivo para César. O caos das ondas quebrando em perfeita sintonia com a luz que diminuía, devagar, diante dos olhos. Quando escurecia e vinha a brisa fria, César apanhava o suéter que levava consigo para vestir caso a temperatura caísse abaixo dos vinte e três graus. Ficava ali até as lâmpadas dos postes se acenderem. Então o jogo acabava, e a cidade, que até então se insinuava só para ele, como se os outros não existissem, tornava-se apenas uma miragem que decorava a praia. Assim que a luz caía, o encanto desaparecia. Mas, por alguns minutos, tudo começava e terminava em César. Naqueles fins de tarde, ele tinha a sensação de que as peças se encaixavam. Passara tanto tempo buscando seu lugar no mundo e descobriu que seu espaço estivera sempre ali, muito mais perto do que imaginara.

Selma chegou a sugerir que César viajasse, que buscasse um destino que tivesse vontade de conhecer, venderiam o apartamento, fariam o que fosse necessário. Mas dinheiro não era problema, até porque tinha sido outro bom ano para o rock nacional. O dilema era saber por onde começar. O relógio está sempre correndo, todo mundo sabe, mas o tempo agora tinha um significado novo, pois ele vivia com a consciência de que sua permanência no planeta era limitada. Não importa quantos anos vivesse, César sabia que não poderia conhecer todos os lugares que desejava, não sentiria todos os abraços, não conheceria todos os corpos capazes de excitá-lo, não ficaria rico o suficiente. Correr atrás de Nova York, Japão, Berlim, uma turnê de trinta dias pela Europa, parecia desesperado e inútil. Ficaria com o passeio na Disney que fizera aos quinze anos, esse clichê de classe média da Zona Sul que nem lhe agradara, e com a viagem a Londres que fizera aos vinte anos. A crueldade de sua condição era o fato de que não existia tratamento, saída, nada. Apenas a espera.

A mãe, em desespero, chegara a propor que buscassem promessas de cura milagrosa. Uma freira católica dissera ter curado o vírus colocando uma moeda de Jerusalém sobre a barriga de doentes de aids. Os moribundos se livraram da praga e, pelo que se sabe, deixaram de ser homossexuais após serem ungidos pelo milagre. Formava-se uma fila de bichas moribundas em Nova Iguaçu, onde ela dizia cobrar dos ricos para poder atender os mais pobres. César preferia a morte a sucumbir ao desespero e sentia em sua carne a solidão daqueles corpos magros exibidos como símbolos de pecado em praça pública, suas histórias retransmitidas em programas sensacionalistas na televisão. Homens esquálidos, de olhos magros e agradecidos pela bênção de uma autoproclamada profeta que os livraria do pecado, os curaria da própria natureza. Como racionalmente não havia nada a fazer, e César prometera não se agarrar a devaneios, decidira assistir ao sol ir embora. Terminaria a contagem de seus dias ali, naquele cantinho de areia. O barraqueiro da praia oferecia uma cadeira e, depois de um tempo, o condenado passou a aceitar uma água de coco antes de ir embora.

Nu no banheiro, César repetia todos os dias o ritual de buscar algo de errado. Queria estar preparado. Apalpava o pescoço em busca de caroços, subia na balança e tentava lembrar o peso que tinha no dia anterior e, na tarefa que levava mais tempo, virava-se de todos os lados, levantava as pernas, checando até as solas dos pés. Nenhuma mancha escura, e ele tranquilizava-se por mais vinte e quatro horas. Então entrava na banheira e ficava ali, na água quente, por trinta ou quarenta minutos, com prazer. Mais uma vez, César poderia se considerar um rapaz de sorte, assegurava dr. Rodrigo, que ao longo do ano o liberara, ao fim de cada consulta mensal, para viver os trinta dias que se seguiriam até o próximo encontro. Seria bom se parasse de perder peso, mas os exames estavam quase normais. Ele não gostava dessas idas ao consultório, que cheiravam à morte. Não queria cruzar com seu futuro, doente e esquálido, na sala de espera. O dr. Rodrigo começou a atendê-lo em casa. Abre a boca, fecha a boca, até o mês que vem. Era sempre o mesmo e, pela primeira vez, não ansiava por mudanças. De vez em quando, o medo da espera tomava conta, um susto a cada espirro, a cada dor de cabeça leve, a cada mal-estar. Vinte e quatro horas até o próximo pôr do sol, trinta dias até a próxima visita do médico. Seus ciclos agora eram curtíssimos, assim como suas expectativas.

Os marcados para a morte têm pelo menos uma vantagem: podem dizer tudo o que querem e ser perdoados. Elisa, uma sobrinha de Selma que morava nos Estados Unidos e acabara de voltar grávida de um ativista ambiental, resolveu fazer uma visita. Disse que não entendia por que as pessoas, em vez de usar nomes comuns, não escolhiam palavras ou fenômenos da natureza para batizar as crianças. O filho que carregava receberia o nome de Rio. Se tivesse uma menina, se chamaria Lua. César estava em um dia ruim, cansado de passar o tempo esperando que algo não acontecesse, sem saber exatamente o formato do seu temor e como ele se materializaria.

— Eu também já escolhi palavras para dar nome a meus filhos — interveio César, meio alto, deixando o clima mais pesado na sala. — Se tiver um filho, será Porco. Se for menina, vai se chamar Bunda.

Selma olhou para a visita, consternada, mas Elisa soltou uma risada.

— Eu também pensei em Merda. É unissex — disse a prima.

Depois de dois anos vivendo em São Francisco, ela conhecera um grande número de jovens à beira da morte e, a essa altura, sabia lidar com eles. A reação dela, que não veio carregada de pena ou consternação, o emocionou. César mudou de expressão na hora. Entendeu que não precisava pedir desculpas, não queria mais se desculpar. Já havia sido punido o suficiente. Sentia-se agradecido por ser tratado de maneira natural. Havia aqueles amigos que argumentavam que todos caminham em direção à morte, que qualquer um pode ser atropelado por um ônibus a qualquer momento. A desvantagem de César era que, além de carregar um vírus mortal, ele também poderia morrer em um acidente na próxima esquina. Se pudesse desejar alguma coisa para o pequeno Rio, que ainda nem havia nascido, era tempo, a maior quantidade possível.

César sempre se acalmava com a chegada de Inácio, que arranjara uma vaga de crítico de música no *Jornal do Brasil*. No teste para o emprego, escrevera um ensaio sobre o show do Queen no Rock in Rio que impressionara o editor. Agora, ouvia tudo o que o rock nacional produzia em primeira mão e, volta e meia, pedia a opinião de César — os dois gostavam e desgostavam das mesmas coisas. Inácio passava quase o tempo todo no apartamento do Leblon, fazia meses que não dormia na casa dos pais, no Arpoador. Até pediu permissão para Luiza passar a noite ali de vez em quando. Inácio, depois da experiência com o amor livre no Circo Voador, voltara a viver o ideal monogâmico. Luiza era louca por ele, e César nutria por ela doses iguais de simpatia e pena. Em toda relação tem uma pessoa que gosta mais e outra que gosta menos — e a posição dela, nesse caso, estava muito clara. Isso dava a Luiza um leve ar de desespero, um sorriso nervoso, olhos suplicantes. De certa forma, os dois estavam no mesmo barco: viviam com medo.

À medida que os dias de primavera ficavam mais quentes, César perdeu mais peso. O cabelo afinou e, aos poucos, começou a cair. Temia que passasse a ser identificado pela doença. Olhou-se com cuidado especial no espelho ao perceber que já havia perdido dez quilos desde o início do ano — ainda nenhum sinal dos sarcomas de Kaposi, que escreveriam, quando aparecessem, "aidético" em sua cara. O tipo raro de câncer que caracterizava os doentes era o efeito colateral mais temido. Mas o fim do ano se aproximava e ele estava bem. Era capaz de fazer as tarefas do dia a dia, ia à gravadora pelo menos duas vezes por semana. Acompanhava as notícias sobre a doença nos dois jornais do Rio — um assunto que antes só era mencionado de vez em quando tomara proporção de pavor coletivo. Todas as informações eram desalentadoras. Nem os muito ricos sobreviviam. César mal se lembrava de Rock Hudson, mas sua morte fora para ele um baque muito maior do que a perda de Tancredo Neves. Significava que não teria melhores chances. Apareciam dados mais alentadores aqui e ali, mas todas as notícias positivas eram desmentidas em seguida. Quando os sintomas mais graves começavam a aparecer, o desenrolar era rápido. Era impossível estar preparado para o grande final e, ao mesmo tempo, deixar de pensar nele.

A celebração do Ano-Novo seria na casa de Inácio. César imaginou bexigas coloridas nas paredes, brigadeiros e cidra Cereser na mesa. Mas a realidade não podia ser mais diferente: o amigo providenciara tudo a seu gosto. Sentiu-se em um velório em que o papel do morto era dele. Gente da PUC, ex-integrantes de bandas que não tinham dado certo e até alguns ex-colegas de cursinho fizeram questão de comparecer ao réveillon de César e Inácio. Em alguns rostos, expressões de alívio — depois de sentirem o cheiro de seu fim, saíram convencidos de que estavam a salvo. Quinze minutos antes da meia-noite, um antigo professor da Cultura chegou em uma cadeira de rodas, empurrado por amigos. Um infectado em estado terminal. Mal se mexia, mas, quando César lhe perguntou o que ele gostaria de beber, pediu uma taça de champanhe. Sua expectativa de vida era tão baixa que concordou em conceder-lhe o desejo, um ato de desafio. Entregou-lhe a bebida e deu-lhe um beijo na boca, não conseguia imaginar quanto tempo havia que ele não era tocado. Ao ver um antigo conhecido naquele estado, pensou em Henrique e perguntou-se se ele ainda estava vivo. A memória de seu toque voltava a ser doce. Teve o pensamento interrompido pela contagem regressiva.

César estava elétrico e pressentia algo — bem que gostaria de definir em palavras o que o afligia. O desejo de Ano-Novo não era a cura, mas o fim do medo. E, em um passe de mágica, parecia ter sido concedido. Ignorara os conselhos de Selma e comemorara aquele Ano-Novo como se fosse o último. Restavam alguns convidados jogados pela sala da casa de Inácio. A música estava baixa, e Joel passou da cozinha para o quarto de pijama, desejando boa-noite a todos. Luiza dormia no sofá. Inácio e César olhavam-se de lados opostos da sala e se entenderam sem palavras. Levantaram-se, cada um levando sua taça na mão, e andaram em direção à prainha entre as pedras do Arpoador e o Forte de Copacabana. Ainda tinha muita gente na rua, alegres desolados, e eles caminharam até deitarem-se na areia. Queriam ver as estrelas, mas as luzes brancas dos holofotes próximos às pedras eram muito brilhantes. Deitaram-se lado a lado. E então César foi tomado por uma certeza tranquila e definitiva. Os dois amigos ficaram em silêncio por um bom tempo, até que César finalmente tomou coragem e prenunciou:

— Este é meu último ano.

Baby

O ônibus parou no engarrafamento. O motorista disse que quem quisesse chegar a tempo de fazer a contagem regressiva na praia deveria seguir a pé até a rodoviária para tentar pegar um táxi. A maioria decidiu se arriscar, o trânsito estava completamente parado e faltavam só dois ou três quilômetros. Os desconhecidos andaram em fila indiana pelo canto da via. Já estava escuro quando Baby chegou ao terminal. Decidira vir ao Rio sem planejar. Foi ao Tietê e enfiou-se na única poltrona que restava no ônibus de uma da tarde. Fazia quase três anos que não voltava à sua cidade. Só os cariocas entendem a familiaridade e o conforto trazidos por essa mistura de cheiro de mijo e creolina que emana das calçadas pelando. Ela não sabia o que esperar da viagem, mas precisava ver os fogos do Méridien, achava que teria alguma resposta para seus dilemas, vinha há bastante tempo buscando sentido, sem encontrá-lo. De como estava a mãe, pouco sabia. Uma vez discou o número de casa, mas desligou sem dizer nada. Foi o suficiente para descobrir que ela continuava no apartamento em Copacabana, de alguma forma tinha dado um jeito de se livrar da maldição de voltar para a Tijuca. Norma agarrava-se à prisão de paredes salmão e canos enferrujados. Baby não ouvira mais falar de Otávio. Não tinha a menor vontade de conversar com ele. Caso um dia o encontrasse e ele perguntasse o que havia de errado com o relacionamento deles, Baby responderia: para começar, tudo.

Gostaria de poder contar a quem encontrasse, caso batesse de frente com algum conhecido na rua, que sua vida em São Paulo era incrível e cosmopolita, quando, na realidade, era comum. Todos os dias, vestia o mesmo conjunto de saia e blusa cinza, maquiava-se e amarrava o lenço verde no pescoço para vender joias que nunca usaria, realizando sonhos de mulheres de classe média alta. Todas as suas vitórias eram comuns: o apartamento do tipo caixa de fósforo, com vista para os engarrafamentos da avenida Nove de Julho, o forno de micro-ondas em que aquecia as refeições que preparava e etiquetava conforme os dias da semana, o alívio de tirar os sapatos de salto e andar descalça, as caminhadas até o parque Ibirapuera aos sábados e domingos, sempre bem cedo, para evitar a multidão, cochilos de meio de tarde nos fins de semana, os filmes a que queria assistir assinalados cuidadosamente no guia do jornal. Olhando do lado de fora, poderia ser medíocre, mas era uma estrutura que tinha construído sem a ajuda de ninguém. Os dois mil dólares que trouxera sob a roupa ainda continuavam lá, para um sonho não sonhado, uma decisão a ser tomada. O esconderijo que Baby bolara no apartamento jamais seria encontrado, era mais seguro do que qualquer cofre. E ela fazia esforço para não parecer o tipo de pessoa que tinha tanto dinheiro guardado em casa.

Por mais que tentasse se enganar, ela sabia que essa viagem repentina para o Rio tinha outro objetivo. Uma meta muito além de molhar os pés no mar e pular sete ondas nos primeiros minutos de 1986 — ela nunca acreditara muito nesses rituais. Usava o único vestido branco que tinha e as sandálias machucaram seus pés durante a caminhada. Calçou os chinelos que havia trazido na mochila. Fora isso, só escova de dentes e outro vestido para a viagem de volta. Ela se limparia tanto quanto possível antes de retornar à rodoviária, ainda pela manhã. Tomaria um longo banho ao chegar em seu apartamento, tentaria dormir o resto do dia para voltar a trabalhar na segunda-feira. Passaria os uniformes, faria a comida para o resto da semana, como sempre. Havia uma tranquilidade nessa rotina. A repetição eliminava distrações, era até raro que seus pensamentos voltassem a percorrer anos passados, mas, quando isso acontecia, invariavelmente os caminhos de sua memória levavam a Inácio. Ao tomar o metrô até o Tietê, não conseguia parar de pensar nele. Ainda tinha seu telefone. Pensou em ligar antes de embarcar, mas a ideia era estúpida demais para ser levada adiante. Um fantasma do passado. E se ele tivesse seguido em frente?

O táxi só levava as pessoas até o fim do aterro do Flamengo. Era necessário passar o túnel a pé. Para rachar a tarifa, Baby havia se juntado a um grupo de amigos de Mogi das Cruzes que também resolvera fazer um bate-e-volta de última hora para o Rio, ver Copacabana pela primeira vez, nem que fosse só por algumas horas. Eram do tipo que se impressionava com qualquer coisa e que perguntava onde ficava Copacabana quando estava bem diante de uma placa que indicava Copacabana em uma linha reta. Na escuridão do túnel, à medida que se aproximavam da luz, Baby se perdeu deles de propósito. Ela se aproximava do Leme quando entendeu que já era meia-noite porque todos começaram a contagem regressiva. Viu as pessoas se abraçando, até aquelas que não se conheciam, mas evitou contato. Não buscava o conforto de estranhos. Cruzou os braços e sentiu-se bem enquanto via a cascata de fogos cair daquele edifício tão alto de uma posição que lhe parecia privilegiada, ainda que determinada pelo acaso. O cheiro da fumaça se misturou ao de suor e ao de cerveja derramada no chão. Notas de espumante barato, muito doce, temperavam o ar. Alguns atrasados corriam com suas espadas de São Jorge para fazer as oferendas a Iemanjá ainda nos primeiros minutos do ano. Notou que usavam colares de contas azuis e brancas ao redor do pescoço. Filhos de qual santo? Não sabia. Observou, imóvel, aquela euforia meio fabricada. As explosões começaram a rarear e deram lugar a uma confusão de vozes trôpegas e em alto volume.

Muita gente já fazia o caminho de volta para casa, tentando se adiantar à multidão que logo se acotovelaria nos ônibus que levavam ao subúrbio, enquanto Baby caminhava em direção a Ipanema. Até na festa o Rio de Janeiro era perverso em sua hierarquia: os mais pobres tinham de comemorar rápido, enquanto a agitação nos apartamentos da Zona Sul estava apenas começando. Barracas na praia, ceias inteiras, as palmas que o mar havia devolvido. Descalça e sem prática, Baby tentava chegar ao mar. Pensou duas vezes antes de molhar os pés, mas eles já estavam sujos, então um pouco de água salgada e areia não faria mal. Ela via os chuviscos refletidos nas lâmpadas dos postes, mas eles não eram fortes o suficiente para chegar até ela. A água, por alguma razão, estava fria. Baby se viu tomada por uma sensação de desamparo. Havia percorrido uma estrada desconhecida e silenciosa, sem nada especial ao fim do caminho. E se tudo tivesse sido à toa: a fuga do Rio e de Otávio, o rompimento com a mãe? Pareciam problemas reais, questões prementes à época, mas, por um minuto, tudo lhe soou como invenção, uma razão que encontrou para fugir. A busca por um destino grande que, na realidade, cabia dentro de uma quitinete. Afastou-se da água, agora sentia frio, e bem que gostaria de ganhar um abraço de um estranho.

Apesar das ruas lotadas, decidiu que andaria até o Arpoador. Tinha tempo de sobra antes de tentar achar um ônibus para retornar a São Paulo. Sentia-se insegura ali parada, sozinha. O Rio de repente lhe infligia um medo inexplicável. Não vira um rosto conhecido, mas tinha convicção de que a família de Inácio permanecia no mesmo lugar. Passou pela rua Bolívar e lembrou-se de quando fugia da mãe para ir à praia. Pensou em passar em frente a seu prédio, só para vê-lo, mas concluiu que a nostalgia que sentia não envolvia aquela casa. Todas as melhores lembranças estavam fora daquele apartamento, no pátio do colégio ou nas pracinhas do bairro Peixoto. Percebeu também que falhara em construir conexões duradouras: não tinha uma amiga que lhe receberia de braços abertos no caso de uma visita sem aviso. Continuou seguindo em direção ao Arpoador, era o único destino possível. Quando chegou ao edifício dos pais de Inácio, ficou olhando um bom tempo para o movimento do terceiro andar. Uma festa, não das mais animadas, parecia em seus últimos suspiros. Viu seu Joel, mais velho e de pijama, espiar uma última vez pela janela antes de ir para a cama pela primeira vez no ano. Não teve coragem de apertar o interfone. Viu que o mar estava mais calmo do que em Copacabana, coisa rara. Sempre gostara de olhar a orla dali. Deu de ombros para o medo e resolveu escalar as pedras.

Olhou a paisagem e começou a se acalmar. Ignorou os maconheiros que riam sem parar e entendeu que havia feito a coisa certa. Podia viver sem ver Inácio. Ainda o queria, mas não precisava dele. Parecia a forma certa de amar alguém. Ao descer das pedras e chegar à prainha, espantou-se ao ver Inácio e César deitados na praia, lado a lado. À medida que se aproximava, seus olhos se fixavam em Inácio, o corpo esguio, os poucos pelos no peito, somente a quantidade certa, os braços para cima revelando as axilas. Achou César abatido, magro demais, tentou afastar o motivo que lhe veio à cabeça, não queria tirar conclusões precipitadas. Tremia de excitação. A vida sempre lhe tratara assim: lhe concedia o desejo justamente quando estava convencida de que o pedido não era mais tão importante. Nesse caso, porém, estava agradecida. César e Inácio acompanharam a aproximação de Baby como uma miragem, como uma entidade vestida de branco. Inácio sentou-se ereto e um pouco tenso, enquanto

César parecia satisfeito em vê-la. Virava o pescoço, olhando para Inácio e para ela. Sorria. Notou que Inácio deitou-se novamente e acompanhou o movimento do torso dele, observando sua respiração. Estava ofegante?

Baby se aproximou devagar, mas confiante. Imaginou as estrelas por trás daquelas lâmpadas brilhantes. Os rapazes sabiam que ela estava mais perto, mas não a acompanhavam mais com os olhos. Esperaram sua chegada. Os três sentiam a temperatura de seus corpos aumentar, em silêncio. Baby apenas acomodou-se no meio deles.

capítulo 7
tributo (1986)

Rosalvo

Que diferença um paletó novo faz. Desde que Elza mandara confeccionar um casaco azul-marinho para que o marido comparecesse ao culto à Palavra, Rosalvo tinha a impressão de que a favela o olhava de maneira diferente. Mesmo no tempo quente, fazia questão de engomar bem o casaco e combiná-lo com uma camisa branca aos sábados. Toda vez que batia um vento, o paletó saía do guarda-roupa também em dias de semana, e logo Rosalvo foi ficando associado a ele. Um senhor de cabelos brancos, respeitável, religioso. Desde a noite em que fora entregar os donativos, havia concluído que desistir da fé religiosa, tantos anos antes, havia sido a decisão certa. Mas seguiu colaborando com a igreja, até para não despertar a curiosidade de Elza, que certamente investigaria essa mudança repentina de postura. Com isso em mente, não só compareceu à distribuição das caridades no dia seguinte, mas também cumprimentou o pastor Fábio Alberto como se nada tivesse acontecido. Foi deixando de ir aos cultos aos poucos, foram meses até que parasse de vez. Ele percebeu a insatisfação de Elza com a mudança, mas decidiu não falar do assunto, já que ela também nada disse. Mas o paletó permaneceu: fazia questão de deixar Elza na porta da igreja e, uma hora e meia depois, quando o pastor dava a bênção final, lá estava ele para buscá-la, sempre com a mesma roupa.

A Rocinha vivia dias agitados, uma sucessão de chefes da favela fora derrubada a bala em questão de semanas. O rei do tráfico dos últimos anos havia caído, e a disputa pela sucessão fora marcada por um toque de recolher não oficial. O primeiro novo chefe tentou mandar na favela pelo medo — ordenava a morte dos inimigos, aterrorizava mulheres, proibia jogos de futebol nos campinhos malcuidados. De tão odiado, não demorou muito para que alguém lhe desse um tiro na cabeça, no meio da rua. O comandante seguinte vestia roupa de bacana. Mal havia chegado à maioridade e já queria expulsar os bicheiros. A população deixou de ser alvo, mas ficava no meio do fogo cruzado. Cada mandatário tinha seu estilo — um dava mais dinheiro para a escola de samba, outro distribuía cestas básicas para os mais pobres e um terceiro convidava o máximo de gente possível quando promovia um churrasco. Ditador, não importa o disfarce que assuma, continua ditador. Quer se manter no poder e qualquer um que se posicione como uma ameaça é eliminado, até mesmo Deus. Foi no meio dessa dança de cadeiras dos senhores das armas que a igreja do pastor Fábio Alberto começou a receber cartas anônimas recheadas de ameaças. Pregar o caminho de Deus, convencer meninos a seguir o caminho do bem, aconselhando a ascendência pelo trabalho, reduziria a mão de obra do tráfico. E, com tantas mudanças em tão pouco tempo, era difícil para um líder religioso identificar com quem falar para garantir a convivência pacífica entre igreja e a versão mais próxima de Estado que a favela conhecia.

Os bilhetes chegavam sem nenhuma regularidade, às vezes a cada três dias, às vezes depois de uma semana ou duas de silêncio. Eram cheios de erros de português crassos, todas as cedilhas e *esses* no lugar errado. Esse toque de realidade ortográfica assustava o pastor, deixava as ameaças mais palpáveis. Fábio Alberto primeiro manteve as mensagens em segredo, depois acabou contando para as ovelhas mais assíduas, mas, como temia, logo a informação se espalhou. Elza, encantada com aquele homem de palavras rebuscadas, que sabia bem a gramática e parecia versado em todos os assuntos, ofereceu-se para formar a linha de frente dos que protegeriam a igreja a qualquer custo. Não tardou para o pastor perceber que compartilhar a notícia fora um erro — boa parte de seu rebanho se dissipou pelos becos e ruelas da Rocinha e nunca mais voltou a pastar por ali. Não precisavam correr mais esse risco. No entanto, aqueles que decidiram ficar no momento de adversidade tornaram-se tão fervorosos que pareciam compensar com fanatismo a displicência dos covardes que haviam fugido da obrigação de proteger a casa de Deus. Fábio Alberto perguntou para outras igrejas se elas também vinham recebendo ameaças. Recebeu negativas ou respostas evasivas. Era natural que a concorrência não colaborasse, não captou nenhuma informação útil. Elza contou sobre as investigações do pastor sem esconder sua admiração e uma ponta de empáfia:

— Essas igrejas tão tudo na mão do tráfico. Mas a nossa não, o pastor Fábio não admite a bandidagem — disse.

Depois de passar meses se preocupando com outro segredo, aquele que somente Rosalvo conhecia, e gastar boa parte de seu tempo procurando um jeito de implorar silenciosamente para que ele não o revelasse a ninguém, Fábio Alberto parecia ter concluído que o marido de Elza não queria se meter em sua vida. Queria apenas distância, tanto que não circulava por ali fazia tempo.

Os dois voltaram a se encontrar quando Rosalvo apareceu uma noite para buscar Elza, que sempre ficava na igreja até mais tarde, separando donativos ou recolhendo bíblias que eram deixadas espalhadas pelos bancos.

— Seu Rosalvo — disse o pastor, sem olhar diretamente para ele.

— Boa noite, pastor Fábio — respondeu o porteiro.

— Pastor Fábio, o senhor não pode falar com meu marido? Eu queria tanto que ele voltasse para os cultos — interveio Elza.

Rosalvo notou a surpresa e a insatisfação de Fábio Alberto com o pedido de sua esposa.

— A gente já conversou sobre isso, dona Elza — respondeu o pastor.

Ela baixou os olhos. Rosalvo não se surpreendeu. Achou natural que o pastor, embora sempre cobrasse aos gritos nos sermões que as pessoas renunciassem aos descaminhos da vida para se dedicarem a Deus, bradasse que o Todo-Poderoso tudo via e julgaria os mortais no fim dos dias, decidisse contemporizar em seu caso. Não tinha, afinal, interesse algum em criar um motivo de conflito. Fábio Alberto foi condescendente, lembrando que frequentar a igreja é uma escolha pessoal, e a Bíblia fala em livre-arbítrio, então não restava nada a fazer a não ser respeitar a decisão. Pensou bem, por vários segundos, antes de acrescentar:

— O seu Rosalvo é um senhor de idade, muito mais velho do que eu, não me vejo dando um sermão nele. Não acho adequado. Mas vocês sabem que a igreja está sempre de portas abertas, não sabem? — perguntou Fábio Alberto, com um sorriso.

Rosalvo assentiu, mas não quebrou o silêncio.

Elza pareceu resignada com a resposta, mas não satisfeita. Então Fábio Alberto fez-lhe um afago nos ombros, meio a contragosto, mas tentando soar o mais sincero possível.

— Fique tranquila, dona Elza. Eu posso dizer, com toda a certeza, que seu Rosalvo é um bom homem. E não estou falando isso só porque ele está bem aqui, na minha frente. Posso lhe assegurar que ele não julga nem diz por aí o que não deve. É trabalhador, entende que todo mundo tem seus demônios e que, muitas vezes, isso é castigo suficiente para uma pessoa. No caso dele, frequentar ou não a igreja é quase um detalhe — disse o pastor.

Fábio Alberto tomou fôlego por um segundo, engoliu em seco. E então concluiu:

— Mas é claro que, quando ele decidir voltar para o nosso rebanho, vamos ficar muito satisfeitos, não é?

Rosalvo olhou para ele com a tranquilidade de sempre, sendo obrigado a admitir que se saíra bem no discurso. Era mesmo bom de lábia.

Elza enfim sorriu, e Fábio Alberto se tranquilizou. Rosalvo bem sabia que, especialmente nos últimos tempos, a esposa tornara-se uma mulher determinada e às vezes teimosa, que levava tudo ao pé da letra. Por isso mesmo, não dava para ter certeza de que aquela conversa seria suficiente para encerrar o assunto para sempre, mas por ora o pastor havia colocado uma tampa na água da fervura. Notou que, de repente, Fábio parecia muito cansado: concluiu que ocultar sua verdadeira natureza da família, dos fiéis e até de si mesmo não devia ser tarefa fácil.

O pastor, claramente doido para estar em qualquer outro lugar, disse um "boa noite" meio desajeitado, comentou que precisava chegar logo em casa e foi embora rápido. Elza e Rosalvo, de braços dados, seguiram no seu plácido ritmo de idosos na direção oposta, fazendo o caminho de volta para o barraco deles.

Enquanto Fábio Alberto lidava com a fuga de fiéis e parecia mais magro, morto de medo, Rosalvo ganhara respeito dentro da favela. Trabalhava, estava sempre bem vestido e entendera, enfim, que seu jeito calado era uma vantagem: quanto menos dizia, mais sua vida se ajeitava. Na favela, era como um avô ao qual se pede bênção mesmo no meio da guerra, uma figura a ser poupada. Um dia, voltando do trabalho, logo no início da subida da ladeira que levava até sua rua, Rosalvo se deparou com uma cena não tão incomum: um homem ameaçando outro, ajoelhado, com uma arma apontada para a cabeça. Ao ver Rosalvo chegando — e vestindo o paletó —, o rapaz recuou, embora tenha dado mais uns chutes no sujeito que estava no chão.

— Pode circular, vai — gritou o homem com a arma para sua quase vítima. — Você vai ganhar mais uma chance porque não vou te matar na frente do seu Rosalvo. Mas é bom você arrumar o dinheiro logo, senão te apago.

O rapaz que ganhara mais algum tempo de vida saiu correndo e o que tinha a arma colocou-a dentro da calça jeans. Ainda era possível vê-la, pois ele estava sem camisa, mas o porteiro considerou aquele um gesto de respeito.

— Boa noite, seu Rosalvo.

— Boa noite — respondeu Rosalvo, com um leve cumprimento com a cabeça, e seguiu para casa a um passo ligeiramente mais rápido que o normal.

Poucos dias mais tarde, o pânico de Fábio Alberto atingiu o ápice. Um cachorro morto foi deixado na frente do portão da igreja, entranhas para fora. O sacrifício do vira-lata foi tomado como um aviso. O pastor pensou em formar uma comissão para negociar com traficantes, logo ele que queria manter distância desse tipo de gente. Deve ser o desespero, avaliou Elza, enquanto servia o jantar ao marido. Rosalvo disse que não queria que ela participasse de reunião alguma. Foi a primeira vez, em tantos anos, que chegou perto de levantar a voz para ela. Disse apenas duas palavras, de maneira muito enfática.

— Estamos conversados?

Elza fez que sim. Não voltou a falar do assunto.

No dia seguinte, ao sair para uma de suas caminhadas diárias até o Hotel Marina, César não pôde deixar de notar o esforço do porteiro para desenhar letras. Elogiou sua diligência e paciência. Rosalvo surpreendeu-se ao ser notado e teve a reação de ocultar o que escrevia com um dos braços.

— Não precisa ter vergonha — disse César. — Acho incrível o senhor querer aprender, nunca é tarde.

Rosalvo gostou do elogio. Agradeceu.

Quando começou a trabalhar no Varandas do Leblon, Rosalvo tinha muita dificuldade para ler e só sabia assinar o próprio nome. Nos primeiros tempos, usava os números, que conhecia bem, para separar as cartas de cada apartamento. Nos últimos anos, graças às páginas da Bíblia que mantinha em uma gaveta de sua mesinha de trabalho, conseguira aprimorar a leitura — gostava muito das histórias do Velho Testamento, que concentrava suas passagens preferidas. Agora, era capaz de reconhecer os nomes dos moradores rapidamente. Seu esforço atual era para aprender a escrever direito.

— E o que o senhor está escrevendo? — perguntou César.

— Ah, nada de mais. Estou só treinando — respondeu Rosalvo.

Embora não conversassem muito, Rosalvo gostava de César e tinha prazer em servi-lo. Notando que a saúde dele não era mais a mesma, Rosalvo agora se apressava para abrir a porta do elevador e da rua, na tentativa de poupar-lhe o fôlego. Esforçava-se para não olhar para ele com pena. Queria perguntar o que se passava, mas sabia que coisa boa não era. Aquele menino antes tão ágil, tão bonito, agora demorava para cruzar o lobby. Ao mesmo tempo, parecia não ter mais tanta pressa, simplesmente não via razão para correr.

Rosalvo usava folhas de papel sulfite para tentar elaborar, entre as demandas de um morador e de outro, uma ou duas frases. O porteiro tinha dificuldade para controlar o tamanho das letras que produzia e, como uma criança de seis ou sete anos, perdia-se com a ausência de linhas de pauta. As folhas se enchiam com poucas palavras, que ele sempre duvidava que estavam grafadas corretamente. Às vezes, sua mão tremia e produzia garranchos. Mas o mais importante, como sugerira César, era seguir em frente.

O que ninguém jamais adivinharia era que Rosalvo, com aquele semblante sereno e diligência de senhor distinto, escrevia palavras ameaçadoras. Puxava pela imaginação para dar a entender que entes queridos, mesmo crianças, poderiam ser sacrificados. E o fazia porque não tinha como provar, mas, em suas entranhas, carregava a certeza de que o pastor Fábio Alberto era o namorado secreto de Eloá. Pelo que vira na noite da entrega dos donativos, no jeito como havia tratado aquela menina, carregava um ódio feral nos olhos dele. Era capaz de matar.

A gramática ruim daquelas cartas ameaçadoras, que tanto assustara Fábio Alberto, era real. Quanto ao cachorro morto que apareceu na frente da igreja, Rosalvo nada sabia. Era apenas uma coincidência. Se a essa altura ainda acreditasse em Deus, diria se tratar de uma intervenção divina.

Selma

A palavra que marcou a educação de Selma, no calor de quarenta e dois graus da Zona Norte, foi renúncia. Queria tomar banho de mangueira no quintal, mas era proibido, não era coisa de mocinha direita. Uma mulher de verdade não tinha sexualidade, guardava-se para o marido. Não podia usar saia acima do joelho. Não questionava pai e mãe e temia a Deus. Estava tão acostumada a se comportar, havia sido tão condicionada a viver para os outros e a não reclamar jamais, que presenciar o casamento de seu amante, vê-lo prometer amar e respeitar outra mulher para o resto de sua vida, despertou um sentimento conhecido: o de esconder uma dor a qualquer custo. Treinara tanto que podia estar à beira da morte e ninguém ao seu redor perceberia.

Foi no calorão de janeiro, após muitas recaídas, que Adriano e Selma concordaram que era o fim. O casamento dele se avizinhava, estava marcado para maio, tinham conseguido até reservar a Candelária. Riram de como se viam como acadêmicos e inteligentes, acima da média e além de padrões sociais, mas acabavam se curvando à definição mais banal do que é normal. A separação deles seria em nome do respeito ao sagrado matrimônio. Adriano iniciou a conversa. Não queria começar um casamento com mentiras, na verdade já achava que tinha mentido demais. Ela concordou. Ele era um homem bom.

Selma, como todo o restante do departamento, havia sido convidada para a festa. Pensara, a princípio, que assistir à cerimônia e ver Adriano aceitar Verônica como esposa, na alegria e na tristeza, a ajudaria a dar-se por vencida e entender que o fim era definitivo. Demorou um bom tempo para se arrumar e achou que estava elegante e discreta, destacava-se naquele mar de laquê e maquiagem escorrendo que costuma dominar as cerimônias de casamento. Adriano a notou quando ela entrou na igreja, sozinha, e lhe deu um meio sorriso. Selma fora ensinada que os homens só se interessavam pelas mulheres jovens, embora hoje soubesse que isso está longe de ser verdade. No entanto, a antiga convenção agora lhe servia de abrigo: se Adriano se levantasse e dissesse que não poderia seguir adiante com aquele casamento, que amava outra, ninguém jamais desconfiaria que seria ela, a não ser que ele a beijasse ali mesmo, na frente de todos. Casamentos que eram desmanchados no altar eram muito comuns em novelas. Na vida real, conforme Selma aprendera desde cedo, as pessoas engoliam os sentimentos e sorriam para as fotos.

Suportou a cerimônia, mas justificou que não podia ir à festa e não precisou dar desculpas. Agora todo mundo já sabia do filho doente, esse tipo de notícia corre muito rápido. Ela não tinha nada para fazer, na realidade. César estava bem, acabara de receber dois discos de platina como produtor de uma banda, daria uma entrevista para uma revista sobre viver com aids. Sua agonia, em breve, seria exposta em praça pública. As fotos já haviam sido feitas, no quarto dele, com todos aqueles discos. Fotografaram o filho contra a luz, o que a fez pensar que seria um ângulo pouco lisonjeiro. Ela notara que as pessoas tendem a ser mais gentis não porque sejam realmente compassivas, mas porque Selma representava o maior medo de muitas delas. Podia imaginar as conversas nos prédios vizinhos. Era a pobre coitada que perderia o filho, ainda por cima único. E único para sempre César seria, estando ou não aqui.

Selma, desta vez, gostou da forma como agira: soubera valorizar o que vivera com Adriano e também havia aceitado a hora de deixá-lo para trás. Graças a ele, aprendera que o amor não caminha de mãos dadas com a convenção. Considerava ter superado sem grandes dificuldades o fim de um casamento de mais de duas décadas, mas a ausência de Adriano, agora permanente, lhe doía. Tentara convencer-se de que ele era só um conforto, um corpo quente para aquecê-la em seu inverno particular. Na realidade, sabia que o amava. A verdade é que só aceitou a extensão de seu sentimento após romperem. Mesmo no sofrimento, a obrigação de renunciar voltava. Era preciso ficar calada, inventar uma dor de cabeça, desconversar. Sentia-se culpada, com as chagas rondando a casa, prestes a explodir por todo o corpo de seu filho, por chorar por um homem comum, outro entre tantos professores universitários. Nos momentos em que não podia mais se segurar, em que as lágrimas fluíam a despeito de suas tentativas de impedi-las, fechava a porta de seu quarto, corria para o banheiro e, mesmo com aquelas paredes grossas de apartamento antigo, garantia que seu choro não seria ouvido no resto da casa quase sufocando-se com uma toalha.

Sem Adriano, tudo o que restava para Selma era a espera. Ela e César viviam num cabo de guerra, em que ela fazia de tudo para acompanhar, momento a momento, como ele se sentia — pressionando-o para falar sobre o último assunto no qual ele queria pensar. Perguntar se ele estava bem lhe tirava uma hora de vida, o filho lhe disse, em tom de desafio. Selma, depois de algum tempo, desistiu, limitava-se às recomendações de alimentação que vinham das consultas do dr. Rodrigo. César ainda estava forte. A perda de peso era visível, mas não impressionante, não o suficiente para alguém apontá-lo na rua. Era a essas pequenas vitórias que se agarrava. Passava o tempo todo buscando coisas positivas para pensar, ainda que essa característica nunca tenha sido seu forte. Mas a intuição não a enganava, a tragédia estava por vir, ela sentia o odor dela impregnado nas roupas do filho. Sua mãe sempre dissera que camélias têm cheiro de morte. Mal conseguia conter o impulso de arrancar essas flores de um canteiro na vizinhança e destruí-las. Seria um pequeno sinal de resistência, ainda que não fizesse diferença para o resultado da guerra.

As crises de desespero aos poucos passaram, e ela já não afogava as mágoas numa toalha, mas mantivera a tradição de se olhar no espelho, estudar-se com os cabelos penteados para trás. Lavava o rosto, sempre em movimentos para o alto, como aprendera com sua avó, e observava como suas feições tinham mudado: a jovem delicada agora tinha a testa maior, as bochechas estavam mais proeminentes. Mais do que uma mudança física, era um novo estado emocional. Aquela figura refletida treinara tanto para fingir que tudo estava bem que adotara uma expressão apática, passiva, indiferente. O rosto era forte, impunha respeito, mas era só fachada. Estava aterrorizada, petrificada. O torpor é o pior estado do ser humano. Selma se transformou em uma máquina de cumprir tarefas. Trabalho, filho, doença, remédio, casa, empregada, lavar roupa, Inácio, Luiza, jantar, consulta médica, mecânico, supermercado, presentes de aniversário.

Já era agosto quando César, depois de meses a fio de caminhadas solitárias, perguntou à mãe se ela queria ver o sol se pôr na praia. A surpresa foi tanta que a primeira reação de Selma foi pensar que alguma coisa estava muito errada, um convite para entrar no mundo do filho não poderia vir sem motivo. Conteve-se, não queria estragar o momento. Como ele estava bem disposto, decidiram caminhar pela João Lira e depois pelo calçadão, um passo depois do outro até o Arpoador. Sentaram-se na prainha, diretamente na areia, e ficaram de mãos dadas, sem dizer nada, enquanto observavam as cores do céu se transformarem — era um silêncio bom que, sozinha, ela seria incapaz de atingir. César, mesmo mais magro, ainda era bonito. Agradeceu por não tê-lo visto consumido por feridas, pelo menos não onde ela pudesse enxergar. Calou-se e, em vez de perder-se em teorias catastróficas e obstáculos intransponíveis, acalmou-se. Selma sempre falara com desdém das pessoas que batiam palma para o fim de tarde no Arpoador, mas agora os entendia. Eles estavam certos e ela, errada.

O caminho de volta da praia foi marcado por várias intenções que não foram concretizadas: a ideia de ir ao cinema, um sorvete para César, o repetido desejo de chutar as camélias, passar na padaria para comprar pão quentinho. Pensaram em vários desvios, mas voltaram direto para casa. Ao se aproximar do edifício, Selma pensou ter visto um vulto conhecido na calçada. Mas não enxergava direito de longe, deveria ser a felicidade desse momento com César lhe trazendo lembranças, concretizando desejos diante dela. À medida que chegava perto, seu batimento cardíaco se alterava, pois cada vez mais aquele homem de calça e camisa cáquis se parecia com Adriano. A mesma altura, a mesma postura ereta. Ele estava ali, aliança agora na mão esquerda. Mas não agia como se estivesse atrás de um livro emprestado. Nunca conhecera César, mas entendeu logo quem era. César largou a mão de Selma e começou a andar mais devagar. Mesmo assim, ainda estava próximo deles.

Não, Adriano não tinha se separado e não pretendia fazer isso, Verônica era uma mulher e tanto, ele a amava, achava que a amava, era coisa demais para explicar. Ele não sabia por quê, mas estava ali. O fato é que viera até o Leblon, até a rua de Selma, não tivera escolha. Precisava vê-la, precisava dela, só hoje. Chegou sem hora marcada, como as melhores e as piores coisas, e ela soube que o queria. Vinha se convencendo do contrário, mas estava claro que, mais uma vez, mentia. Ela tinha a escolha de dizer não, mas precisava daquela fonte de conforto. Olhou para o filho, que sorriu. Estava satisfeito, parecia vê-la sob uma nova perspectiva, como se tivesse feito uma descoberta. Ela não renunciaria, não desta vez, não essa noite. Percebeu que a cumplicidade crescia entre eles. Selma abraçou César.

Sem que ele dissesse uma palavra, entendeu que o filho lhe concedia a permissão de viver, de fazer o que quisesse, mesmo que fosse errado, mesmo que pudesse vir a magoar alguém. Então ela sorriu para César e estendeu a mão na direção de Adriano.

Inácio

Os pensamentos de Inácio giravam enquanto seu corpo se adaptava aos solavancos do coletivo 438 na volta do trabalho. O ano começara com a miragem de Baby, que desapareceu tão rápido quanto havia se materializado, uma alucinação entre as pedras do Arpoador. Sentia-se culpado por ainda pensar nela. Aceitava que sua realidade era Luiza, a quem acreditava amar de um jeito calmo. Precisava admitir que estava um tanto aliviado por ela ter aceitado o convite para passar o fim de ano com uma tia que morava em Portugal. Inácio insistira para que ela fosse: uma viagem à Europa, com estadia grátis, não era oportunidade a ser perdida. Imaginou se Luiza percebia sua insistência para que ela fosse para longe. Quanto a ele, embora não gostasse do Rio de Janeiro no fim do ano, que virava um inferno de turistas e guarda-sóis, deixar a cidade naquele momento estava fora de questão. Tinha férias vencidas no jornal, mas não queria usá-las agora. Meses antes, após César dizer que 1986 seria seu último ano, desafiou-o: se estivesse errado, ele e o amigo iriam para Nova York celebrar o fato de que ainda teriam de se aturar por muitos anos. Agora, via-se satisfeito de estar próximo a vencer a aposta. Sentia certo prazer em contrariar o amigo e provar que, às vezes, os moribundos não sabem o que falam. Naquele dia 26 de dezembro, conseguira sair mais cedo, pois fechara a edição do caderno de cultura de adianto. Aproveitava para livrar-se de pautas antigas e sem graça nos dias em que ninguém prestava muita atenção nas notícias.

Ainda era dia quando, envolto em uma relativa tranquilidade, Inácio saltou na praça Antero de Quental, tirou a camisa que usava desde cedo e carregou os sapatos nas mãos, pulando ao atravessar a rua para não queimar os pés. Andava no sentido contrário do êxodo de turistas que deixava a praia, de pele corada ou cor de camarão. Queria assistir ao sol se pondo entre o Dois Irmãos. Via que o tempo havia fechado para o lado de Ipanema e nuvens carregadas anunciavam pancadas de chuva, mas a vista das montanhas parecia livre. Iria ao encontro de César, fazia tempo que não viam o pôr do sol juntos. Entrou na João Lira e apertou o passo. Já eram quase sete, e logo não haveria mais o que ver. Os faróis de pedestre do Rio de Janeiro sempre demoram uma vida para abrir e, naquele dia, os automóveis passavam a toda a velocidade nos dois sentidos, nada de engarrafamento, nenhuma oportunidade para ele se arriscar entre os veículos. Apertou o botão com impaciência para mostrar ao equipamento que estava ali, mas os segundos insistiam em se esticar, tinha muita gente querendo cruzar, uma pequena aglomeração no calçadão da praia.

    O sinal abriu, e Inácio desviou da má educação, de barracas e cadeiras de praia, avistando o amigo sentado e apoiado em uma das mãos, como uma palafita prestes a desabar. Encarava o sol como se a luz atravessasse seu corpo. Por um segundo, pensou que não fosse César de verdade, apenas sua sombra. Sentiu medo, mas logo tranquilizou-se. Seus pressentimentos estavam sempre errados, sua linha com o além era cruzada. Conferira tantas vezes a respiração de César durante a noite, mas ele sempre se mantivera firme. Jamais imaginara que Lauro pudesse morrer diante dele, do nada, e foi exatamente o que aconteceu.

    Talvez a areia já tenha se acostumado aos contornos de César, pensou Inácio, enquanto sentia os grãos grudando em seus pés. Ainda restavam alguns minutos para apreciar o fim de tarde. Sentou-se ao lado de César sem dizer nada. O amigo encostou a cabeça em seu ombro e aquele toque, tão trivial, fez Inácio se dar conta, mais uma vez, da importância de César. As feridas no rosto dele eram visíveis, embora ainda meio apagadas. Mas já eram suficientes para manter as pessoas longe. César era um rei que agora governava pelo medo, e não pelo respeito. Ainda havia bastante gente na praia, mas as pessoas se mantinham a uma distância segura deles. Tudo para não correr riscos. Pior para eles, pensou Inácio. O amigo havia sido sua educação, seu passaporte para a vida, um farol que apontava sua luz para ele seguir nas direções corretas.

    — Que bom que você veio — disse César, com um sorriso.

A noite caiu rápido. Dois irmãos assistindo ao espetáculo. César, então, quebrou aquele silêncio bom:

— Eu não consigo me levantar sozinho. Me desculpa.

Ouvir César pedir perdão quase fez Inácio desabar. As lágrimas caíram por seu rosto sem que pudesse segurá-las, mas ele não se desesperou. O amigo levantou a calça folgada, de algodão, que agora usava sempre, e Inácio viu as manchas que tomavam conta da sua pele, feridas muito escuras, assustadoras. Percebeu uma marca mais forte também no pescoço. Elas se espalhavam por toda parte, incontroláveis. Uma série de imagens surgiu na cabeça de Inácio. A pouca disposição de César na festa de Natal. A insistência em dormir cedo. Vinha trancando-se ainda mais tempo do que o normal no banheiro, certamente acompanhando, numa contabilidade dolorida, os sarcomas de Kaposi espalhados pelo corpo. Inácio ouvira, em um programa religioso, que a aids era a forma de Deus limpar a casa, deixar o planeta livre dos impuros. Odiou Deus por um segundo, mas não de verdade, pois não tinha tempo para isso agora.

Sem dizer nada, enxugou as lágrimas com a camisa suada e respirou fundo para garantir que mais nenhuma caísse. Segurou o ar por alguns segundos e pensou no que fazer. Em um cuidadoso movimento, pegou César e o acomodou em seus braços. Conferiu que ainda respirava, já tinha se esquecido de se certificar disso com Lauro e não cometeria o mesmo erro agora. Então o amigo fez que não, queria colocar os pés no chão. Escorou-se em Inácio. E os dois caminharam vagarosamente até o calçadão, pararam um táxi e pediram para o motorista dirigir até o único hospital preparado para esse tipo de doença. O dr. Rodrigo dava expediente por lá, e tudo que Inácio pedia era que ele estivesse de plantão.

A enfermeira que atendeu Inácio não parecia desesperada com o estado de César, o que de certa forma o tranquilizou. Mais tarde, ele descobriria que a reação dela estava ligada ao fato de que a situação era cotidiana. Pouco tempo depois, surgiu o dr. Rodrigo, com cara de má notícia. O estado de César era grave, mas o médico relatou que fora escolha dele ser internado quando não houvesse outra alternativa. E, infelizmente, esse momento havia chegado. Era questão de dias, disse o dr. Rodrigo — a essa altura, ele desistira de aliviar a situação. O sistema imunológico de César estava tão debilitado que a surpresa era que, com seu índice de células brancas, ele já não estivesse morto. Um pequeno milagre, pensou Inácio. Voltou a se lembrar da aposta e calculou por quanto tempo César vinha minimizando sintomas e escondendo manchas. Os sarcomas o deixavam com cheiro de comida podre, de água parada em um vaso em que flutuam rosas já murchas. A perda de capacidade motora revelava um sinal ainda mais perverso: o scanner havia mostrado pequenos tumores cerebrais, dezenas deles. Mas ele queria ver Inácio, e o dr. Rodrigo concordou. Embora César precisasse de um ambiente estéril, foi autorizado a ter companhia — Inácio e Selma, sempre os dois. Não havia razão para ele morrer sozinho. Entre durar uns dias a mais desacompanhado ou algumas horas recebendo conforto, certamente escolheria a segunda opção. Inácio pediu ao médico que ele desse a notícia para Selma. Achava que não tinha forças para isso.

Ao chegar ao quarto, encontrou César ainda mais frágil, encolhido a ponto de virar um animal invertebrado entre muitos cobertores. Decidiu que precisariam virar a cama, pois calculou que, de um determinado ponto, poderiam ver alguns fogos que a vizinhança soltasse no réveillon. Pensariam no Ano-Novo, no que fariam quando fossem para casa, em como se organizariam para aproveitar o mês de janeiro. Ele e Selma se revezariam no hospital; Luiza poderia também ajudar depois, caso a internação se estendesse, voltaria no dia 10. O silêncio de César fazia Inácio tagarelar, dizer supostas palavras de conforto, que se recusava a perder a aposta, mas o amigo parecia escutar tudo de longe, com um sorriso calmo.

Conseguiu passar uma missão para Inácio: queria ver o pai, inexplicavelmente ansiava por ele mais uma vez. Ou era sua face mais vil se revelando: queria que Roberto visse seu estado, não lhe concederia a falsa felicidade que se esconde na ignorância. Inácio se incumbiu da tarefa de encontrar Roberto. Também queria atingi-lo de alguma forma, puni-lo por ter ignorado o filho. Não obteve sucesso: o número de telefone ainda permanecia o mesmo, mas só a secretária eletrônica atendia. Telefonou para a empresa, mas Roberto havia se desfeito de sua parte na sociedade havia quase dois anos. Seu último elo com a Zona Sul fora cortado. Inácio se perguntou se eles tentavam ouvir os recados da secretária, mesmo se estivessem viajando. Um, cinco, dez telefonemas. Desligava antes de poder deixar uma mensagem, não queria consumir toda a fita de gravação.

No dia 30, enfim, atendeu um rapaz, Murilo, que informou ser filho de Roberto. O padrasto e a mãe tinham viajado para o exterior. Não pareceu muito contente em anotar o recado, talvez nem soubesse quem era César, mas captou o desespero na voz de Inácio. Não era momento para pudores, era o filho dele que estava no hospital, era imperativo que ele retornasse a ligação. Intuiu, de alguma forma, que o rapaz jamais passaria a mensagem adiante. Essa certeza se solidificou quando veio o dia 31 e nenhum telefonema fora feito para os números deixados por Inácio: o de

Selma, o do jornal, o do hospital e o da casa de seus pais. Selma e Inácio haviam ficado o dia todo com César, que olhava para eles com satisfação, mas não dizia quase nada.

Concordaram que Inácio passaria a noite do réveillon no hospital. Selma precisava descansar, por recomendação do próprio César, em um dos poucos momentos em que se manifestou. Ao chegar ao corredor do hospital, a mãe, que havia se segurado na frente do filho, chorou uns quinze minutos seguidos, parecia que seus órgãos iam sair pela boca, que a água do seu corpo secaria. Inácio omitiu dela o pedido do filho e a fracassada busca por Roberto. Recomendou que Selma tomasse pílulas para silenciar a alegria alheia no Ano-Novo.

Na manhã do último dia de 1986, Inácio havia conseguido a ajuda de um enfermeiro para enfim mudar a direção da cama de César. Era incrível o que um hospital estava disposto a fazer para um paciente que pagava tratamento particular. O respirador ainda funcionava, em movimentos lerdos e constantes. Os fracos batimentos cardíacos monitorados em uma tela, segundo a segundo. César ainda dormia. Estava meio lá, meio cá, mas percebeu a mudança da configuração do quarto. Deu um meio sorriso. Inácio lavou-se como pôde, com especial atenção às mãos e ao rosto, e colocou uma roupa de paciente do hospital, calças e camisão verde-água. Tudo muito estéril. Os dois estavam sozinhos. Inácio então empurrou o amigo para o canto da cama, deitou-se ao lado dele e o abraçou de leve. Dividiam o mesmo travesseiro.

César

César orgulhava-se de ter se mantido firme. Apesar da pequena ajuda de Inácio para caminhar até o calçadão, conseguira esgueirar-se para dentro do táxi e sentar-se com as mãos apoiadas no banco dianteiro para ganhar equilíbrio. O rosto magro mirava adiante. Não queria ver o Dois Irmãos mais uma vez, não olharia para trás. Seu corpo inteiro parecia estar dormente, tomado pelo mesmo tipo de formigamento que se sente quando cruzamos as pernas por muito tempo. Percebeu, no entanto, quando Inácio agarrou sua mão com força, com a intenção de impedi-lo de ir a determinado lugar ou de partir em uma viagem não programada. A pressão dos dedos de Inácio era o único elo entre ele e o resto do mundo. César fora esmagado por uma força maior e sentia que não estava mais no comando. Aqui e ali, segundo sim, segundo não, voltava a si. Recobrava a consciência, mas não totalmente. Procurava no espelho os olhos do taxista, que se mantinha calado, com as mãos gordas firmes em posição dez para as duas ao volante, como se aprende na autoescola. Nenhuma piada sem graça, reclamação, comentário sobre futebol ou política. César perdera muito peso nas últimas semanas, as enxurradas de dezembro varreram suas defesas. O dique que impedia a inundação havia estourado, e agora toda a sujeira antes submersa vinha à tona, salpicada pelo corpo. Estava frio e calor ao mesmo tempo. Inácio continuava ali, presente, mudo, apavorado. Ele pagou a corrida, e o motorista lhe respondeu com um aceno rápido com a cabeça quando ele disse que poderia ficar com o troco. César percebia que, nos últimos tempos, deixava as pessoas sem ação. Queria tentar se colocar no lugar delas, entendê-las.

Uma última batalha. César dizia a si mesmo que precisava vencer os trinta metros e os oito degraus que levavam à recepção do hospital. Com o corpo, sacudiu as mãos e deixou claro que não queria a ajuda de Inácio. Caminhou a passinhos curtos, apoiou os dois pés em cada degrau antes de ousar alcançar o outro, sentiu a luz do mundo piscar no meio do caminho, não enxergou por alguns segundos. Mesmo assim, seguiu adiante, já havia mapeado o trajeto em visitas anteriores. A visão voltara quando ele atingiu o meio do salão, mas a recepcionista ficava bem ao fundo, era necessário um pouco mais de esforço para chegar até ela. Foi, confiante. Ao chegar, ainda tinha forças para segurar-se no balcão sem se estatelar no chão, mas não conseguiu explicar o que sentia. A energia que ainda reunia só foi suficiente para um suspiro. Uma enfermeira logo o acomodou em uma cadeira de rodas e o levou em direção às salas de exame. Era um paciente conhecido. Ouvia Inácio relatar o que estava acontecendo de longe, cada vez mais longe. As luzes se apagaram de novo, dessa vez por bem mais tempo, e ele recostou a cabeça, encontrou algum conforto naquela posição e notou que ainda podia distinguir as luzes fosforescentes que piscavam ao longo do corredor. Estava ali, ainda. Enquanto médicos e enfermeiros espetavam as poucas veias boas, César foi capaz de perceber a pressão de estranhos em seu corpo, mas não sentia mais os toques. Tiveram piedade dele, o universo finalmente lhe presenteara com a anestesia dos pestilentos, a insensibilidade dos leprosos. Era um alento, um estranho conforto. Quando abria os olhos, via o teto furadinho, de um branco meio encardido, do hospital. Não era uma paisagem bonita.

Não sabia quanto tempo havia passado quando percebeu que estava se movimentando. Tentou se segurar por um segundo nas bordas da cama, que girava. Eram Inácio e o enfermeiro. O amigo achava que era hora de reposicionar César para a janela, para tomar sol, para ver os fogos de artifício. Ah, o Ano-Novo estava próximo, já era dia 31. Inácio calculara bem e acreditava que teriam alguma visibilidade daquele ângulo. Parecia tolice. Percebeu uma força maníaca no amigo, era uma daquelas coisas que a gente se convence que tem de fazer. César ainda estava meio lá, meio cá e, secretamente, esperava o momento certo para saltar da caixa de um mágico, vestido de coelho magro ou palhaço mórbido. Riu com a ideia. Abria os olhos para espiar: ao mexer as pálpebras conseguia uma pequena abertura, um feixe de iluminação. Protegeria-se evitando abrir os olhos de vez. Por enquanto estava escuro o bastante para que seus demônios, que ainda o rondavam, pudessem ser ignorados. Percebeu que Inácio arrastava, com auxílio da equipe médica, o aparelho que media batimentos cardíacos. Ouviu o enfermeiro dizer que não fazia mais diferença, e isso o magoou um pouco. O sentimento logo passou. Tomou coragem para olhar o amigo com cuidado, estudá-lo mais uma vez. Também estava mais magro, exasperado, suado, irritado, a camisa parecia larga demais.

Amava-o tanto e, agora, dera para pensar que não havia explicação para tanto sentimento. Inácio lhe despertava um misto de senso de proteção e luxúria não concretizada, romântica e trágica. Vê-lo com as mãos entrelaçadas, como em uma súplica para o vento, para o invisível, o enchia de tristeza. Só confirmava o que ele no fundo já havia entendido: era o fim. Hora de aceitar a derrota. Riu sozinho ao pensar que, pelo menos, ganharia a aposta que fizera com o amigo.

Então, Inácio percebeu que ele havia acordado. O amigo sorriu.

— Oi — disse Inácio — Tem alguém aí? Toc-toc.

O rosto de César se iluminou em um sorriso cadavérico e um tanto assustador, mas Inácio não pareceu se importar. Deu a volta na cama e beijou seus cabelos ralos e opacos. César disse que estava com fome, queria comer. A gelatina do hospital parecia ótima, assim como as bolachas água e sal, a sopa de frango e arroz. Com alguma ajuda, sentou-se. Comia sem auxílio, falava em um tom quase normal. Nada mal para alguém que passara quatro dias desenganado. Inácio teve a ideia de chamar Selma, e César logo concordou, era mesmo bom que viesse. Ela chegou tão rápido que o filho imaginou-a correndo pelas ruas do Leblon e empurrando todos em sua frente. Os dois se sentaram na ponta da cama, um de cada lado, e César via a janela atrás deles como a moldura para um quadro com suas pessoas preferidas.

Não pensou em chamar ninguém mais, apenas seu pai passou rapidamente por sua cabeça. Lembrou-se de ter pedido por ele, talvez em delírio de febre: agora, dava-se conta de que não se importava com essa ausência. Os amigos, bem, a maioria deles tinha tanto medo desse lugar que seria injusto arrastá-los até aqui. Tinham receio de serem contaminados, viviam buscando um cantinho estéril e seguro naquela cidade imunda. Selma começou a falar sobre planos para o futuro, mas se deteve sem que César lhe chamasse a atenção, parecia que ela enfim aprendera a viver o momento. César gostava de estar de volta, questionou-se se havia valorizado o suficiente o que a vida lhe dera, a sorte que tinha de ter ao menos duas pessoas que se importavam com ele mais do que com qualquer outra coisa.

Então sorriu para ela. Já havia algum tempo que a tinha avistado, ali mesmo no quarto. Aparecera de repente e, até agora, não se movera. Bastou Inácio sair para o corredor por dois minutos para que ela se insinuasse, sorrateira e bela, para César.

Flutuou pelo quarto, em zigue-zague, sem se impor, mas era impossível não notá-la. Suas vestes eram escuras, pesadas. Mesmo assim, andava com leveza. Ela sempre sabe a hora, só existe a hora certa. E ainda não era a hora, era quase a hora. Entendia bem a arte de esperar. Encontro marcado, muitos encontros marcados, e cada compromisso tinha o tempo exato. Há quem nunca pense nela, há quem pense nela o tempo todo e, numa prova de deselegância, faça-a chegar abrupta e sem se preparar.

Agora que a via de perto, cada vez mais perto, César tentava, em vão, decifrar seus contornos. Queria se lembrar de sua fisionomia, mas seria incapaz de descrevê-la. Aquela mulher chegara cedo, mas mostrava-se disposta a esperar. Calma e plácida, sentou-se em um canto, bem discreta, sem fazer barulho. A visita era para ele e mais ninguém. A essa dama muito sábia é impossível enganar. Ela não tolera atrasos. Por vontade do convidado ou pelo mais completo acaso, encontros como este podem até se adiantar, porém nunca — nunca — se adiar.

Para César, era como se ela não existisse, sempre a ignorara. Ele e outros tantos agem assim. Nos últimos tempos, soube que estava próxima, cada vez mais perto. Apesar de tudo, de tanta dor, não ansiou por sua presença. E eis que ela chegou. E veio a caráter, pois era dia de festa. Não tem pausa, não tem feriado, ela faz o que manda o seu relógio pontual. Inácio, que sempre foi menino, agora já era homem. Sorte que o garoto de olhos grandes insistia em fazer seu retorno, justamente agora. Inácio se encantava com as cores do foguetório, se distraía. Foi uma boa ideia ter pedido para Selma ir embora, usar os plugues de ouvido para não escutar a alegria das praias, fechar a janela para não ser incomodada pelo cheiro de pólvora queimada.

César sentiu-se fraco, distante, e fechou os olhos. Mas recebeu um presente. A mulher ainda permitiu que ele voltasse a sentir Inácio novamente, os dois acomodados sobre o mesmo travesseiro, dividindo a mesma cama. Inácio olhou para ele e disse alguma coisa, palavras bonitas e profundas que ele quase não conseguia distinguir. Concentrou-se em seu hálito, que era doce. Cheirava a bala soft de caramelo, aquela bem grudenta. *Milk-shake* do Bob's. Amendoins caramelizados do Cine Roxy. Havia algo de inocente nele, ainda, apesar de tudo, desses anos todos. O homem que César nunca beijara de verdade, o amor de sua vida. De repente, o hospital parecia vazio, pois todos os funcionários correram para o lado de fora. Estava para começar, era quase meia-noite, os fogos iam estourar. Dez, nove... três, dois, um.

Inácio chegou bem perto do ouvido de César.

— Eu ganhei a aposta, já é 1987 — sussurrou.

Sua expressão, porém, não era de triunfo.

César olhou bem em seus olhos. A mulher se levantou da cadeira, saiu de seu canto. Foi até o meio do quarto, aproximando-se de um jeito deliberado e rápido, rápido demais. Não havia mais tempo, então ele apenas encarou Inácio mais uma vez, queria guardar essa imagem de alguma forma, um quadro que lhe confortava para levar consigo. Mesmo com o coração disparado, sentiu-se em paz.

— O que posso fazer para você ficar? — perguntou Inácio.

César fez que não com a cabeça para Inácio. Abrira mão de todo o controle, não sabia qual resposta dar.

Então Inácio prosseguiu:

— Se você ficar, vou te dar um milhão de beijos.

César balançou a cabeça negativamente, mais uma vez. Não podia deixá-lo sem resposta, ouviu de longe o vaivém de gente pelos corredores, algumas pessoas corriam. Não podia deixá-lo sem resposta. A mulher de vestido preto estava bem ao lado dele e lhe estendeu a mão. Então tomou fôlego e disse:

— Já me deste.

Os fogos ainda faziam muito barulho, César apreciava o som dos estrondos. Feliz Ano-Novo, ouvia as felicitações bem de longe. Inácio voltou a recostar-se no travesseiro, com calma. As luzes cor-de-rosa tomaram conta da janela. A mulher continuava com a mão estendida, paciente. César queria resistir mais um pouco, mas teve medo de que ela o puxasse e o levasse de repente. Não queria ser teimoso, mas se render, ir em paz. Todos os sons ficavam cada vez mais distantes. Os estouros dos rojões lembraram César da infância, pipoca com açúcar queimado que arrebenta na panela. Selma linda em um vestido florido. Os primeiros minutos do ano explodiam como derradeiros grãos de milho que insistem em se metamorfosear mesmo depois que a panela já saiu do fogo. César não estaria mais ali quando, em alguns minutos, o aparelho que monitorava seus batimentos cardíacos mostrasse um traço e apitasse. Seria a entrada definitiva de Inácio na vida adulta: César não poderia consolá-lo em seu desespero. Nada veria quando os enfermeiros corressem quarto adentro e, inerte, não lhes daria a chance de ressuscitação. Sentiu, novamente, o beijo quente de Inácio em sua testa e o toque suave em seus cabelos. A elegante mulher também o acariciou. Ele fechou os olhos.

Oba, outra pipoca estourou. Que privilégio, mais um segundo de vida. E mais outro. Então a mulher tocou o antebraço de César, que abriu os olhos. Viu o rosto dela. Aceitou o convite. Levantou-se, ficou frente a frente com ela e a viu, a viu de verdade. Seus olhos eram vazios, tristes, mas estranhamente compassivos.

PARTE 3

verões emocionais
1987-1989

capítulo 8
ressaca (1987)

Inácio

O ano começara havia dezessete minutos quando o aparelho que monitorava a conexão de César à vida fez um barulho estridente. O monitor verde mostrou uma linha reta, constante, infinita. As chances de ressuscitação haviam se esvaído diante dos olhos de Inácio, um guarda-vidas incompetente. Quando uma enfermeira enfim apareceu, César já não estava mais ali, tinha os olhos abertos, parecia estupefato, maravilhado, uma criança que via pela primeira vez o mar. A enfermeira andou para lá e para cá pelo quarto, desligando os aparelhos, e Inácio se moveu. Com todo o cuidado, usou as mãos grandes para fechar aqueles olhos enormes que pulavam daquele corpo pequenino, maltratado, manchado, pintado de um cinza meio verde. Sem saber o que fazer, mas sentindo que deveria agir de algum modo, Inácio pegou as laterais do cobertor e as posicionou, devagar, sob o corpo inerte de César. Transformou o amigo numa trouxinha, como um bebê que acaba de chegar ao mundo, aqueles pacotes enroladinhos em xales azuis. E observou-o. Não via razão para se apressar. Respirou fundo e observou César. Havia a necessidade de criar uma imagem indelével daquele momento. Sentiu-se fraco por um segundo, mas entendeu que agora podia desabar. Era um alívio poder finalmente ceder. As lágrimas ameaçaram cair. Sim, havia muito a fazer, mas precisava de um minuto. Então chorou. O médico demorou a chegar, talvez meia hora. Embora aquele não fosse um hospital geral, alguns imbecis já chegavam com as mãos queimadas de fogos de artifício, outros em coma alcoólico, ainda nessa primeira hora de 1987. Não fazia diferença. Quando entrou no quarto, um bom tempo depois, o plantonista foi protocolar, fez anotações na ficha, olhou o relógio e anotou o horário incorreto do momento da morte. De novo, não fazia diferença. Perguntou se Inácio queria ligar para alguém.

— Você pode ficar aqui até eu voltar? — perguntou Inácio ao jovem médico, que estava com cara de não querer estar ali, mas foi compassivo.

— Sim, vá tranquilo — respondeu.

— Prometo ser rápido. Sei que não faz diferença, mas não gostaria de deixar ele sozinho.

O médico acenou com a cabeça. Entendia.

Quando ligou para Selma, Inácio surpreendeu-se ao descobrir que ela estava acordada. Não foi obrigado a dar a notícia — ambos sabiam o que aquela chamada significava.

— Eu já sei — disse Selma, em tom de profecia, respondendo ao "oi" de Inácio.

A despedida de César seria o início de vários outros finais. Inácio tinha consciência de todos eles e de que, agora, não havia como impedir o ritmo do que estava por vir. Tudo mudaria, e ele e Selma, agora tão próximos, também andariam por caminhos separados. Logo, palavras eram desnecessárias. Recomendou que Selma comesse alguma coisa e não se surpreendeu quando ela disse que achava que não era uma boa ideia. Mas iria passar um café.

— Tudo o que quero fazer é dormir, mas sei que ainda não é a hora. Eu sei e o universo também parece saber. Acordei com os fogos da meia-noite e rolei na cama até agora. E há tanto o que fazer, eu só quero que isso acabe — disse Selma.

O anseio de Selma por um desfecho fez Inácio perceber que César virara história pregressa. Agora, tudo sobre ele — beleza, inteligência e influência — precisava ser conjugado no pretérito, em suas mais diversas formas: era cruel pensar que um dia diria que César foi seu melhor amigo, que tinha olhos lindos e era um dos responsáveis pelo êxito do rock nacional.

Inácio ao menos se sentia grato por não precisar dizer à mãe do melhor amigo "César está morto", embora essas três palavras continuassem a ecoar repetidamente em sua mente. De repente, sentiu-se tomado pela urgência de Selma: havia a necessidade de ganhar tempo, estava com pressa, queria agir rápido.

— Em quanto tempo você consegue chegar aqui? — questionou Inácio, de forma um tanto abrupta, quando Selma perguntou se ele ainda estava na chamada.

Ela respondeu que sairia de casa o quanto antes, assim que tomasse o café e encontrasse os sapatos que calçara na véspera. Chegaria tão logo o trânsito caótico do Ano-Novo permitisse — na verdade era melhor ir andando. De qualquer forma, todas as providências só poderiam ser tomadas pela manhã.

O enfermeiro que veio para transportar o corpo de César ao necrotério usava um avental de plástico grosso e luvas duplas. O vírus havia morrido com César, mas o medo continuava vivo. Inácio percebeu que parte do cabelo do amigo ficou no travesseiro e ficou tentado a guardar aqueles tufos, mas acabou esquecendo a ideia. Assistiu-o ser acondicionado com cuidado em um saco grosso, que foi fechado por um zíper resistente. César foi então empurrado para o subsolo em uma maca com rodinhas. Não seria necessário o reconhecimento oficial do corpo, o enfermeiro já trouxera um papel para que Inácio assinasse, a formalidade fora cumprida. Ele fora útil, cumprira uma função e estava satisfeito por ter livrado Selma dessa tarefa.

Ela demoraria mais de uma hora para chegar. Veio com a roupa que usara no dia anterior, a mesma com que dormira, e sem se pentear direito. Mas se lembrou de trazer os documentos de César. Caminhara pela orla, desviando de gente que, depois da euforia da festa de Ano-Novo, parecia meio desorientada sobre o que fazer a seguir. Inácio perguntou se ela queria ver César, adiantando que não era algo bonito, que na verdade sua aparência tinha ficado ainda mais assustadora depois da morte, e Selma decidiu que era melhor ficar com a lembrança do dia anterior como última recordação do filho. Só queria que tudo acabasse, que tudo fosse providenciado hoje, não amanhã, e perguntou se Inácio concordava. Selma deitou-se na cama ainda molhada com o suor de César e adormeceu. O cheiro que ainda emanava do travesseiro era, de um jeito inexplicável, reconfortante. Inácio não conseguiu pregar os olhos. Como uma coruja, só a observou.

Eram sete da manhã quando, com os documentos do hospital em mãos, eles decidiram se dividir para ganhar tempo. Selma iria até o cemitério São João Baptista, que não ficava tão longe agora que os táxis já circulavam. Ela resolveu usar o telefone público para não correr o risco de perder a viagem. Inácio observou a mãe do amigo perguntando para a funerária, impaciente, se poderia enterrar o filho ainda naquele mesmo dia. Deixou claro que tinha pressa, mas o funcionário falava pausadamente e muito baixo.

Percebeu que, na tentativa de agilizar a conversa, Selma começou a dizer sim a todas as propostas que ouvia.

O plantão do cartório só começaria às nove — Inácio precisaria ir até lá providenciar o atestado de óbito. Antes disso, frustrou-se porque, no primeiro dia do ano, a floricultura não informou se conseguiria entregar uma só coroa de enfeite, e o violonista provavelmente não compareceria. Selma comemorou o que, nesse contexto, soou como uma boa notícia: o cemitério estava aberto e havia um coveiro de plantão. Podiam marcar tudo para as dezesseis horas. César descansaria pela eternidade na rua 43, jazigo 18, que Roberto tanto havia insistido para que ficasse com ela na partilha do divórcio.

— Pensei que era algo supérfluo, mas acho que a gente entende a utilidade dessas coisas só quando precisa mesmo — comentou Selma, meio para Inácio, meio para si mesma.

Ela sugeriu, e Inácio concordou, que não havia tempo para fazer telefonemas para parentes e amigos, não aguentariam ouvir condolências. Nenhum dos dois suportaria os olhares consternados durante o curto funeral. Poderiam socar alguém que tentasse consolá-los com alguma frase feita. Não tolerariam clichês. Já sabiam que precisavam ser fortes, que César estava num lugar melhor, que descansara. Não ligariam nem para a família de Inácio nem para a de Selma. E também não tentariam mais perturbar as férias de Roberto, onde quer que ele estivesse.

Mas, para que o enterro pudesse acontecer, era necessário o atestado de óbito. Era plantão de início de ano, e Inácio percebeu que sua tragédia não era a única. Um homem não resistira a queimaduras de fogos de artifício, outro morrera atropelado, a adolescente não sobrevivera à primeira experiência com drogas pesadas. O velho que estava em coma havia anos resolvera desistir do mundo justamente no mais inconveniente dos momentos. Enquanto observava o desespero alheio, controlava-se para não voar em cima dos lerdos atendentes. Inácio lembrava-se de César em seus últimos momentos. Ele se tornara radioativo, as pintas de dálmata em seu corpo assustavam. Dava até para entender a expressão de alívio do enfermeiro ao fechar o zíper e escondê-lo para sempre. Tornara-se um esqueleto humano cujo suor exalava cheiro de carne fora de validade. Só amando muito para aguentar. Ainda havia sete senhas antes dele. Decidiu ir ao banheiro. Quando viu seu reflexo no espelho, deu-se conta da própria aparência: perdera peso, tinha olheiras profundas, seu cabelo estava enorme e desgrenhado.

Eram as olimpíadas do funeral. Tarefas a ser cumpridas, horas de espera para conseguir um carimbo, cheques voando em todas as direções. Selma e Inácio não se importavam. Ela já estava na capela de velório com seu menino acomodado no caixão — fechado — quando Inácio chegou balançando os documentos necessários para o enterro. Sentia-se com nove anos, voltando para casa depois de tirar um dez em uma prova, um bom rapaz que cumprira uma missão.

O dia estava úmido, quente e parcialmente nublado. Algumas pancadas de chuva caíram meio desanimadas, mas foram suficientes para molhar o chão do São João Baptista, deixando o lugar ainda mais triste. O velório não durou uma hora. O próprio plantonista da funerária ajudou a colocar o caixão sobre o carrinho de ferro que Inácio empurraria por metade do cemitério até o jazigo da família. Selma também segurava nas barras laterais, mais para se apoiar do que para ajudar o amigo do filho. Eram pouco mais de três da tarde quando os dois caminharam, em silêncio, em meio àquela competição mórbida pela lápide mais elaborada, sob o sol ardido que prenunciava mais chuva. O suor do calorão fazia as roupas usadas desde o dia anterior grudarem nos corpos de Selma e Inácio. Não se ouvia nada, nem os poucos carros que transitavam nas ruas laterais, eles circulavam no mais absoluto silêncio. De longe, Inácio sentiu um nó na garganta ao ver a terra removida para receber o corpo que até ontem havia sido César. À medida que se aproximavam, perceberam que as flores não haviam sido entregues e que o músico não havia conseguido comparecer, mas que o padre, que havia sido expressamente dispensado, estava lá.

Selma e Inácio se olharam, incrédulos. Nenhum dos três, os dois vivos e o morto, se lembrava da última vez que tinham entrado em uma igreja. Riram.

— O senhor está dispensado — disse Inácio para o padre.

O sacerdote olhou, espantado, para Mário, da funerária.

— Mas vocês não querem que ele diga algumas palavras enquanto baixamos o caixão? — perguntou Mário, sincero.

— Não — respondeu Selma. — Obrigada. Vá, por favor.

— Que Deus os abençoe — disse o padre, fazendo o sinal da cruz. E saiu.

Selma e Inácio permaneceram em pé, apoiados no carrinho de ferro agora vazio. Mário ajudou o coveiro a baixar o caixão com a ajuda de cordas. O processo pareceu levar um longo tempo. Todos fizeram o favor de calar-se, nada que se pudesse dizer agora teria serventia. Ficaram ali até o coveiro jogar a última pá de terra. Mário disse que precisava levar o carrinho de volta para a capela, então Selma e Inácio passaram-se a se apoiar um no outro. Foram andando até a rua equilibrando-se pelos paralelepípedos. Tomaram um táxi até o Leblon.

Tudo o que Inácio queria era que o mundo se calasse, e tinha certeza de que Selma desejava o mesmo. O apartamento parecia claro demais, e a primeira coisa que Inácio fez foi fechar todas as cortinas, irritando-se com os feixes de luz que insistiam em invadir as frestas. Obcecado, concentrou-se em puxar as cortinas de um lado para o outro, até que conseguiu eliminar toda a luz. Selma sentou-se em uma cadeira na cozinha e pôs um copo d'água diante de si, mas não bebeu. Estava paralisada, não reconhecia a própria casa. Todos aqueles objetos familiares, dispostos com tanto cuidado, não tinham mais significado. Inácio sabia que Selma tinha pílulas para dormir em algum lugar, mas ficou impressionado com o estoque da casa. Pensou em dar-lhe duas, mas dobrou a dose. Ela bem que poderia passar uns dias dormindo. Vasculhou o resto da casa e escondeu bem os frascos, não aguentaria que ela tirasse a própria vida, não correria esse risco agora. Sentiu-se seguro, mas depois lembrou-se de que havia deixado vários conjuntos de facas afiadas na cozinha. Além do mais, se Selma quisesse acabar com a própria vida, poderia se atirar da janela. A queda de catorze andares daria conta do trabalho. Selma foi dormir de roupa, não quis tomar banho. Tirou as sandálias de salto de cortiça e deitou-se. Pediu para Inácio ligar o ar-condicionado bem frio, escondeu-se sob os cobertores e fechou os olhos.

Inácio não tinha dinheiro para pegar um táxi, não sabia direito aonde ir. Vasculhou os bolsos e achou um passe de ônibus. Estava cansado demais para andar. No primeiro dia do ano, um grupo entrou no coletivo carregando pandeiro, cavaquinho e tantam — pelo jeito, não existiam mais lugares inapropriados para bater um pagode partido alto. Poderia matá-los, queria gritar, mas conteve-se. Irritado, saltou no ponto seguinte e passou a caminhar em direção ao Arpoador. Quando não se tem destino, o melhor é ir para casa. Notou que a praia ainda estava suja, Iemanjá devolvera a maioria dos presentes vagabundos que recebera na noite anterior. Os garis já haviam revirado a areia, mas tudo ainda fedia a perfume barato e mijo. Mesmo assim, tirou os calçados e arregaçou as calças, precisava colocar os pés na areia.

Enquanto sol e chuviscos brigavam, o Arpoador estava quase vazio. Era fim de tarde e batia um vento quente. O mar estava agitado. Inácio escalou cuidadosamente as pedras escorregadias, em um ato inexplicável de autopreservação. Momentos depois, ao chegar ao topo, fez algo que sempre tivera vontade: jogou-se das pedras direto no mar. Ao perder o medo de morrer, ganha-se coragem para tudo. Não nadou, não tentou boiar, entregou-se como uma oferenda atrasada. Queria virar uma pedra pequenina, perdida no fundo do mar. Mas o movimento das ondas bravas o jogou, em uma questão de segundos, de volta à praia. Ele pertencia à mesma categoria dos vidros de alfazema e palmas murchas. Iemanjá também o cuspira. Não era hora, César bem que avisara, antes de morrer de olhos abertos. Naquele meio do caminho entre lá e cá, ele reunira forças para proferir uma sentença. O tipo de verdade que só os moribundos são capazes de captar:

— Você vai morrer um homem velho. Muito velho.

Ao lembrar-se dessa verdade, e acreditar nela, Inácio sentiu-se cansado. Empanado em sal e areia, levantou-se, subiu com dificuldade a escada que levava ao passeio do Arpoador. Estava no fim de suas forças. Mas ninguém ali parecia notar seu estado de espírito, sua súplica por silêncio. Os carros faziam barulho, o homem forte grunhia ao exercitar-se à exaustão em uma barra fixa, os turistas se avolumavam sob as marquises, protegendo-se dos chuviscos e falando muito alto. Tudo girava. Não havia comido nada o dia todo, mas sentia ânsia de vômito, uma enxurrada emocional, ressaca de verão. Não aguentava mais, a única coisa que conseguiu fazer foi gritar. Um som gutural de pedido de ajuda, curvava-se para ganhar forças e tentar se comunicar. Uma, duas, três, quatro vezes. Ali, no meio da Zona Sul, um homem jovem urrava sozinho. No Rio de Janeiro, para afastar as pessoas, era só enviar um sinal de socorro. Começou a chorar, finalmente. Sua visão ficou turva, mas sentiu alguém se aproximar. Era um cheiro conhecido, um toque familiar.

Era Joel. Era seu pai.

Joel, embora mais baixo do que Inácio, envolveu-o como um urso. Os pais, de certa forma, sempre permanecem maiores do que os filhos. Aquele abraço preenchia lacunas e explicava muitas coisas. A mais importante delas: Joel não era Roberto. Inácio entendia que tinha um pai e percebia que nunca se dera conta do efeito que a ausência de um exercia sobre seu melhor amigo. Sentiu ainda mais por César e teve uma pontada de culpa por entregar-se àquele amor incondicional. No meio da rua, gritando, sujo e molhado, ele tinha um pai. Ainda soluçava, mas não havia mais motivo para medo. As lágrimas secavam. Estava a salvo. Pensou em soltar Joel, mas ainda não estava pronto para abandonar aquele lugar seguro. Pediu perdão a César. Queria ficar ali, naquele abraço só dele.

Selma

O gosto na boca de Selma era de sal. Tinha sede e sentia o próprio hálito vencido. Ela não sabia ainda, mas quase quarenta e oito horas haviam se passado, já era 3 de janeiro. A água que pingava do ar-condicionado formava uma poça no chão e, por um segundo, ela sentiu vontade de lambê-la. A luz entrava inclemente pelas pequenas frestas das cortinas; mesmo depois de tanto esforço, Inácio não as havia fechado completamente. Lembrou-se de Roberto, perguntou-se se ele havia ligado para saber do filho e concluiu que não — a luzinha da secretária eletrônica não piscava. Perdera o filho e o mundo ainda não sabia. Ou não se importava. Sentia as articulações tensas, as pernas formigavam e os dedos das mãos estavam adormecidos. Mexia a boca, mas quase não produzia mais saliva. Surpreendeu-se que ainda fosse capaz de se mover, que estivesse inteira. A verdade é que nada nunca muda, pensou.

O que poderia fazer? Iniciar o dia, fazer o café, preparar aulas para o próximo ano letivo? Pensar no que "tinha" de fazer, em tarefas triviais, de alguma forma a levou para uma sequência de memórias de César — um conjunto de bebê verde, azul e vermelho, que ela comprara ainda antes de ele nascer, um beijo que recebeu em um dia qualquer, antes que ele saísse, sorrisos, febre alta aos oito anos, susto da queda de bicicleta. Levantou-se rápido para interromper o fluxo de pensamentos sem razão. Qual utilidade tem isso agora? Essa era uma pergunta da qual ela se esforçaria para fugir.

Em algum momento do sono induzido por medicamentos que deviam ser proibidos pela vigilância sanitária, coisa boa e importada, sonhou novamente com águas escuras. Lembrou-se, de novo, das profecias de sua mãe sobre maus presságios. Talvez as águas fossem só um pouco sujas, como o mar de Copacabana, mas estavam agitadas. Novamente, interrompeu-se. Do que ainda podia ter medo? Se vivia para seus medos, Selma poderia despedir-se deles agora. Já acontecera, finalmente seu pavor tinha tomado forma. Sentada na cozinha, tomou sucessivos copos d'água, sentia-se seca, muito seca. Sua pele era estranhamente acariciada pelo tecido da camisola branca de seda que ela de alguma forma havia vestido — será que caminhara, sonâmbula, até o armário, em algum momento dos últimos dias? Deu de ombros, mais uma vez. Estava paralisada, não via nenhum caminho a seguir. Havia inventado a própria vida e, de alguma forma, precisava fazer algo mesmo quando tudo o que havia era o vazio. Riu de si mesma, um alento passageiro, no silêncio daquela cozinha tão arrumada e asséptica. Queria concentrar-se, encontrar um rumo. Achar um ponto focal, um momento de tranquilidade, para que seus lábios parassem de tremer e ela tivesse pelo menos a ilusão de estar no controle. Precisava planejar os passos com cuidado.

Os odores, de alguma forma, se esgueiraram pelos corredores e portas fechadas e chegaram até ela, de uma vez, sem que ela pudesse evitá-los. Quando chegasse o momento, poderia lidar com a coleção de discos, os livros de Salinger, diários, cadernos antigos de escola esquecidos no fundo das gavetas, mas não conseguiria aguentar aquela mistura de cheiros — de sabonete de bebê, de excitação, de euforia, de perfume Kouros, de doença. Esse asco repentino levou-a, ainda de camisola, a ajoelhar-se e colocar a cabeça dentro do gabinete sob a pia da cozinha. Buscou produtos de limpeza, mas o que ela tinha não lhe servia. Queria livrar-se dos odores, dessa mistura que de certa forma resumia César. Não podia suportar essa presença falsa. Desejava apenas o concreto — ele não existia mais. Sua salvação, a saída, pelo menos naquele dia, seria um galão de cinco litros de água sanitária — justamente o que ela não tinha na despensa. Talvez encontrasse um pouco de paz quando terminasse de esfregar os cantos impregnados ou talvez fosse uma grande perda de tempo porque nada é capaz de apagar memórias. E as dele estavam ali, em carne viva. Mas não conseguia pensar em algo melhor. Pelo menos era uma desculpa para se mover, sair do lugar: três quadras até o Sendas.

Penteou-se com cuidado, os cabelos ralos sempre lhe incomodaram, mas não hoje. A tintura havia se esvaído e as raízes estavam à mostra, mas isso parecia irrelevante. Olhava em volta e sentia que os objetos — vidros de perfume, loções, escovas de dente, alicates de unha — não tinham mais serventia. Amarrou o vestido do tipo envelope na cintura e as fivelas do sapato, sentindo os ossos das costelas e dos tornozelos saltados. A vista cansada mal reconhecia a própria imagem no espelho. Um instinto a fazia movimentar-se, seu corpo operava de forma independente, à sua revelia. Essa figura esquálida, que não se alimentava havia dias, seguia adiante. Uma alma morta que perambulava graças a terminações nervosas disparadas por espasmos espontâneos. Nessa sucessão de choques descontrolados, entrou no elevador carregando a sacola de feira. Os espelhos deixavam o elevador muito iluminado, mas o lobby estava na penumbra de sempre — e, no meio de tanta sombra, Rosalvo estava ali. Selma pensou que ele tinha o dom de observar sem vigiar. Sentiu-se grata por ele não pronunciar nem uma só palavra, por não tentar consolá-la. Como sempre, ele esmerou-se para abrir a porta do elevador e, depois, a da rua. Não fez cara de enterro nem sorriu. A constância do porteiro lhe deu, enfim, uma sensação de alívio. Selma dava passos cautelosos e manteve-se firme quando finalmente chegou à calçada. Não esquecera o caminho até o supermercado.

Perdera-se tanto em seus pensamentos que já eram quatro e meia da tarde. O tempo assumira um novo significado. Enquanto caminhava em direção ao Sendas, lembrava-se de César e sentia doer as entranhas, seu estômago vazio se revirava e o gosto de bile lhe vinha à boca. Era melhor não pensar no deus que havia afugentado o pai invejoso, no anjo abatido pela praga bíblica. Lembrou-se das chagas cobrindo o corpo de César e foi obrigada a deter-se por um segundo. Engoliu tudo o que estava sentindo e continuou firme, em câmera lenta. Deixou a rua barulhenta e embrenhou-se pelos corredores do supermercado. Ao sair, carregava água sanitária, sapólio, sabão em pedra e detergente como escudos — era tudo o que trazia em sua sacola. Julgava estar no comando, embora tudo lhe parecesse supérfluo e acreditasse que o mundo estava pronto para ser abandonado. Poderia jogar-se em frente ao primeiro ônibus que passasse, mas isso lhe pareceu, por alguma razão, uma ideia de mau gosto. Uma madame do Leblon dando cabo da própria vida, grande coisa. Não seria nem manchete de jornal, o Rio de Janeiro já tinha problemas demais. Então voltou para casa. Morta, mas ainda viva.

Encheu os baldes com uma mistura de água sanitária, sapólio e pinho e jogou sobre os azulejos da cozinha. As mãos frágeis esfregaram o quanto puderam, cada rejunte. Riu com as florezinhas marrons que decoravam o revestimento, jamais se dera conta de como eram datadas, pequenos fotogramas de um mundo que não existia mais. Sozinha, gargalhou graças aos azulejos que estavam ali havia quase três décadas, bem diante dela. Juntou todos os panos de chão que conseguiu encontrar e também algumas toalhas velhas e secou tudo o que havia lavado — tanto os pisos quanto as paredes. Os braços doíam do esforço. Observou a casa. Os odores de César tinham sido, por ora, neutralizados. Ainda assim, era necessário fazer mais alguma coisa. Levantou-se e abriu uma garrafa de vinho — não estava com vontade de beber, a ideia até lhe dava náusea, mas era uma atividade. Seguiria assim, de uma tarefa à outra. Serviu-se de uma quantidade generosa de bebida. Foi até a sala, esparramou-se no sofá. A taça, intocada, permaneceu sobre a mesa de centro, em meio a livros de arte nunca folheados e outros objetos pretensiosos.

Imóvel, esparramada na própria sala, Selma recostou a cabeça e encontrou alguns segundos de paz. Seu cérebro parou de girar em falso e procurar explicações. Ouvia as buzinas dos carros bem de longe, as vozes da rua cessavam aos poucos, e restou um silêncio reconfortante. Então sentiu uma pontada no ventre. Depois, nada. Respirou fundo, um susto. Acalmou-se aos poucos. Era só mais um passo em direção à loucura. Riu em tom de desafio. Estava ficando velha, dada a imaginar dores, talvez isso pudesse se converter em um novo hobby. Fechou os olhos e, enquanto tentava relaxar, sentiu a pontada novamente — a dor agora se espalhava por sua espinha. Foi mais aguda e também mais longa do que da primeira vez. Teve certeza de que gritou, ou pelo menos imaginou-se aos berros. Segurou-se nas almofadas e, no momento em que tudo cessou, suava e estava em pânico. Mas não tinha ilusões de que alguém viria resgatá-la. Se alguém fosse aparecer para oferecer ajuda, para livrá-la de suas dores, essa pessoa já teria chegado.

Ainda tentava recuperar o fôlego quando seu corpo — pescoço, ventre, costas, pernas, sola dos pés — se dobrou e ela foi obrigada a apoiar-se nos cotovelos. Sentia-se compelida a afastar as pernas

— uma delas foi plantada sobre a mesa de centro, fazendo a taça de vinho balançar, enquanto a outra permaneceu firme sobre o tapete. Dessa vez teve certeza de que soltou um som gutural que ecoaria pelo fosso do elevador e pela escada de incêndio. Seria impossível o mundo não escutá-la. Os espinhos que Selma tinha dentro de si não paravam de girar e de puni-la. Ouviu o som de algo caindo no chão e rolando pela sala — de repente, toda a dor foi embora. Sem explicações, sem analgésico, estava livre. Respirava sem dificuldades e começou a olhar em volta, com uma inexplicável tranquilidade para alguém que, momentos antes, sentia-se à beira da morte.

Tocou o próprio corpo e compreendeu que algo estava faltando. Dera à luz a própria dor.

Encarou-a, do outro lado da sala — ela ainda estava ali, mas agora era algo externo, tinha sido expelida de suas entranhas. Era disforme, gosmenta, malcheirosa e confusa, uma espécie de alienígena ou feto defeituoso. Nada tinha de belo, mas Selma não podia parar de olhar para aquela massa deformada do outro lado de sua sala no Leblon. O mundo voltara ao normal, ouvia e via tudo como todas as outras pessoas. O interfone não tocava, não levaria uma multa de condomínio pela confusão que causara. O turbilhão sempre esteve dentro dela. Levantou-se de uma só vez e pensou em beber todo aquele vinho em um único gole. Cogitou comer alguma coisa. Tudo o que lhe ocorria como o próximo passo a ser dado parecia inadequado. Então, decidiu dormir. Como tudo mais, dissecar aquela massa de dor que insistia em encará-la parecia apenas cansativo e inútil. Calçou os chinelos e sentiu os olhos cansados. Decidiu ir para o quarto. Descansaria. Amanhã sua dor ainda estaria ali. Lidaria com ela então.

Rosalvo

Dia de chuva é sempre igual. Passar o pano para os moradores não escorregarem no mármore no saguão, abrir a porta para os mais velhos fecharem o guarda-chuva, dizer para as crianças não correrem até o elevador para evitar braços quebrados e, principalmente, choradeira de filho de rico. Não era incomum um escorregão virar um escândalo, e claro que a culpa era sempre do porteiro desatento. A água caíra insistente desde a madrugada, mas, lá pelo meio da tarde, as coisas já tinham se acalmado. As crianças haviam voltado da escola, almoçado e partido para as aulas de inglês, piano e pintura. Ainda faltava pelo menos uma hora para acabar o expediente das babás e das empregadas. Rosalvo largava só às sete. Levantara-se novamente para passar o pano, assim adiantava o próprio serviço, e estendeu um tapete seco bem na entrada, na esperança de que alguém pelo menos tentasse enxugar os pés. Ligou a televisão portátil, as imagens em preto e branco, num volume baixo, mas só pegava dois canais — filme antigo e papo de mulher. Desligou. Abriu a gaveta e viu a Bíblia ali, fez menção de abrir o zíper para ler um pouco. Desistiu. Já ouvia demais sobre Jesus em casa, Elza dera para falar nisso ainda mais nos últimos tempos. Passou a vigiar novamente a entrada, para levantar-se rapidamente caso alguém chegasse. Precisava esperar o tempo passar. Nisso, tinha experiência.

Notou que alguém chamara o elevador de serviço e ficou tentando adivinhar em que andar ele pararia. Décimo primeiro. Descida rápida, sem escalas. Talvez uma das meninas tenha terminado o trabalho mais cedo. Rosalvo já estava a postos para abrir a porta — elas gostavam quando eram tratadas como moradoras. A porta deslizou para a direita e, antes que ela se abrisse, viu dona Paula, jovem e de poucas palavras, berrando desesperada com o filho no colo. Tinha cinco anos. Ao contrário das outras crianças, era um menino tranquilo que não torrava a paciência dos funcionários. Mas, dessa vez, ambos gritavam com toda a força que tinham nos pulmões. O garoto, de dor; a mãe, de desespero. O menino havia quase decepado o dedo. Rosalvo correu até a rua, enfrentando os chuviscos, e fez um táxi estacionar na calçada. Disse, calmo, para ela enrolar melhor a camiseta na mão dele, para estancar o sangue que pingava no chão. Colocou a moça dentro do táxi. Voltou, ainda mais cansado, para seu posto. Inspecionou o elevador. Chamou a faxineira. Pediu para que ela cuidasse da portaria enquanto ele trocava de camisa. Ao voltar, disse que era melhor limpar a sujeira logo. Senão o ladrilho poderia manchar e aí ia ser reclamação na certa. Ela aproveitou para dar uma geral no saguão. Em meia hora, era como se nada tivesse acontecido. Da porta para dentro, tudo limpo e asseado, como sempre.

No dia seguinte, Paula, segurando uma caixa, foi à portaria agradecer a Rosalvo. O dedo do filho ficaria bom, os médicos haviam feito um bom trabalho.

— Dez pontos! — exclamou, e seus olhos marejaram por um momento.

O garoto quase perdera o dedo ao brincar com uma faca de um conjunto que ela comprara recentemente. As melhores lâminas, a mãe que lhe recomendara a aquisição. Queria distância daqueles objetos agora. Mas jogá-los fora seria uma pena, o corte era mesmo muito bom e elas não haviam custado barato.

— O senhor gostaria de ficar com elas? — perguntou Paula, estendendo o pacote a Rosalvo.

Os moradores sempre ofereciam primeiro a Rosalvo as coisas que não queriam mais — mesa com quatro cadeiras, televisor sem controle remoto, aparelho três em um e até uma geladeira. As facas eram até café pequeno, mas Rosalvo reconheceu-as prontamente, tinham corte afiado e eram capazes de atravessar um peixe de tamanho considerável e de partir uma lata de alumínio ao meio. Era o tipo de coisa que ele geralmente repassaria às faxineiras, ao porteiro da noite ou ao folguista, que estavam abaixo dele na hierarquia do edifício, mas decidiu guardá-las. Agradeceu. Paula voltou para o 1101, aliviada. Rosalvo não levou as facas para casa, deixou-as guardadas no armário do quartinho em que trocava o uniforme e almoçava. Trancou seu compartimento com o cadeado. Antes disso, porém, retirara uma das facas da caixa e sentira de leve o corte potente. Se não tivesse dedos tão calejados, poderia ter se ferido. Viu a faca média, que vinha com uma capa de proteção de couro, e percebeu que ela tinha o tamanho ideal.

Decidir matar alguém é mais difícil do que, propriamente, matar. Rosalvo gostaria de saber se foi em uma segunda-feira, em uma sexta ou em um domingo. Não se lembrava do exato momento em que tomou a resolução, em que soube o que tinha de fazer. Quando se sabe, provas deixam de ser necessárias. Desistira de investigar, todas as suas tentativas esbarraram em becos sem saída — era fácil ser esquecido num lugar como a Rocinha, onde tinha tanta gente entrando e saindo. Mas ele não deixaria a filha, Eloá, ser mais uma vítima a desaparecer sem deixar vestígios.

O pastor Fábio Alberto confessou, em um de seus sermões, ser filho de bicheiro, mais um entre tantos. Isso, em si, não provava nada, mas Rosalvo, que já tinha sonhos de vingança, teve a senha que esperava para agir. Elza lhe contou, por acaso, em um almoço de domingo, o teor da pregação da noite anterior. Deixou escapar até uma ponta de mágoa por ele não ter dividido essa informação com ela, em privado, talvez o pastor lhe tivesse menos consideração do que imaginava. À medida que a esposa se tornava a fiel mais fervorosa da igreja de Fábio Alberto, Rosalvo resolvera guardar suas suspeitas para si — e, ocupada como estava, Elza deixara de perguntar sobre Eloá.

No entanto, foi graças à esposa que Rosalvo, que lutara durante esses anos todos para encontrar uma prova concreta, deu-se por satisfeito. Era suficiente. A partir daí, sua resolução não apenas solidificou-se, mas instalou-se em seus ossos, inquebrável. Agora ele andava mais ereto, era um homem com uma missão clara. Não voltou a procurar Margot, não incomodaria mais ninguém. A busca por aliados cessara. Sua missão era solitária e assim permaneceria.

A certeza do caminho lhe deu uma estranha sensação de paz. Rosalvo sempre soubera que a vida tem seu próprio ritmo, que as coisas acontecem no momento certo. A oportunidade para cumprir a promessa de vingar a filha se apresentaria. Não havia comprado uma arma nem dito nada a uma só alma. Eloá não existia para mais ninguém, e agora isso conspirava a seu favor. O mundo a esquecera. Guardar esse segredo, saber que o desfecho dependia só dele, lhe dava satisfação. Os dias de Fábio Alberto estavam contados. E Rosalvo havia vivido o bastante para não se importar com as consequências. Quando só uma missão conta, a ida ao trabalho, o ônibus cheio, as refeições em família, os grupos de oração de Elza, o uniforme passado para o dia seguinte, o esforço e a dor nos joelhos ao subir as ladeiras viram apenas um meio de atingir um objetivo maior. Elza queria ir para o céu, Rosalvo desejava sentir o sangue quente de um homem em suas mãos.

Como um urubu que dá voos rasantes sobre um animal agonizante, esperando os órgãos vitais de sua presa pararem, Rosalvo voltou a frequentar a igreja do pastor Fábio, que a cada semana parecia mais cheia. No ano seguinte, quem sabe, o bom homem se candidataria a vereador, para trazer um pouco de ordem à favela — ouvia os vizinhos comentarem. Elza estava entre as mais animadas com a possibilidade de ascensão política de seu guia espiritual. Era uma boa mulher, pensava Rosalvo. Aos sábados, vestia a calça bege e a camisa cinza que a esposa passava com cuidado e a acompanhava ao culto. A comunidade respirava aliviada. As ameaças ao pastor, certamente obra do tráfico, tinham cessado. Fábio dizia que estava sempre alerta, mas Rosalvo percebia que ele estava mais relaxado e tranquilo, sempre pronto para oferecer uma palavra de auxílio, em clima de campanha antecipada. Sentia-se triunfante, imbatível.

— Quem está com Deus de nada precisa ter medo — dizia a seus seguidores.

Rosalvo representava uma ameaça, afinal ambos sabiam o que ele tinha visto. Era o único a conhecer Fábio Alberto tão bem. Nenhum dos dois quebrara o pacto silencioso de manter uma distância segura. Quando Elza se queixava de que o marido não participava mais dos projetos da comunidade, o pastor contemporizava que ela deveria agradecer o fato de ter um homem trabalhador e decente ao seu lado. Cada um contribuía do jeito que podia, pelo menos agora ele estava vindo ao culto. Fábio fugia dos pedidos de uma de suas escudeiras mais fiéis para que aconselhasse Rosalvo. Também não queria que achassem que era do tipo de religioso que dizia como as pessoas devem viver — ficar apontando o dedo afastava o povo dos cultos, em vez de atrair. Até as críticas a quem se unia ao tráfico ele abrandara. Era preciso construir pontes, em vez de destruí-las. Rosalvo, por sua vez, evitava olhar diretamente nos olhos de Fábio Alberto. Só de vez em quando esquecia essa estratégia e o encarava. Invariavelmente o pastor desviava o rosto, buscando quase que desesperado algum outro ponto focal, gaguejando nem que fosse só por alguns segundos em sua retórica perfeita de homem de Deus e aspirante a político.

Esses eram momentos que Rosalvo saboreava, um prazer que experimentava ao rondar perigosamente a casa do inimigo. Mais do que isso, gostava muito de pensar que Fábio Alberto não fazia ideia de sua resolução, estava indefeso. Quanto mais alto subia no pedestal que havia construído para si, mais o pastor ficava exposto. Em algum ponto, de tanto frequentar os cultos, Rosalvo havia decorado os cânticos e virou craque também nas coreografias de louvor. Batia palmas na hora certa, mantinha os olhos baixos, orava e sentia a intervenção divina penetrando sua pele, assim como os outros convertidos. Porém, permanecia firme em sua missão. A ideia das cartas ameaçadoras agora lhe parecia tola, uma pequena satisfação sem consequência. A transcendência do homem, a realização de um projeto de vida, a vingança da morte da filha, cumpria uma função maior, quase religiosa.

Em um sábado, enquanto Elza preparava o almoço, Rosalvo decidiu que tomariam refrigerante mesmo sendo fim de mês — orgulhava-se de pagar a conta do bar todo dia 10, religiosamente. Tinha crédito para isso. Era setembro, mas já fazia um calor infernal. Foi ao quintalzinho, agarrou um casco e começou a descer as vielas sem muita pressa. Precisava usar uma das mãos para proteger as vistas do sol. Ouviu uma voz conhecida chamá-lo.

— Oi, seu Rosalvo — disse Margot.

Fazia algum tempo que Margot não dava as caras na Rocinha. Saíra sem dar aviso aos vizinhos. Havia pago o aluguel para o restante do mês e deixara até alguns móveis para trás. Rosalvo se perguntou se algo tinha acontecido com ela, mas não disse nada. Ela desculpou-se pelo sumiço. Disse que se tratava de um retorno rápido: certificara-se de que estava em segurança e voltara para apanhar algumas coisas que uma amiga havia guardado e também para entregar as últimas encomendas às antigas clientes. Explicou que, de repente, deixara de se sentir segura ali. Às vezes, a dúvida era pior do que a certeza e, em uma questão de dias, o pavor tomara conta.

— A verdade é que garotas como eu às vezes têm inimigos que nem imagina. Então, é melhor estar sempre pronta para mudar — disse.

Era uma questão de sobrevivência. De morro em morro, de bairro em bairro, sempre para um canto novo do Rio de Janeiro. Até que tinha durado bastante ali, tinha sido bom respirar tranquila por tantos anos. Já arranjara um quarto em outro lugar, estava fazendo nova freguesia com as revistas. Se quisesse sobreviver, precisava estar sempre a um passo de buscar a próxima parada. Precisava confiar no próprio instinto de proteção. Era essa sabedoria que havia esticado sua expectativa de vida.

Rosalvo e Margot despediram-se sabendo que as chances de que voltassem a se ver eram ínfimas.

— Vai com Deus, minha filha — disse Rosalvo, ironicamente um tanto influenciado pelo discurso dos cultos de Fábio Alberto.

— E o senhor fique com Ele, seu Rosalvo — respondeu Margot.

Então, ela subiu a escada, balançando as ancas. Rosalvo continuou a descer a ladeira — à medida que se aproximava de seu destino, a música da roda de samba ficava cada vez mais alta.

Surdos e pandeiros. Gente cantando. Sentou-se em uma mesa de marca de cerveja já enferrujada pelos anos. Ficou escutando a música, a letra falava de solidão. Margot era o último elo com Eloá, a única pessoa que havia visto sua filha viva que ele ainda conhecia, o que tornava a memória dela ainda mais tênue. Estava prestes a ser esquecida de vez. Não permitiria que desaparecesse por completo. Colocou o casco sobre a mesa e decidiu que, a partir de agora, precisava carregar o presente de dona Paula sempre consigo. Era necessário estar pronto para agir.

Ofereceram-lhe algo para tomar, o suor corria-lhe pelo rosto. Recusou a cerveja, mas aceitou o copo d'água. A partir de agora, era vital manter-se preparado.

Baby

Irene não ofereceu resistência. Anotou em um pedaço de papel o novo endereço de Inácio, na Lapa, era o apartamento em que ele agora vivia com Luiza. Baby sentia que Inácio era seu, talvez o único elo verdadeiro que ela tinha com o mundo. Ao voltar para o Rio, tão incapaz de fornecer explicações quanto na época em que havia fugido para São Paulo, queria tê-lo, precisava dele. Por um momento, bem curto, sentiu pena de Luiza, condoeu-se com o fato de ela ter permanecido, ficado ao lado de Inácio. Já Baby buscara independência, teimava em traçar um caminho próprio mesmo sem condições de colocar o projeto em prática. Os anos paulistanos foram recheados de estratégia, mas, inexperiente e tola, via-se sem coragem ou ânimo para agir. De volta ao Rio, sentia-se revigorada pela primeira vez em muito tempo. De tudo que queria reconquistar, Inácio estava no topo da lista.

Irene, que Baby sempre achara uma pessoa estranha, uma figura ao mesmo tempo ansiosa para agradar e difícil de se ler, mostrou-se uma aliada fiel. De repente, as duas se tornaram cúmplices. Ao ser informada de suas intenções, Irene a incentivou — talvez quisesse ver Baby quebrar a cara, ser rejeitada. Mas logo esclareceu que não, sabia que certas pessoas têm uma clara paixão em seu destino — e ela, infelizmente, não era uma delas. Se tivesse chance de ficar com o homem pelo qual era apaixonada, ignoraria todos os obstáculos. Explicou que lhe restava apenas intervir para que a história do irmão se concretizasse.

— O Inácio não ama a Luiza, essa é a verdade. E no fundo ela sabe disso — disse Irene, sorrindo, entregando o papel com o paradeiro do irmão à ex-colega do curso de arquitetura da UFRJ.

Baby, assim como Irene fizera anos antes com Bernardo, rodeou o edifício de apartamentos antigos do centro da cidade várias vezes, sem saber o que fazer. Ao contrário dela, que apenas observara o objeto de sua afeição de longe, reuniu forças para empurrar a pesada porta de entrada que um morador havia deixado entreaberta e começou a subir a escada — o prédio era baixo, desses de quatro andares, e ela imaginou se, da janela de Inácio e Luiza, seria possível ver os Arcos da Lapa. Ensaiou diferentes discursos na viagem de ônibus desde o Arpoador, mas, agora, parecia incapaz de resumir por que fora embora e tinha consciência de que também não conseguiria explicar a contento a razão de seu retorno. Mas, a cada passo, crescia nela a certeza de que Inácio era seu por direito. Luiza sempre fora tão boa, tão prestativa, tão previsível, pensou Baby. E ela tinha coisas demais: uma mãe bacana, pai vivo, dois irmãos mais novos saudáveis, tinha se formado em jornalismo e arranjara um bom emprego como relações públicas de uma multinacional. Era tudo o que Baby deixara para trás, perdera ou jamais possuíra. Sentia que tinha grandes chances de êxito na tentativa de reaver Inácio, de retomar ao menos esse terreno.

Resoluta, bateu à porta. Desejou que se deparasse com Inácio, e não com a rival. Foi atendida. A expressão de Inácio lhe pareceu doce, mas se endureceu tão rapidamente que Baby se perguntou se não havia imaginado um afeto que já tinha se esvaído. Não foi convidada a entrar. Ficou no corredor, de cabeça baixa, tentando achar, sem sucesso, uma forma de articular o próprio sumiço. Inácio manteve uma das mãos cerrada em punho, apoiada no batente da porta, enquanto a outra posicionou-se firme na maçaneta. Ela se perguntou se os joelhos dele também tremiam com o reencontro e foi tomada por uma enxurrada de sentimentos: ternura, desejo, posse. Impressionou-se com como ele havia ficado parecido com o pai e, ao mesmo tempo, muito mais bonito do que ele. Uma versão revista e remasterizada de um disco antigo, só com hits. Lembrou-se de que Joel sempre o ensinara que era preciso fazer o certo, em vez do que dava prazer. Era o que diferenciava garotos de adultos. A cada informação que despejava — pedindo desculpas, dizendo que ele era a primeira pessoa que procurava e que voltara para ficar —, Baby buscava algum sinal de que o homem que amava deixaria tudo para ficar com ela. Queria entrar, beijá-lo, tocar o corpo dele.

A essa altura, Luiza já havia vindo até a sala para saber quem era a visita inesperada. Sua atenção voltou-se para a concorrente. Notou surpresa, frustração e um pouco de raiva na expressão da namorada de Inácio e imaginou-se por um segundo no lugar dela. Mas não podia recuar. Tomou um momento para observar o apartamento espartano, quase sem móveis. Todas as palavras que dizia pareciam ecoar naquele vazio. Baixou a voz, com medo de que aquelas confissões meio confusas e aquele amor professado de forma desajeitada acabassem carregados pelo vento e ouvidos pelas pessoas que passavam pela rua. Começou a sentir-se fraca. Talvez tivesse deixado muito tempo passar, e Irene era uma louca que pensava na vida como um romance barato, desses impressos em papel jornal, que a gente compra em banca de revista. Amaldiçoou a decisão de embarcar nos delírios dela.

A cada monossílabo ou frase truncada de Inácio, o ímpeto de Baby diminuía. Sentiu-se tão mal que pediu desculpas. Pensou em sair correndo, mas conteve-se.

— Não tem do que se desculpar — disse Inácio, tão baixo quanto possível.

Ele continuou, aparentemente calmo:

— Tem razão, eu não sei. — Foi o que respondeu quando ela disse que era impossível para ele imaginar como era a vida para uma mulher, como fora difícil livrar-se da mãe, do ex-noivo, recomeçar em um lugar novo.

— A gente tem de arrumar o apartamento, acabamos de nos mudar — devolveu, tentando encerrar a conversa.

Então Baby segurou a porta com a mão. Ela percebeu os olhos de Luiza se arregalando, viu o pânico na expressão dela. Ganhou uma derradeira injeção de força e segurança. Pensou que, se fosse honesta consigo mesma, Luiza admitiria a derrota. Mas Inácio pôs fim àquela agonia: fechou a porta na cara dela.

— Foi por você, eu fiz tudo por você — disse Baby, antes de se ver trancada do lado de fora, no corredor.

Concluiu que não tinha exatamente certeza do que dizia, mas havia ido para a batalha e precisava lutar com todas as armas, mesmo se fossem mentiras.

Enquanto tomava fôlego para descer a escada, Baby dava o braço a torcer em pelo menos um aspecto: acreditava que Luiza era uma boa namorada. Racionalmente, oferecia tudo o que um homem poderia querer em uma mulher. Permanecera ao lado dele, suportando a dedicação de Inácio por César e, depois da morte dele, a preocupação constante com Selma. Enfrentara, firme, anos de dificuldades. E, quando ele anunciou que deixaria a casa dos pais, no Arpoador, e se instalaria na Lapa, Luiza, a menina criada em uma luxuosa redoma de vidro, em apartamento com vista para a Lagoa, submeteu-se a iniciar uma nova vida naquele canto meio esquecido da cidade. Tudo para ficar com o namorado.

Em seus devaneios, enquanto tentava achar o ponto de ônibus para sair daquele lugar, Baby se perguntava se ela representava um sonho do qual Inácio havia aberto mão em nome de uma opção mais real, mais palpável. Luiza parecia mesmo a escolha certa — em teoria, era perfeita. A ela, depois da derrota, cabia o quartinho da pensão feminina que agora ocupava e o emprego na Dante de Ipanema, a mesma loja onde havia vendido seu anel de noivado para fugir de Otávio e Norma. Apesar de seu desinteresse pelo trabalho, revelara-se uma boa vendedora e ganhava relativamente bem. Para se proteger dos engraçadinhos, usava aliança na mão esquerda e sempre citava seu marido inventado, que se chamava Inácio — mesmo assim, não era raro ter de se desviar de comentários inadequados. Começaria uma nova fase na filial de Ipanema na segunda-feira. No momento, era a boia de salvação de sua existência.

Conseguira dormir só às quatro da manhã, naquele quarto apertado. Antes das sete, porém, foi acordada pela dona do pensionato, em tom de reprovação. Um homem estava ali para vê-la. Era Inácio, que usara a madrugada para descobrir seu paradeiro. Não havia mais dúvida: o sentimento, antes disfarçado, agora estava escrito na cara dele. Inácio a beijou, apesar de homens sequer serem permitidos ali. Ele disse que, desde o momento em que ela deixara o apartamento, só pensava em correr atrás dela. Parecia que seu corpo inteiro imploderia se não fizesse isso. Baby acreditava no sentimento, sabia que Inácio a amava, mas ele acabou confessando que fora Luiza que desaparecera no meio da noite, abrindo a porta para que transformasse seus anseios em ação. No fim das contas, a decisão coubera a ela. Baby imaginou-a insone, estudando a expressão séria de Inácio enquanto ele dormia, tocando seu nariz e seu pomo de adão saliente. Quase pôde vê-la saindo na ponta dos pés, com os sapatos nas mãos, tomando cuidado para não fazer barulho ao fechar a porta do apartamento. Perguntou-se se ela havia saído antes ou durante a tempestade que caíra na madrugada, se ligara ou não para a mãe em busca de empatia e conforto.

Baby concluiu que Luiza teve de fazer uma escolha — e o comportamento condizia com sua sensatez. Tinha duas opções: aceitar ter Inácio apenas fisicamente, agora que uma visita inesperada tinha escancarado o que ele realmente desejava, ou decidir buscar mais do que sobras. Imaginou Luiza quase desistindo de deixar Inácio seguir em frente, mas ela era inteligente o bastante para saber que o máximo que ele poderia lhe oferecer era a ilusão de felicidade. Há mesmo abismos entre o amor e o afeto.

Ao sair de cena, abrindo espaço para Inácio correr em outra direção, Baby admitia que Luiza lhe oferecera a vitória, em vez de ser derrotada. Ela podia aceitar isso, pois o tempo fora do Rio havia servido ao menos ao propósito de ensiná-la que até mesmo as maiores conquistas são ilusórias. Estava disposta a fazer uma concessão. Admitia que o sabor da vitória de ter Inácio para si vinha carregado também de uma realidade cristalina: entre as duas, Luiza era a melhor mulher.

capítulo 9
encontros
(1988)

Selma

Caminhadas de fim de tarde na praia, idas ao supermercado, trânsito congestionado, listas de afazeres, recados na secretária eletrônica e cartões de aniversário. A vida está sempre programada para seguir adiante, não importa o que aconteça. Engrenagens que se unem, separam-se e se movem. A alternativa ao fim é ser empurrado para a frente. Dias se transformam em semanas, meses e, antes que Selma tenha se dado conta, mais de um ano havia se passado. A casa ainda cheirava a lustra-móveis. As ruas continuavam cheias e malcuidadas. As correções das provas estavam em dia, nunca fora de deixar trabalho acumular. Os livros seguiam dispostos na cabeceira da cama. Pequenos papéis coloridos marcando as partes mais relevantes das pesquisas. Uma taça de vinho branco no fim do dia. Uma série de não atividades que se convertem em atividades. Sentia a dor à espreita, estava perto e era definitiva, mas não vivia mais dentro dela. Aprendera a controlar o medo. Ter cuidado deixara de ser a coisa mais importante. Sempre nadara bem, mas tinha medo do oceano — agora, enfrentava as ondas três vezes por semana. Bem que poderia ser levada por elas, à sua revelia, mas jamais perdeu o controle. Seus braços e pernas seguiam firmes. Usava uma touca de natação cuja estampa copiava as calçadas de Copacabana — insistia em cuidar dos cabelos, embora, no fundo, isso não tivesse mais a menor importância. Tingia os fios brancos e pintava as unhas. Rituais para que sua existência não se perdesse no tempo. Quando a vida varre tudo o que é relevante, a única alternativa é se agarrar ao trivial. Era o que a maior parte das pessoas fazia: seguir vivendo. Selma, agora, sentia-se a mais comum mulher do Leblon. Ser só mais uma, nada de especial, trazia certo equilíbrio.

Os pequenos rituais se tornaram parte tão integral de Selma que qualquer interrupção em sua programação lhe causava irritação. Não gostava que falassem com ela em sua pausa para o café entre as aulas na universidade. Quando o telefone da casa tocava — o que acontecia cada vez menos —, ela costumava deixar que a secretária eletrônica atendesse. À exceção das ligações de Inácio, que ainda eram uma bem-vinda fonte de alegria, o que o resto do mundo tinha a dizer soava banal. Tanto que, não raramente, ela apagava as mensagens sem escutá-las até o fim. Dessa vez, o toque a interrompeu justamente no momento que mais gostava de sua organizada agenda: o som do vinho gelado preenchendo a taça, sempre por volta das oito e meia. Era uma tolice que lhe fazia sorrir. Como ainda estava em pé, alcançou o telefone antes que a campainha soasse uma segunda vez. Era para César — algumas vezes, desde que o filho morrera, atendera desavisados querendo falar com o morto. Ela contava a verdade, mas, dessa vez, não reconheceu a voz da mulher do outro lado da linha. Percebeu um farfalhar de repartição pública atrás dela, um agito. A mulher soava tão cansada quanto Selma. Apenas disse que César não estava, o que não deixava de ser verdade.

— Quer deixar recado? — disse Selma.

Por impulso, decidiu fingir que o filho ainda estava vivo.

— É do hospital Miguel Couto — disse a voz do outro lado do telefone. — Qual sua relação com ele?

— Sou a mãe dele. Pode deixar o recado comigo — respondeu.

— Temos um paciente, Henrique Pereira, que tem apenas seu filho como contato em caso de emergência. Na realidade, o estado dele é terminal. Ele tem chamado César pelo nome. Não conseguimos localizar parentes.

— Ele está fora do Rio — mentiu Selma. — Mas eu poderia ir até aí, se puder ser de alguma ajuda.

Estava curiosa, mas não demonstrou ansiedade. Tinha ficado boa nisso, adquirira uma aparência difícil de se ler. Selma manteve-se firme, focada, não se deixou tomar por sentimentalismos. Pela primeira vez em tanto tempo, algo excitante parecia acontecer. Anotou com cuidado o número do quarto, o nome completo do paciente e, por fim, o da enfermeira do outro lado da linha, Fátima. Nunca tivera uma conversa com César sobre Henrique, não se lembrava de tê-lo visto, embora o nome fosse vagamente familiar. E não imaginava como o filho, àquela altura, poderia ser o único contato de alguém à beira da morte.

No hospital, descobriu que Henrique havia chegado sozinho dez dias antes, magro e ardendo em febre. Confiou os dólares que tinha guardados na mochila a Fátima, não tinha outra escolha. Era bastante dinheiro, dava para pagar vários dias de internação em um quarto particular. Sabia que ia morrer logo, achava que seu fim viria antes de o pagamento acabar, mas mantivera-se firme, perguntando por César todas as vezes que recobrava a consciência. O dinheiro acabou se esvaindo. Fora transferido para uma enfermaria da rede pública. Não fazia muita diferença, pois não havia saída. Essa doença era implacável, todo o corpo médico se sentia impotente. A enfermeira tentou prepará-la, dizendo que o estado dele era grave, mas a essa altura Selma já não se impressionava facilmente. Já havia visto aquela cena antes: manchas na pele, sudorese, febre. Ao chegar ao quarto, olhou para Henrique com compaixão, sem temer o destino inevitável que ele teria. Debruçou-se sobre ele e beijou-lhe os lábios, os mesmos que César havia um dia beijado. Depois tocou-lhe a testa, como fizera tantas vezes com o filho, na saúde e na doença. Sentou-se, segurou a mão de Henrique e esperou.

Já era madrugada quando ele acordou, confuso com aquela presença ao lado dele. Pronunciou o nome de César, o que fez bem a Selma. Nos últimos tempos, ela às vezes tinha a impressão de que ele não existira, fora ilusão, sonho passageiro. Ouvir Henrique chamando-o fazia sua maternidade se tornar novamente concreta.

— Calma, calma — disse Selma. — O César pediu que eu viesse.

— César? — perguntou Henrique, ainda desorientado.

— Sim. Eu sou a mãe dele. Ele me mandou aqui.

— Mãe do César? — perguntou Henrique, sem fôlego.

— Sim, ele não pôde vir, mas fez questão de me mandar.

Henrique olhou para Selma, espantado, resumia-se quase que totalmente àqueles olhos negros ao mesmo tempo ternos e ameaçadores. Selma pensou que deveria ter sido um homem imponente, a estrutura forte de alguma forma ainda permanecia ali. Lembrou-se do recado de um chamador anônimo que anos antes anotara para o filho — tinha quase certeza de que enfim desvendara a charada. Seus pensamentos foram interrompidos pelo moribundo.

— E ele está bem? — perguntou Henrique, ansioso pela resposta.

— Sim, está bem. Agora está muito bem, na realidade.

Um suspiro de alívio. A expressão de Henrique de repente mudou. Era o que ele esperava ouvir. Parecia impossível, mas aceitava aquilo como verdade.

— Fazendo música? — perguntou Henrique.

Selma não conseguiu dizer nada, não queria demonstrar fraqueza nem se contradizer. Assentiu com um sorriso. Tomou fôlego, calculou o que diria em seguida.

— Agora descanse — recomendou Selma. — Pode descansar.

Ele fechou os olhos. Respirou fundo. Voltou a dormir. Selma arrumou os cabelos dele. E segurou sua mão por um longo período. A enfermeira da noite entrou no quarto, com um copo d'água para Selma.

— A senhora é parente dele? — perguntou.

— Sim, sou — respondeu Selma.

Selma continuou na mesma posição. Permaneceu ali, quase imóvel, até a mão de Henrique esfriar. Levantou-se e, em voz baixa, chamou por Fátima, que já havia iniciado um novo plantão. Explicou, com calma, que cuidaria de todos os detalhes do enterro. Disse que tinha um jazigo de família no Cemitério São João Baptista, que Henrique seria enterrado lá. Fez todos os arranjos com a funerária, comprou a única coroa de flores. Enterrou Henrique junto com César, em uma cerimônia igualmente sem velório. Não havia mais ninguém, além dela própria, esperando por uma vaga naquele cemitério. Pensou em chamar Inácio, em pedir ajuda, mas deteve-se — daria conta de tudo, a essa altura acreditava ser capaz de fazer qualquer coisa. Ao dizer a Henrique que César estava bem, fazendo música, lograra o impossível: reescrevera a história do filho. Pelo menos para uma só pessoa, por um único momento.

Semanas mais tarde, Selma decidiu almoçar no Jockey Clube. Era um dos programas sociais que, nos últimos anos, ela se esquecera de que um dia haviam feito parte de seu cotidiano. Mas uma amiga a convidou, e ela vinha tentando sair do apartamento, justamente porque tinha cada vez menos vontade de ir à rua. Entrar no salão foi como voltar no tempo. Percebeu as mesas postas com esmero e a banda que tocava clássicos dos anos 1950 e 1960. Homens passando calor em seus ternos e mulheres em vestidos antiquados. Selma traçara tantos cenários para o dia em que reencontrasse Roberto — e fazia sentido que acontecesse em um local que remetia ao passado. Não sabia como a possibilidade de encontrá-lo no Jockey, seu habitat natural, não lhe ocorrera. Olhou na direção dele e pensou: como resumir o que se passou em mais de oito anos? O fato é que ele desistira e ela, permanecera. Roberto não pôde aguentar a destruição dos planos, a reversão das expectativas. Era fraco e, em retrospecto, sempre havia sido.

No primeiro sinal de adversidade, foi procurar o ideal, o que sonhara, o que planejara. Mulher que não trabalhasse, dois filhos loiros de outro homem. Segurança era a palavra-chave. Ao cruzar aquela mesa no restaurante e ver os enteados dele já adolescentes, não pôde deixar de achar que ele parecia um intruso naquele grupo. Trocara a experiência dos seus pela mentira de outra vida. O Leblon pela Barra da Tijuca. O filho real por postiços. A mulher que o amara desde os dezesseis anos por outra, genérica. Ao analisar o ex-marido com cuidado, soube que Roberto não a havia deixado. Fugira de César, tão rápido quanto pôde. Nenhuma comunicação, a não ser os documentos judiciais, os depósitos mensais da pensão em conta-corrente, sempre em dia. Talvez ele tenha previsto o sofrimento, tenha antevisto o que

Selma não tivera capacidade de adivinhar. Ela passara por tudo, e sobrevivera. Ganhara e perdera.

Todos estão em contagem regressiva para a morte — César deveria ter uns treze anos quando disse isso a Selma, talvez tenha ouvido isso em algum de seus discos. A única diferença é que, no caso de César, os ponteiros estavam acelerados, era necessário correr muito, sugar o mundo todo de uma vez. Como nas tragédias gregas, ele morrera de amor. No fim, porém, os minutos passavam devagar. Falta de ar e feridas. Febre e delírio. Pele e osso. Dores e vômitos. Já quis tanto descrever o próprio sofrimento, jogá-lo na cara de Roberto, gritar com ele, nem que fosse só para chocar seus amigos.

Em vez de bater em retirada, como Roberto, ela caíra lutando. Selma entendia que o sofrimento, os reveses e o impensável tinham lhe dado uma profundidade que antes não possuía. Os olhos ganharam mistério, mostrava as rugas com orgulho. Elas validavam sua história. Roberto estava um pouco mais gordo — de resto, não havia mudado muito. Ela pôde ver em seu rosto que, ao construir outra vida para si, o ex-marido não havia aprendido nada. Ela pensou em enfrentá-lo, em dizer o que estava óbvio: que não pertencia àquela família, aqueles jamais seriam seus filhos. O filho dele estava enterrado no cemitério do Botafogo, ao lado de um desconhecido. Ele poderia fugir para o outro lado do planeta que nada mudaria essa realidade.

Selma pensou em dizer-lhe isso, na frente de todos aqueles distintos membros da sociedade carioca, para humilhá-lo. Agora, no entanto, essa ideia parecia absurda, sem função. A vida é muito rica, e dura demais, para que Roberto seja capaz de suportá-la sem criar a própria redoma de proteção. A amiga de Selma a esperava para o almoço. Mesmo assim, deteve-se por mais alguns segundos, tentando chegar a uma conclusão, decifrar o enigma. A resposta era simples. Roberto agora fazia parte de um passado distante que tinha caído na irrelevância. Fora testada e superara todas as fases. Havia uma diferença entre os dois: ele ainda era o mesmo e ela, outra. Cabiam tantas palavras no espaço do que nunca havia dito a Roberto, mas pronunciá-las seria inútil. Isso exigiria que ele fosse capaz de ver o mundo exatamente do jeito que ele é: podre e lindo ao mesmo tempo, complicado e ambíguo, surpreendente e indecifrável. Naqueles momentos em que olhou para ele, buscou uma conexão que fosse. Percebeu que entendê-lo estava além de sua capacidade. E aceitou. Virou as costas, cumprimentou a amiga com um beijo no rosto. Sentou-se à mesa e pediu uma taça de vinho ao garçom.

Um terceiro encontro, no entanto, ainda estava reservado para Selma antes que o ano terminasse. No fim de uma tarde especialmente quente, Adriano a esperava no estacionamento dos professores. Comunicou-lhe que o casamento havia acabado, por excesso de companheirismo e falta de amor. Então estava ali, para admitir que havia errado e que deveria ter ficado ao lado dela esse tempo todo. Ele era quase uma década mais jovem, poderia ir atrás de uma mulher que pudesse lhe dar filhos, cuidar dele quando estivesse velho, seria mais fácil apresentar uma moça para a família — Selma poderia inventar todas essas desculpas para fugir daquela situação, enumerar dificuldades, pensar nos obstáculos. Mas escolheu não fazê-lo. Algo bom estava acontecendo e ela havia mudado o suficiente para não enumerar razões para ter medo ou fugir. Antes que ele pudesse continuar a se explicar ou tentar justificar os dois anos de seu fracassado casamento, Selma apontou o chaveiro do alarme em direção a seu carro — o som de dois apitos seguidos destravou as portas e ecoou pelo campus.

Ela disse uma só palavra.

— Entra.

Baby

Onde, afinal, ela tinha estado todo esse tempo?

Irene não deixaria Baby fugir da pergunta dessa vez. A irmã de Inácio, que àquela altura já estava terminando o mestrado na UFRJ, havia se aproximado dela nos últimos meses, incentivando seu retorno às aulas do segundo ano de arquitetura, mesmo que só pudesse acumular créditos na medida que o trabalho na joalheria permitisse. O problema era que Baby não tinha uma resposta satisfatória para explicar os anos longe do Rio. Provavelmente Irene esperava um relato de experiências únicas e profundas. Para encerrar o assunto, achou que o jeito mais curto de justificar sua ausência era afirmar que tinha ido trabalhar em São Paulo. A realidade, porém, é que decidira sair de cena porque era mais fácil. Em vez de enfrentar a mãe, fugira. Não tinha conseguido começar uma nova vida, embora tivesse sobrevivido. Fingia-se de defensora dos valores tradicionais, sempre de salto alto e cabelos bem presos em um coque, para vender diamantes. Dizia aos clientes que as mulheres gostavam de acreditar que o homem com o qual se casariam era bem-sucedido. A joia representava mais uma promessa do que realidade. O anel era um símbolo do que estava por vir. Vivia de vender justamente o pesadelo do qual fugira. Empenhara-se tanto em distanciar-se da mãe, em não deixar Norma decidir seu destino, em não ser tocada pelas odiosas mãos de Otávio, mas não se considerava capaz de decidir qual rumo seguir a partir dali, com todas as possibilidades à sua frente. Mesmo depois de recuperar Inácio, ainda sentia viver no piloto automático, como uma expectadora passiva da própria existência.

Ao bater à porta de Inácio, Baby esperava, de certa forma, que ele respondesse a todas as perguntas que flutuavam na cabeça dela. Mas aceitou a impossibilidade de que outra pessoa solucionasse o mistério que se revirava dentro dela. Por que tinha ficado fora tanto tempo? O que havia conseguido em São Paulo? Por que não mandou notícias, ao menos? A partir dessas respostas, a vida conjunta com Inácio poderia, enfim, começar. Fantasiou em seguir todas as decisões que o namorado tomasse — assim, todo o esforço, a solidão e os dólares escondidos atrás do registro da cozinha do cubículo em que morava em São Paulo poderiam ser esquecidos. Mas Baby sabia que não era tão simples: se apenas trocasse o conforto material de Otávio pelo emocional de Inácio, qual seria seu aprendizado? Quando o amado fechou a porta do apartamento em sua cara, Baby sentiu uma espécie de gratidão. Ao tentar achar qual caminho seguir na Lapa, onde tomar um ônibus, viu-se obrigada a ganhar o controle do próprio destino. Era uma chance para refletir e achar uma forma de seguir adiante, um caminho só seu. Então Inácio veio atrás dela, e os planos de independência foram novamente descartados.

Estava tão acostumada a esconder-se que passou, conscientemente, diversos meses evitando Copacabana, apesar de observar o bairro da janela do ônibus todos os dias para ir ao trabalho. Saltava do coletivo quase em frente à loja, andava bem rápido por meia quadra na avenida mais famosa de Ipanema, desejando mesclar-se à multidão e passar despercebida. Quase convencera-se de que era invisível, pois jamais cruzara com algum conhecido na Visconde de Pirajá. Se quisesse sair dessa situação, concluiu que precisava começar pelo mais difícil. Não tinha certeza se Norma ainda morava no mesmo lugar, se havia sido obrigada a vender o apartamento, se tinha arranjado um emprego, se afogara-se em uma poça infinita de mágoas. Para preparar-se, Baby tomou coragem e passou a rodear a própria infância. Circulava, tentando ser descoberta — novamente, estranhou não encontrar nenhum dos antigos vizinhos. Ninguém a abordou. Será que os outros tinham mudado ou ela que se tornara outra, adquirira nova fisionomia? Levou semanas para tomar coragem de falar com o porteiro. Perguntou se o seu Adeildo ainda era o zelador. O funcionário mais antigo do edifício Santa Marcelina logo apareceu e abriu um sorriso ao vê-la.

— Quanto tempo, menina! Vai voltar pro Rio, dona Eunice? Tava no estrangeiro, né? — perguntou o zelador, curioso.

— Faz um tempinho que já estou morando aqui de volta — disse Baby, calculando que Norma provavelmente inventara uma mentira sobre seu paradeiro.

— Passou para visitar sua mãe?

— Sim, claro.

— Ela é filha da dona Norma, Zico — disse Adeildo, informando o porteiro novato. — Pode mandar ela subir sem anunciar, ouviu? Ela é de casa.

O funcionário tentou justificar que o rapaz era novo, não teria como reconhecê-la.

— Tudo bem, imagina, segurança em primeiro lugar — desconversou Baby.

— Verdade, tá muito perigoso aqui, viu? Mas não quero te segurar aqui, a sua mãe deve estar esperando.

— É, está — respondeu Baby, meio sem jeito.

O zelador se precipitou, gentil, e foi abrir a porta do elevador para que ela subisse.

Ela titubeou por um segundo, e recusou a oferta. Eram apenas dois andares, iria pela escada. Precisava de tempo, mesmo que fossem só dois minutos, para reconstruir a narrativa dos últimos anos. Não tinha se preparado para que tudo fosse tão fácil. O apartamento ainda estava ali, assim como Norma. Deveria ter imaginado que ela se agarraria àquele imóvel com todas as forças — era seu troféu, a prova de que conseguira deixar a Zona Norte para trás, de que era melhor do que todas as amigas de infância. Baby estava de mãos vazias, só a bolsa com o dinheiro do dia e calçava seus sapatos confortáveis de caminhada — todas as meninas da joalheria só usavam saltos da porta para dentro. Pensou se deveria ter trazido um pedaço de bolo ou um buquê de flores, mas acabou concluindo que não fazia diferença. A cabeça de Baby ainda girava em círculos, tentando encontrar um tópico para iniciar uma conversa, sem sucesso.

Só havia duas portas no corredor de iluminação pouco lisonjeira. Baby desejou ser uma participante daqueles programas de televisão em que o convidado tem de escolher uma das portas para ganhar um prêmio. Quis eleger o apartamento do vizinho e se imaginou ganhando o direito de viver eternamente na casa dele. Apesar de saber que os anos de limbo tinham sido melhor opção do que se casar com Otávio, sentia-se culpada por ter deixado Norma. Não poderia tê-la convencido racionalmente de que estava certa, ter buscado uma solução melhor? De repente, tocou a campainha com toda a força, como se cobrasse uma dívida. Insistiu. Não fazia mais sentido esperar. Norma abriu. As duas se olharam por um bom tempo. Norma quebrou o silêncio.

— Eu sabia que você voltaria um dia — disse a mãe, em um tom neutro e nada acolhedor.

Baby nada disse. Permaneceu onde estava.

— Entra, não faz sentido a gente conversar no corredor — continuou a mãe. — Os vizinhos já têm muito o que falar de mim.

Não demorou muito para ficar claro que, na ausência da filha, Norma tinha dado um jeito de se virar. Baby reparou que as paredes ainda exibiam a cor meio salmão, meio pêssego da reforma que Otávio havia bancado. Os móveis, embora não estivessem mais novos em folha, tinham sido bem conservados. A pintura não tinha manchas, as paredes estavam limpas, não havia pó nas almofadas. A parte social da casa estava intacta. A mãe era mestre em disfarçar a própria condição. Baby duvidava, porém, que ela tivesse arranjado um emprego.

Notou que a mãe a media com os olhos.

— Uniforme? — perguntou Norma.

— Sim, uniforme.

— Butique de roupas? — provocou.

— Joalheria — respondeu Baby.

— De cliente a empregada, então.

— Sim. Acho que sim.

— Falei para todo mundo que você estava muito bem. Tinha ido morar fora. Acho que agora vai ser mais difícil de sustentar a história — disse Norma.

— Você pode dizer que fui trabalhar em Nova York — respondeu Baby, com um tom de ironia.

— E você foi?

— Não, fui pra São Paulo.

— Sei — disse Norma, um tanto desanimada.

Baby se decepcionou um pouco com a reação da mãe, embora ela própria obviamente não se considerasse um exemplo de sucesso. Não era surpresa: Norma nunca associou dinheiro a trabalho. Isso a fez se sentir superior.

— E você, está bem? — perguntou Baby.

— Vou levando. Sabe como é...

— O que eu quis dizer — disse, Baby, pigarreando — é: você precisa de dinheiro?

— Tenho alguns condomínios atrasados, nada grave — respondeu Norma. — Saiu o dinheiro da ação contra a agência do banco em que seu pai morreu. Uma merreca, mas ajudou por algum tempo.

— Quantos condomínios estão atrasados?

— Três. Toda vez que vai vencer o quarto, dou um jeito de pagar o anterior. É o suficiente para evitar que mandem a dívida para o cartório.

— O eterno dilema da alta sociedade carioca: pagar o Visa com o Master ou o Master com o Visa? — provocou Baby.

— Poderia ter sido diferente — devolveu Norma.

— Mas não foi.

— Sabe que encontrei o Otávio não faz nem um ano? Ele esteve aqui, trouxe uns pratos de frutos do mar do Shirley. Você acredita que ele perguntou de você? — comentou Norma, testando as águas.

— Mãe, eu não quero saber o que ele está fazendo ou se ele tem interesse em mim ou não. Esse é um assunto que encerrei há bastante tempo.

— E o Inácio? — perguntou Norma.

— O Inácio não tem nada a ver com a minha decisão — respondeu Baby, firme, dando-se conta de que falava a verdade.

Norma mudou de assunto, perguntando se Baby tinha interesse em ver seu antigo quarto. Foi pega de surpresa pela oferta. Mas respondeu que sim, queria ver de novo aquele cômodo que, durante tantos anos, servira tanto de refúgio quanto de prisão. Quase perdeu o fôlego ao ver que estava tudo igual, como no dia em que havia saltado pela janela para fugir de casa. As roupas que não levara continuavam no armário, a cama estava bem arrumada e o vestido que ela usaria para jantar com Otávio na noite em que decidira deixá-lo estava na embalagem da lavanderia, muito bem engomado. Norma disse que ela poderia levar algumas roupas, ou todas. Até tinha pensado em fazer um bazar, mas achou que não pegaria bem com as amigas. Não quis fazer uma doação, pois nada nessa vida vem de graça. Então, o entulho ficara. Aproximou-se do vestido que a mãe havia escolhido e examinou-o bem de perto. A moda era mesmo implacável: havia muito tule, babados demais, uma profusão de fitas. Era um vestido bonito, mas meio convoluto. Embora parte das roupas fosse de sua adolescência e algumas delas marcassem tempos felizes, por alguma razão apegou-se à única peça jamais usada. Foi abraçada nela que deixou o apartamento.

Norma chegou a dizer que, se pagasse um aluguel justo, poderia até retomar o quarto — melhor gastar o dinheiro com a mãe do que com a pensão de uma estranha. Baby descartou a ideia, mas ainda não quis revelar que as coisas já estavam sérias com Inácio. Antes de ir, fez um cheque no valor dos condomínios atrasados e pediu para a mãe segurar alguns dias antes de descontá-lo. No dia seguinte, iria trocar os dólares que havia angariado com o anel de noivado de Otávio para cobrir o valor. Era justo. Seria um jeito de fazer aquela joia voltar para quem, no fim das contas, a considerava valiosa.

Inácio

Simples acordes de guitarra enchiam o cômodo. Inácio tirou a agulha do disco por alguns segundos, antes de colocá-la novamente no lugar. Queria saborear a descoberta por mais um momento. Aumentou um pouco o volume, apanhou os fones de ouvido. Não queria incomodar Selma. Havia descoberto o álbum *Surfer Rosa*, do Pixies, e o trouxera consigo para escutar no antigo quarto de César. Aquelas estantes cheias de discos, mesmo depois da morte do dono, continuavam a receber novos exemplares. Como o apartamento da Lapa era pequeno, perguntou se poderia usar os espaços ainda vazios para guardar os discos que coletara como jabá na redação do jornal e também os que comprava, novos e usados. Tanto Selma quanto Inácio sabiam que a questão do espaço era apenas parte da história: para Inácio, alimentar a coleção de César mesmo após sua morte era uma forma de mostrar que sua presença, enquanto durara, havia sido relevante.

Em alguns casos, quando julgava que tinha encontrado algo especial, duradouro, que poderia ser comparável às bandas que César lhe apresentara, Inácio fazia mais do que trazer os discos e guardá-los. Nessas ocasiões, usava os aparelhos para ouvi-los ali. Era raro, mas acontecia — fora assim com *Sign'o the Times*, do Prince, e *Ideologia*, do Cazuza. E agora com *Surfer Rosa*, ou mais precisamente, com "Where is My Mind?", a primeira música do lado B, que o fazia pensar em Pink Floyd ao repetir os mesmos acordes ao infinito. Inácio não achava que César escutava as músicas com ele, de onde quer que estivesse. Não havia nada de esotérico nesse ritual. Servia, porém, para substituir a vontade de dividir uma descoberta com o melhor amigo. Era raro que um dia se passasse sem que Inácio sentisse a necessidade de partilhar algo com César: uma entrevista com uma banda alemã de punk rock, o encontro com um artista que o amigo representara, o baseado da lata que ganhara de um fotógrafo do jornal. Ali, naquele quarto cheio de música, acreditava resgatar essa conexão de alguma maneira.

Era impossível negar que retornar à casa de César significava uma volta ao passado. E, como o tempo é implacável, a verdade é que Inácio vinha cada vez menos. Tentava manter certa frequência, mas, desde que Adriano reaparecera, achou melhor se conter. Ele pensava que, em certa medida, sua presença poderia trazer lembranças demais a Selma e levantar a questão: por que César teve de ir e ele permanecera? Não queria segurá-la no passado no momento em que ela parecia seguir adiante. Esse receio de Inácio não estava, porém, baseado em nenhuma palavra ou ação de Selma. Pelo contrário: era sempre acolhido com afeto.

Selma, mesmo nos primeiros meses após perder o filho, jamais falou diretamente nele durante as visitas. Tentava manter a conversa em tópicos atuais, perguntava sobre os projetos de Inácio, as pautas do jornal e até sobre Baby, que mal conhecia. Disse certa vez que era perigoso deixar o tempo passar porque, no fim das contas, nunca se sabe — foi o mais perto que ela chegou de se referir a César. Invariavelmente, depois de Inácio guardar os discos e de passar alguns minutos ou duas horas escutando música sozinho no quarto, Selma perguntava se ele queria fazer um lanche. Ele sempre respondia que sim. Então ganhava um prato com dois mistos quentes — feitos em uma tostadeira de alumínio dessas que se põe sobre a boca do fogão — e um copo de Toddy batido no liquidificador. Era o que ele gostava de comer quando começou a frequentar a casa, e a Selma jamais ocorreu mudar o cardápio. Inácio acharia ridículo se a mãe tentasse lhe preparar a mesma refeição — mas, naquele contexto, fazia sentido. Ele aceitava a oferta não porque achava que faria bem a Selma. Mas porque precisava dela.

Selma tinha um anúncio a fazer. Respirou fundo antes que pudesse começar a falar. Caprichara mais no Toddy e nos sanduíches para aliviar o baque da informação: ela e Adriano estavam pensando em se mudar para o interior. Isso significava que não haveria mais lugar para os discos, novos ou antigos. E, mesmo que ficasse ali, achava que estava na hora de desmontar o altar de César. Não queria ser uma dessas pessoas que buscam significado oculto em objetos — eram só coisas que um dia tinham sido usadas pelo filho. Estava pronta para se livrar delas — se um dia fosse mesmo sair do Rio, não queria ter de doar tudo com pressa. Se quisesse os álbuns, as roupas que ainda não tinham sido doadas, Inácio poderia ficar com tudo. Selma contou que evitara a todo custo entrar no quarto de César durante um longo período. Mas, quando entrou, percebeu que o espaço físico não representava mais nada.

— Se os discos são importantes para você, fique com eles — disse Selma.

— Eu quero os discos, definitivamente eu vou ficar com os discos — respondeu Inácio de pronto.

Carregar aquela coleção não traria César de volta, disso Inácio sabia. Mas aquelas músicas eram o testamento da influência que ele exercera em sua vida. Apegava-se a esse legado. Ele sabia que o vinil estava prestes a virar coisa do passado, que nos Estados Unidos as músicas já eram lançadas em digital, mas ainda assim valorizava aquela coleção. Perguntou-se onde estavam as fitas cassete que haviam sido gravadas após horas de espera diante do rádio ou graças a discos emprestados por amigos. Não podia levar tudo para a Lapa, não só porque o apartamento era pequeno, mas também porque o sol que batia inclemente na fachada do edifício estragaria os vinis. Disse que pensaria em algo, mas que se encarregaria da coleção.

Mas Inácio também tinha notícias para dar. Após seis anos, havia se formado na PUC. Receberia o diploma sem cerimônia, na reitoria da universidade, ao lado de outros alunos que também não quiseram participar da festa de formatura. Depois de tanto tempo e adiamentos, Inácio achava que uma grande celebração não faria sentido. Selma compareceu à sala do reitor para ver, ao lado do pai, da mãe e da irmã de Inácio, o melhor amigo do filho virar jornalista. Ao saírem, os cinco tentavam decidir a qual restaurante iriam para a comemoração. No pátio da PUC, depararam-se com uma figura conhecida, vestida com uma roupa muito chique para ocasião tão despojada. Era Baby, usando o vestido que apanhara na casa da mãe semanas antes. Inácio pensou que só ela poderia explicar a razão daquela roupa tão elaborada.

Era a primeira vez que Baby participava de um evento em família, de algo tão importante, e um sinal de que a relação dos dois se solidificava. Inácio sentiu o corpo formigar e percebeu que Baby fez de tudo para esconder as mãos trêmulas. Embora a Gávea fique a uma distância considerável da praia, Inácio surpreendeu-se ao sentir o cheiro da maresia e a brisa que só se mostra presente quando se anda no calçadão. Na realidade, essas sensações não eram reais, mas efeitos das lembranças da comemoração da aprovação no vestibular. O Fusca a toda a velocidade pelas avenidas ainda vazias da Barra, o coração batendo forte pelo que estava prestes a acontecer, o barulho do motor se misturando ao das ondas. Teve a impressão de que tudo se encaixava.

Inácio, com aquele jeitão de menino grande, calça jeans, camisa e gravata, caminhou até Baby com passos firmes, ordenando com o olhar que ela não se movesse. Estava no controle. Afrouxou a gravata enquanto se aproximava. Então a beijou, com urgência, na frente de todos. Ali, de súbito, traçou um plano.

Ainda era outubro, mas Baby já vinha saindo mais tarde da joalheria — era comum que muitos casais aproveitassem o Natal para anunciar o noivado, e escolher a joia certa era um processo que demandava algum tempo. Inácio ficara esperando por ela na Chaika, pois sabia que ela gostava de tomar um lanche lá antes de seguirem para a Lapa, de carro. A namorada vinha dividindo-se entre o emprego, a universidade e um estágio no departamento de restauração do patrimônio histórico fluminense, agora chefiado por Irene. Enquanto aguardava, lembrou-se de como ela se ressentira com uma visita que Rita havia feito ao escritório de sua irmã. Relatara que lhe doera perceber como a mãe exaltava a capacidade de Irene para o trabalho, celebrava sua facilidade em comandar uma equipe, a exatidão de suas pesquisas e a beleza dos resultados, sem nenhuma menção a homens ou casamento. Concentrava sua inteira atenção no que Irene contava sobre suas realizações. Baby sabia que, mesmo que um dia fizesse algo importante, projetasse um grande edifício, jamais obteria a mesma reação de Norma.

Quando Baby chegou, Inácio tinha um anúncio a fazer. O chefe havia oferecido a ele um novo cargo, de editor assistente do caderno de cidades. Era uma promoção, ganharia bem mais, estava na hora de virar adulto. Precisavam de alguém jovem, disposto a trabalhar longas horas para transformar textos mal-escritos em algo publicável. Nada mais de dias encerrados antes das dez, avisou, para que entendesse a natureza urgente daquele cargo. Não havia tempo nem papel suficientes para chorar por corpos de dias atrás. Sangue bom era sangue quente.

O aumento viria a calhar, os dois precisavam de dinheiro, ainda que a vantagem monetária obrigasse Inácio a abandonar a cobertura de música. O editor executivo dera a entender que recusar a promoção não seria uma boa ideia, nem do ponto de vista econômico nem no que se referia ao seu futuro na redação. Mais uma vez, ele sentia a vida lhe afastar de César e dos anseios que partilhavam: a música era um sonho e a cobertura sobre a violência do Rio, realidade. A despedida do segundo caderno seria na semana seguinte, com a cobertura do show do Cazuza no Canecão, no qual presenciaria a gravação de "O tempo não para". Parecia um desfecho adequado, e mais esse ponto-final levou Inácio às lágrimas: por vários motivos, além da doença, Cazuza o fazia pensar em César.

Mesmo com certa resistência, concluiu que lhe restava seguir adiante. Todos nós, de alguma forma, seguimos os passos de nossos pais. Inácio então aceitou o novo cargo e o dinheiro extra. Embora ainda estivesse comprometido com as prestações da Casa & Vídeo e das Pernambucanas referentes à mobília do apartamento, tomou uma decisão que, como quase tudo nele, misturava conformismo e transgressão. Gastou antecipadamente, sabendo que era um ato irresponsável, o ordenado que nem começara a receber. Fora à Dante fora do horário de Baby para comprar uma aliança. Mesmo conseguindo um desconto com a gerente, que se mostrou animadíssima, o valor era muito superior ao que ele podia pagar. Tinha consciência de que seu pai não aprovava a ideia de ele morar com a namorada sem casar, sem nenhum compromisso. Não parecia coisa de um homem de bem — caso alguém lhe perguntasse, Inácio não saberia dizer se a opinião de Joel o influenciara ou não. Ele apalpava a caixinha que estava no bolso de sua calça, acariciando seu acabamento aveludado e revirando-a nervosamente, muito antes de Baby entrar na Chaika. Ela estava cansada, passara o dia todo em pé, mas abriu um sorriso sincero ao vê-lo. Inácio soube que havia feito a coisa certa. César sempre lhe dissera que ele era um bom rapaz. Que acabaria como seus pais. Inácio rejeitara a ideia por um longo tempo, mas agora o diagnóstico não parecia mais uma punição ou uma admissão de derrota. Estava feliz, exultante até.

Só gostaria que César estivesse ali.

Rosalvo

Era de se estranhar que Rosalvo, no bafo de novembro, insistisse em usar o paletó de trabalho todos os dias. Quase uma década depois de chegar à Rocinha, o marido de dona Elza havia desenvolvido uma reputação de homem respeitável, trabalhador, confiável. Cidadão acima de qualquer suspeita, cumprimentado pela polícia e também respeitado pelos donos do morro — embora os chefes mudassem o tempo todo, invariavelmente eram meninos que Rosalvo tinha visto crescer. Não havia uma pessoa na favela capaz de dizer uma palavra ruim sobre ele. Rosalvo, que suara em bicas sob o casaco escuro nos primeiros tempos, acostumara-se à temperatura. Resfriava-se ao saber que, sob aquele casaco pesado, escondia uma lâmina fria. Das facas que ganhara de dona Paula, uma tinha o tamanho perfeito. As demais — as muito grandes e as pequeninas — jogara no lixo há tempos. Embalara-as em um saco preto, sob camadas de jornais, e colocara o recipiente dentro do caminhão de lixo, ajudando os rapazes da prefeitura. Ao ver o saco passar pelo triturador, tranquilizou-se. Poderia ter presenteado as demais lâminas aos colegas de trabalho, mas era melhor assim. Não havia recibo de compra, nada que o ligasse àquelas facas. Acenou para o lixeiro à medida que o caminhão avançava pelas ruas do Leblon. Os lixeiros também gostavam muito de Rosalvo, que sempre tentava dar uma ajudinha, amarrava bem os sacos. Quando estavam pesados, certificava-se de garantir uma camada dupla para que não explodissem. Sempre estava ali na hora da coleta para cumprimentá-los. Não eram invisíveis.

Era um dia comum, talvez se diferenciasse dos demais por um vento alentador de fim de tarde. O ônibus estava lotado, mas alguém cedera o lugar a Rosalvo. A viagem até que fora rápida, apesar de um breve engarrafamento no túnel. Não era acidente, apenas excesso de veículos. Ao descer do ônibus, o vaivém no comércio da Rocinha era grande, açougues e padarias sempre ficavam cheios em época de pagamento. Meninos jogavam futebol nas quadras. As pessoas falavam alto, como sempre, e Rosalvo, com seu paletó de dois botões, andava em seu ritmo habitual rumo à ladeira que tinha de enfrentar todos os dias. Nem Rosalvo, que carregava sua arma por meses a fio, poderia antecipar que naquela noite colocaria seu plano em ação. O destino do pastor Fábio Alberto começou a ser definido por um objeto ao qual jamais seria apresentado, por um acontecimento do qual jamais tomou conhecimento e pela intervenção de uma pessoa que jamais conheceu. Um globo espelhado, desses de boate barata, refletiu estrelas no rosto de Rosalvo.

Uma espelunca havia sido aberta no início da ladeira, em um canto não muito escondido. O lugar era minúsculo, triste e estava quase vazio. Dentro, duas meninas dividiam uma cerveja, encostadas na parede. O dono do estabelecimento não se dera ao trabalho de abotoar sequer um botão da camisa. Exibia o torso suado e o abdômen saliente. Segurava uma terceira garota pela cintura, anunciando que não cobraria a mais pelo prazer extra que alguns centímetros podiam proporcionar. Rosalvo assistia à cena do outro lado da rua — o homem que anunciava suas mercadorias não chegou a abordá-lo. Desconto especial para os primeiros clientes, diversão garantida ou o dinheiro de volta, bradava o cafetão. Nos poucos segundos em que ele se calava, podia-se ouvir a fita cassete que tocava, com desânimo, uma canção em um idioma embolado. A caixa de som soltava chiados intermitentes, que faziam o ouvido zumbir. Um potencial cliente se aproximou, mas não falou com a menina — tratou diretamente com o chefe. Ela afastou-se e sentou-se em uma cadeira do lado de fora. Rosalvo pensou em Eloá.

Não entendeu o que o havia detido por tantos meses, o trabalho danado para esconder a faca de Elza, a sensação de fracasso por não ser capaz de tomar uma atitude. Sem alterar o ritmo de seus passos, continuou a andar, mas tomou um caminho que levava diretamente à igreja. As estratégias para evitar testemunhas ou para encontrar o pastor sozinho na rua, na igreja ou mesmo na casa dele, tornaram-se irrelevantes. Só desejava que Elza estivesse em casa, e não no salão paroquial. Fazia quase dez anos que saíra do Serro e hoje cumpriria sua missão. Rosalvo entendeu que a barreira que o impedia de seguir adiante era o medo de ser apanhado, as consequências, a prisão ou a morte por apedrejamento, cortesia da congregação em fúria. O rosto daquela menina desconhecida, sendo vendida por uns trocados na frente de todos, apagou todas essas preocupações. O portão da igreja estava destrancado. Rosalvo sentia a faca roçando seu peito — o corte era tão afiado que machucava um pouco mesmo através da proteção. Estava preparado. Tirou a arma da proteção e entrou com ela na mão — era a primeira vez em muito tempo que a segurava assim. A lâmina roçou a parede quando ele empurrou uma das portas. Os bancos estavam vazios, o púlpito também, mas as luzes do quartinho dos fundos estavam acesas. Foi até o salão paroquial, esperando ter de enfrentar uma horda de fiéis separando donativos para chegar a Fábio Alberto. Entrou em silêncio. Ele estava sozinho. Sorte, enfim.

Foi só quando Rosalvo já estava bem perto que o pastor se deu conta da presença dele. Virou-se em sua direção.

— Seu Rosalvo, a dona Elza...

Antes que Fábio Alberto pudesse terminar a frase, a faca já havia entrado, fazendo-o abrir a boca em um grito silencioso. Um gemido sem pedido de socorro. Rosalvo olhava nos olhos dele, as mãos se mantiveram surpreendentemente firmes para um homem de sua idade. Nenhum balanço, só pura resolução. A hora havia chegado. Encarou-o, não desviou o olhar. A boca de Fábio Alberto se abria, ele contorcia-se de dor. Resistia. Reuniu forças para dizer alguma coisa. Não adiantava confessar agora, pensou Rosalvo. Mas só se via confusão no rosto do pastor, ele não havia antecipado o que lhe ocorria.

— Que Deus tenha piedade do senhor — disse Fábio Alberto.

Ouvir isso fez Rosalvo se alterar um pouco, mas não muito, consideradas as circunstâncias. Manteve as mãos firmes, e foi capaz de balançar um pouco a lâmina para atingir o ponto certo. O sangue escorria discreto, a própria faca servia de contenção ao ferimento. Fábio Alberto desistiu aos poucos. Rosalvo não sabia se ele estava vivo ou morto, mas retirou a faca, deixando-o cair como um saco de batatas. Reparou no som oco, de algo pesado caindo no chão. Um boneco sem vida.

Não sabia se deveria deixar a arma do crime ou levá-la. Decidiu pela segunda opção. Num gesto de alívio, livrou-se do paletó. Limpou as mãos no forro, tão bem quanto pôde, e embrulhou a faca no casaco. Saiu pelas portas que havia aberto, sem dificuldade. As beatas ainda não tinham voltado, então se embrenhou pela primeira viela escura e permaneceu nela até que foi obrigado a entrar em uma via mais larga. Limpara as mãos um pouco mais e agarrara-se ao próprio casaco, ocultando o sangue seco. Andou mais umas duas quadras, agora já encontrando outras pessoas — não viu ninguém que conhecesse bem, mas, no estado em que estava, não podia ter certeza. Em menos de dois minutos, viu-se em uma rua interrompida por garotos com escopetas. A disputa pelas bocas fazia os jovens se enfrentarem assim, no meio da rua, sem muito aviso. Desorientado, Rosalvo parou perto demais dos garotos que se ameaçavam. Não havia para onde correr.

— Ei, seu velho, quer morrer? — gritou um dos garotos, apontando a arma para ele.

Rosalvo não reagiu.

Um outro rapaz, do mesmo grupo, mandou o menino armado calar a boca.

Aproximou-se.

— Seu Rosalvo, passa logo, o couro vai comer aqui. Vai, vai!

Rosalvo quase correu, ainda com o paletó nas mãos. A camisa que usava estava coberta de suor. Em cinco minutos, chegou em casa. Elza ainda não havia retornado, devia estar pregando a palavra em algum canto. Ele teve tempo de coletar uma sacola de supermercado e esconder o paletó e a faca dentro dela. Tornou o pacote tão compacto quanto pôde e colocou-o dentro de uma sacola grossa da Mesbla que havia trazido dias antes. Escondeu-a no quintalzinho. Tomou banho — lavou-se bem, mas tentou ser rápido. A mulher havia deixado o jantar no fogão. Ele comeria sem esquentar. Sentia náusea, mas comeu mesmo assim. Era preciso manter a aparência de normalidade. Lavava a louça quando, não muito tempo depois, Elza chegou desesperada. O pastor estava morto, a notícia já se espalhara. Chorava desesperada, como se tivesse perdido um filho. Rosalvo consolou-a pelo que lhe pareceu ser um longo tempo, mas evitou falar. Propôs que ela fosse dormir, mas Elza preferiu fazer vigília diante da igreja, queria estar perto dos amigos, a polícia tinha que achar o culpado. Ele disse que tinha de trabalhar às seis, pois o filho de seu colega havia ficado doente de novo, as pessoas precisavam se ajudar nessas horas. Era mentira, mas tinha certeza de que o Mauro não se importaria em sair umas horas mais cedo. Isso também evitaria um novo e dramático encontro com Elza pela manhã.

    O dia ainda amanhecia quando Rosalvo, marmita em uma mão e sacola da Mesbla na outra, desceu as ladeiras. Passou pela polícia com o mesmo olhar de respeito de sempre, sem encarar os soldados da PM nos olhos. Tomou o ônibus para o Leblon. Convenceu Mauro a sair mais cedo, garantindo que bateria seu cartão às oito. Selma, que sempre saía às sete para a primeira aula, parou naquele dia por um minuto e disse a Rosalvo que tivera sorte ao contratá-lo tantos anos antes — era confiável, pontual, conhecia as regras do edifício e jamais faltara ao trabalho. Servia de exemplo aos demais funcionários. Quando a faxineira chegou,

Rosalvo pediu licença para se ausentar. Enquanto ela cuidava da portaria por alguns minutos — o saguão, em nenhuma hipótese, poderia ficar sem vigilância —, ele acrescentou a sacola da Mesbla ao lixo que ela retirara dos depositários de cada um dos andares. Amarrou todos os volumes em sacos pretos duplamente reforçados. No fim da tarde, ao ajudar os rapazes da coleta de lixo com os sacos, Rosalvo cumprimentou todos. Acompanhou com os olhos o movimento do triturador do caminhão. À medida que os lixeiros se distanciavam, protagonizando um frenético balé para dar conta de tanta porcaria que a Zona Sul produzia, Rosalvo acenou para eles de longe.

capítulo 10
réquiem (1989)

Rosalvo

Você vai sentir saudade da gente, seu Rosalvo? A pergunta de uma das moradoras do Varandas do Leblon não chegou a pegá-lo de surpresa. Respondeu que sim, mas a verdade era que não, não sentiria falta de nenhum deles. Abrira e fechara portas por quase dez anos para aquelas pessoas. Gostava de algumas delas — lembrava com afeto de César e era grato a Selma por ter-lhe dado o emprego —, mas, ao contrário do que os ricos pensavam, ele não se sentia "um amigo" ou "quase parte da família". Ele cuidava da portaria e recebia um salário em troca de seus serviços. Era um acordo justo. Faltavam seis meses para Rosalvo completar setenta anos quando pediu demissão — houve até um papo entre funcionários e moradores sobre fazer uma festinha de aposentadoria, que não se concretizou. Selma estava esvaziando o apartamento. Veio com sacolas cheias de coisas, perguntando se ele tinha interesse em levá-las para a esposa. Elza gostaria dos pratos, das toalhas chiques. Sim, ele ficaria com aquilo tudo. Ela o cumprimentou de forma respeitosa, despedindo-se sem afetos fabricados, e Rosalvo pensou que, se tivesse uma moradora favorita, provavelmente seria Selma. Agradeceu-o com um aperto de mão e desejou-lhe boa sorte. A vida seguiria. Ninguém era imprescindível ou insubstituível. O porteiro sabia que o atual síndico já estava checando os antecedentes dos candidatos a preencher sua vaga. Rosalvo deixou o edifício no fim da tarde e, enquanto caminhava para o ponto de ônibus, era como se aquela parte de sua vida se esvaísse sem vestígios. Se fora assim com o Serro, com o sítio e a família, por que seria diferente agora?

Rosalvo conseguiu se aposentar com dois salários mínimos. Recebia o ordenado extra havia um ano. Foi ao cartório e oficializou a união com Elza. Assim, ela teria direito ao benefício caso um dia ele viesse a faltar. Junto com o fundo de garantia do Varandas, tinha juntado o bastante para comprar o barraco onde vivia com Elza. Não pagariam mais aluguel. Passou a escritura para o nome da mulher. Sobrou um dinheirinho na poupança — foi até a Caixa e pediu para retirar o valor total. Com a inflação a cem por cento ao mês, era melhor gastar rápido. Pagou as contas do mercadinho e da padaria. Sobrou muito pouco. Avisou Elza que tinha deixado o dinheiro do gás na lata de panetone. Era suficiente para dois botijões. Os presentes de Selma completaram a sensação de desfecho. A esposa se encantou com tanta coisa de rico, especialmente o açucareiro de porcelana decorado com motivos florais, provavelmente parte de um jogo de chá muito chique. Na realidade, era o que sobrara de um presente de casamento que Selma havia recebido no que parecia ser outra vida. Elza achou um lugar de destaque para que a peça ficasse bem visível. O resto da noite foi igual a todas as demais: jantou, tomou banho, viu televisão e foi dormir. A diferença é que não tinha aonde ir no dia seguinte. Queria contar a Elza que havia se demitido, mas guardou segredo. Mais um entre tantos.

Elza perguntou se o marido queria ouvir um grupo de partido alto que iria tocar no bar no fim da rua. Ouvira dizer que um deles tinha feito parte do Originais do Samba. Desde a morte jamais solucionada do pastor Fábio Alberto, o comportamento de Elza aos poucos voltara a se parecer com o da mulher que ele originalmente conhecera. O substituto de Fábio Alberto na igreja não lhe despertava a mesma devoção. Inicialmente tentou convencer-se de que o importante era glorificar a Deus, e não ao pastor, que seguiria em uma vida guiada pela igreja. Na prática, não foi bem assim. Com o Fábio Alberto, as coisas eram simples — ir à igreja e viver uma vida digna, seguindo os preceitos de Cristo, eram passaporte garantido para a salvação. Já o novato gostava de relativizar, era meio difícil diferenciar o certo do errado da forma que ele pensava. Aos poucos, foi se afastando dos cultos, embora ainda recebesse os donativos e ajudasse com gosto a distribuí-los. Apreciava ser referência em auxiliar o próximo e a fama de ser uma pessoa confiável, mas, ao mesmo tempo, o que tinha de errado em gostar de uma festinha? Para Rosalvo, tanto fazia. No entanto, sentia Elza mais alegre, redescobrindo as músicas de seus discos antigos com satisfação. Com o tempo, ela também foi abandonando as expressões que tanto usara no auge de sua religiosidade, como "misericórdia" ou "pelo sangue de Jesus". Rosalvo chegou à conclusão de que, de seu jeito, passara a amar Elza de verdade, não importava a fase. Gostava de vê-la feliz.

A memória da favela, como Rosalvo bem aprendera, é curta. Se Elza, que considerava Fábio Alberto um filho, um representante de Nosso Senhor na Terra, estava se esquecendo dele, quem mais lembraria? A mulher e os dois filhos pequenos de Fábio Alberto voltaram para o interior. Teve festinha de despedida, à qual Rosalvo compareceu sem remorso. Se a mulher e os filhos fossem representar um problema, pensou, teria sido melhor levá-los em consideração antes do que fizera. Cumprimentou-a, sem palavras, cogitou oferecer-lhe algum dinheiro, mas desistiu da ideia. Melhor irem embora desse lugar, buscar uma existência mais tranquila — foi mais ou menos o que Rosalvo elaborou, com um pouco de enfado, sem esforço em mostrar interesse pelo destino daquela mulher. O crime ficou sem solução, a arma nunca foi encontrada, a polícia logo desistiu da investigação. O jeito era conformar-se. A decisão da esposa de abandonar a Rocinha só serviu para que as boas ações de Fábio Alberto, a tentativa de unir a comunidade, as aspirações políticas, virassem um eco distante. Com o tempo, ninguém seria capaz de diferenciá-lo de outros mortos, de outras tragédias, de outros pastores. Como acontecera com Eloá, sua história passaria a ser confundida com a de outras vítimas, de outros anos, de outras vielas, assassinadas por outras mãos. Sem querer, Rosalvo cometera o crime perfeito. Não que isso fosse tão difícil por ali.

Ele não saboreava a morte de Fábio Alberto como uma conquista. Era apenas uma tarefa cumprida, algo que deveria ser feito, e não uma vitória. Não experimentou, nem enquanto remexia a faca dentro do pastor, nenhuma adrenalina ou sensação de libertação. A vingança era fria.

O porteiro não era mais porteiro, não precisaria mais ir até o Leblon, como fizera ao longo dos últimos dez anos. Mesmo assim, Rosalvo não dormiu até tarde. Tudo começou igual: calça e camisa passados no dia anterior, café, pão com margarina e um copo d'água. Tudo sozinho, pois Elza aceitara fazer uma faxina para uma cliente antiga e precisara sair antes de o sol raiar. Ele desceu a ladeira até o ponto de ônibus, mas tomou o coletivo no sentido contrário. Não pagava mais passagem havia algum tempo, e ficou pensando aonde iria, já que não tinha nada de especial para fazer. Sentou-se no lugar reservado aos idosos e ficou olhando pela janela, pensando que, agora, tinha várias opções. Podia ficar o dia inteiro descansando, ajudar Elza nas tarefas de casa e ir à roda de samba aos sábados. Com o tempo, passara a gostar dos batuques. Podia até tirá-la para dançar. Comemorariam a aposentadoria com dois copos de bebida gelada. Ou poderia descer do ônibus, atravessar a avenida e, no sentido contrário, viajar até a rodoviária. Voltaria ao Serro, abraçaria os filhos, provavelmente já teria netos que não conhecia. Imaginou a cidade como a deixara. Tudo estava a seu alcance: podia viver com Elza, retomar sua vida antiga ou até criar uma nova. Havia feito isso antes, teria capacidade de se reinventar novamente.

O ônibus já entrava pelos espaços vazios de Jacarepaguá quando Rosalvo decidiu que era melhor voltar. Não havia nada ali, só descampados. No caminho de volta, o coletivo vazio foi enchendo aos poucos. Era meio-dia quando, incomodado com algo inexplicável, puxou a cordinha e desceu no ponto seguinte. A calmaria que ele sentira ao longo dos últimos meses, a sensação de dever cumprido, os planos bem urdidos para deixar Elza em uma situação confortável, deram lugar a uma sensação de urgência. Andou perdido pelas ruas da Barra da Tijuca, aquela área da cidade estava cada vez mais cheia. Não conhecia bem a região, e o vaivém incessante dos automóveis por aquela avenida larga aumentou sua desorientação. Pensou em Elza, no barraco, nos moradores do Leblon. Sentia-se distante de todos, era uma vida inventada, agora tão ou mais desimportante do que os filhos em Minas Gerais. Decidiu cruzar a avenida novamente, embora não soubesse direito aonde queria ir. Suava, via-se compelido a cumprir uma missão não programada. Tarefa urgente, mais premente do que vingar Eloá, do que matar Fábio Alberto, do que levar a faca de volta até o Leblon e misturá-la ao lixo dos patrões ricos. Mais relevante do que tudo o que já fizera.

Escaldado em suor, Rosalvo emendava uma ação na outra. Embolara-se em uma mistura bizarra: tinha pressa, estava determinado, mas movia-se de forma atabalhoada. Enquanto atravessava a enorme passarela de pedestres sobre a avenida, deu-se conta de que carregava carteira, identidade e algum dinheiro. Jogou tudo fora, e não se deu ao trabalho de acompanhar onde o que tudo o que possuía foi parar. Apertou o passo e, quando deu por si, atingiu a parte mais alta da passarela. A luminosidade quase o cegava, inclemente. Queria livrar-se daquele incômodo. Observou os carros trafegando em alta velocidade. Um, dois, três segundos. Concluiu que não havia mais tarefas a cumprir — afinal, uma década mais tarde, conseguira o que queria ao vir para o Rio de Janeiro. Vencera na cidade grande, vingara a morte da filha. Qual seria sua função agora? Não conseguia pensar em nada e sentiu um vazio no meio do peito. Era só um corpo oco. Com frieza, decidiu seu próximo passo. Agarrado a essa determinação repentina, trepou com certa dificuldade na grade da passarela, num movimento contínuo, e deixou-se cair — não houve reflexão, pausa, nada. Antes que chegasse ao chão, Rosalvo bateu contra o para-brisa de um ônibus que passava. O vidro se estilhaçou. O choque causou traumas que ele sentiu por apenas um segundo. Estava acostumado à dor, e aquela escolha havia sido sua. Quando tocou o asfalto, no momento seguinte, não existia mais, era só um corpo. De difícil reconhecimento. Sem identificação. Como o de Eloá, seria enterrado em uma cova para indigentes.

Baby

Baby admirava a mãe pelo menos em um aspecto. Norma sabia exatamente o que queria — seu maior medo era ter de retornar à Tijuca. Como o fracasso profissional do marido logo tornou essa possibilidade concreta, reuniu todas as armas de que dispunha para evitar fazer o caminho de volta. Mentiu, endividou-se, tentou vender a própria filha. A única missão era manter seu sonho de três quartos em Copacabana, que resumia seu êxito. Era infeliz, nunca estava satisfeita, vivia com medo. Estava disposta a aturar uma existência terrível, a fugir de cobradores, a humilhar-se, inventar histórias. Aos olhos de Baby, parecia cansativo e pouco recompensador. Ela nunca conversou de forma franca com a mãe sobre isso nem achava que adiantaria expor seus argumentos. Norma vivia tão absorta no projeto de manter-se protegida por aquelas paredes que parar para questionar o que fazia não era opção.

Casar-se, ter filhos, conhecer Paris, ser melhor do que os outros em alguma coisa — a vida da maioria das pessoas seguia uma linha reta. Mas não a de Baby. Por mais que conseguisse obter o que achava que queria, via-se andando em círculos, não se lembrava da última vez que se sentira satisfeita, plena. Fins e inícios às vezes pareciam alheios às suas próprias escolhas. Acordara tarde naquele sábado, o apartamento estava vazio. Assustou-se ao lembrar que agora morava na Barra da Tijuca. Apalpou o próprio corpo, para checar se estava ali mesmo. Precisava comprar cortinas, talvez blecautes. Sentiu o suor escorrer pelo pescoço. Morava agora em um andar muito alto. Lembrou-se dos versos de Ana C., e riu ao pensar na própria situação.

*é sempre mais difícil
ancorar um navio no espaço*

O antídoto contra os pensamentos que viajam e o ar rarefeito daquele vigésimo terceiro andar era organizar tarefas. Baby queria manter-se ocupada para não pensar. Loja, universidade, ponto de ônibus, almoço rápido, outro ponto de ônibus, música nos ouvidos, supermercado, sacolas plásticas que cortam as mãos, cortina, limpeza. Dias assim, com o plantão de Inácio no jornal e sem uma atividade concreta e premente, a deixavam assustada. Ao contrário dela, Inácio parecia ter se adaptado à vida de homem de família. Como ela não sabia aonde ir, e o caminho dele parecia reto, saudável e descomplicado, Baby deixou-se levar — guardava os desvios pelos quais navegava para si. Era um segredo incômodo, mas pelo menos era algo somente seu. Ao mesmo tempo que ansiava pela própria individualidade, Baby vivia com medo de perder Inácio. Seu receio era que ele de alguma forma pudesse ver sua mente dando voltas. Ao final, tranquilizava-se, concluía que seu temor não tinha fundamento. Inácio era inteligente e sensível, mas nunca fora muito bom em captar palavras nunca ditas.

Sentia-se desejada pelo marido e fazia de tudo para alimentar a fome que ele tinha dela. Estava cada vez mais fascinada fisicamente por Inácio: nos últimos anos, ele ganhara corpo, a magreza dera lugar a um tronco forte e a braços resolutos, que eram capazes de sufocar suas dúvidas e silenciar as vozes dissonantes que conversavam dentro dela. Procurava, insinuante, um jeito de calar o mundo. Inácio, sem saber, tinha o poder de fazer tudo parar. Por isso o tirara sem remorsos de Luiza. Por isso a necessidade de dominá-lo. Por isso o queria tanto. Mas também tinha certeza de que queria mais, algo além do que já possuía. Mas o quê?

O apartamento na Barra tinha sido ideia de Joel. Assim que ficou sabendo dos planos de casamento, o pai de Inácio anunciou que não faria sentido que eles pagassem aluguel. Revisara o projeto de engenharia do edifício, estava quase pronto, era uma aposta sólida, garantida. Trocou os honorários do trabalho pela entrada do apartamento, e Inácio aceitou com alegria a responsabilidade de pagar as prestações. Era bom ter um teto, um começo. A promoção no *Jornal do Brasil* e a posterior mudança para *O Globo* só vieram para evidenciar a metamorfose de Inácio no pai. O sonho de ir aos shows das bandas preferidas, o ímpeto de analisar cada música como a coisa mais importante do mundo, não eram mais os objetivos de Inácio. Baby surpreendeu-se um pouco com a rapidez da mudança. Os outros jornalistas falavam mal da política, do país e uns dos outros na mesa do bar, mas Inácio impressionava os chefes com sua diligência e responsabilidade. Enquanto todo mundo buscava um caminho, Inácio parecia saber exatamente qual era seu destino. Nos últimos meses, nem sequer fizera esforço para equilibrar-se entre a versão idealizada da profissão, meio hippie, daquela que realmente almejava. Queria, sim, galgar posições, ganhar mais, ser admirado. O casamento e a perspectiva de formar uma família, como ocorrera com Joel no passado, eliminavam distrações e o mantinham em busca do que era relevante.

Quando Baby pensou ter desvendado o marido, ele lhe pregou uma peça. A parte que mais planejaram na obra que fizeram no apartamento novo não foi a cozinha ou o quarto do casal, mas sim outro cômodo, que receberia a coleção de discos de César. Ele não queria jogar nada fora, pelo menos uma vez não se preocuparia em preservar apenas o necessário. Como o apartamento era confortável, mas não luxuoso — e bem menor do que o de

César, no Leblon —, Inácio passou dias revendo uma forma de acomodar tudo. No fim, buscou ajuda de Joel. O pai entendia a influência que o amigo tivera no filho. Afinal, fora ele que resgatara Inácio encharcado e em desespero naquele primeiro de janeiro no Arpoador. Prateleiras cheias de cima a baixo, um verdadeiro trabalho de engenharia feito a quatro mãos. Era bonito ver todo aquele senso prático aplicado em nome da arte. Talvez fosse a forma que Inácio tinha de preservar o que lhe restava de transgressor, as memórias, o baseado da lata, o Circo Voador em frente à sua casa em 1982, a primeira gozada no Fusca de Baby. Era pesado levar e trazer tudo isso no dia a dia, mas ele podia pelo menos guardar as lembranças em um cômodo e evitar que tudo escapasse de seu controle. Baby pegou-se pensando se, um dia, César e Inácio tinham sido íntimos, trocado só um beijo que fosse. Divertiu-se com a ideia e conseguiu imaginar a cena, regada a algum tipo de substância entorpecente. Gostaria que César estivesse com eles. Achava que ele entenderia o turbilhão de ideias e dúvidas que proliferavam sem resposta em sua cabeça. Seria bom que alguém a ajudasse a organizar tudo em uma narrativa que fizesse sentido.

Morar em um apartamento de três quartos era confortável, mas deixava a porta aberta para uma pergunta — se um era para o casal, o outro para os discos, o que fazer com aquele que restava disponível? Parecia ser uma questão óbvia, eles já estavam casados havia vários meses, mas era justamente o medo de endereçar essa questão que fazia Baby viajar para longe. De repente, desejava estar em sua quitinete em São Paulo, que ela odiava, apenas para estar sozinha, para ter o controle do próprio destino, não ser obrigada a atender a expectativa alguma. Queria ter a liberdade de ficar parada para sempre, de não seguir à próxima fase. Os pais do marido, as colegas de trabalho, os amigos e até sua mãe tinham opiniões sobre a hora certa de ter filhos. Gostava de visitar Selma, naquele apartamento cada vez mais vazio, pronto para ser abandonado, porque ela jamais mencionava o assunto. O que era tão óbvio para os outros parecia, ali, ser assunto encerrado. Na única vez em que Inácio mencionara o tema, Baby argumentou que não poderia pensar nisso antes do término da faculdade. A resposta pareceu razoável para o marido. Em um minuto, ganhou mais dois anos. Alívio. Isso lhe dava certo alento e, ao mesmo tempo, a apavorava. Inevitavelmente chegaria a hora em que teria de ceder. Não via saída. Poderia mudar de ideia em dois, três ou cinco anos, o medo poderia passar. Mas Baby se conhecia o suficiente para saber que isso não aconteceria.

Naquela mesma noite, teve um sonho. Nele, os filhos haviam chegado sem que ela percebesse — não um, como recomendou sua mãe, nem dois, como queriam os pais de Inácio, mas três. Duas meninas e um menino. Tinham nove, sete e seis anos — a última havia sido um acidente. Moravam numa versão maior do mesmo apartamento, com os mesmos móveis, e cortinas brancas. Baby preparou o café da manhã — ovos mexidos, torradas, suco de laranja fresco, café, leite e achocolatado, como em comercial de televisão. Não via a empregada, mas sabia que tinha uma. Para limpar tudo aquilo, com certeza haveria uma. Enviou os filhos para a escola, mas Inácio não estava presente, embora a sensação de um beijo de despedida tenha ficado em seus lábios. Assim que se viu sozinha, tirou o avental — seria mesmo um avental? — e correu até o quarto. Apanhou rapidamente uma sacola de viagem — como os fugitivos nos filmes, não logrou estabelecer uma ordem do que era de fato necessário para escapar para sempre. Reuniu diversas peças de roupa a esmo, mas não levou calcinhas ou ao menos um par de calçados. Saiu pela portaria do edifício, sem deixar bilhetes ou explicações. Seu pesadelo saltou, então, vários anos: agora, observava as crianças — todas adolescentes, a filha mais velha provavelmente já perto dos dezoito anos — ao longe, na praia. Deixara tudo para trás e tinha a certeza de que havia ficado todo esse tempo sozinha. Nada de especial acontecera, nada. Apenas o silêncio reinara. Olhava os filhos que haviam crescido sem a mãe, sem intenção alguma de falar com eles. Se eles sentiram sua falta, não se percebia isso a distância.

Acordou agitada. Recordou-se que as cortinas de seu pesadelo eram iguais às que vira em uma revista de decoração na véspera. Assustou-se, mas voltou a si. Ainda era uma mulher casada e sem filhos. O dia estava claro, mas era cedo, ainda faltavam vinte minutos para o despertador tocar. Baby respirou fundo, pensou em tomar água. Não se moveu. Aos poucos, usando as mãos com delicadeza, certificou-se de que Inácio estava ali. Tranquilizou-se um pouco, mas não era suficiente. Tinha a boca seca, as pernas trêmulas, e ir até a cozinha não era opção. Começou, então, a tocá-lo, precisava estar perto dele. Usou as mãos, a língua, o cabelo. Ele acordou. Obedecendo aos sinais da mulher, arrancou a própria cueca. Estava desperto, pronto, exatamente do jeito que ela queria. Como Baby esperava, mais uma vez conseguia exercer poder sobre o marido. Apertou seu corpo contra o dele. Surpreendendo-a, Inácio se posicionou sobre ela. Com o peso dele, sentiu-se sufocada, mas era uma sensação boa. Aos poucos, rendeu-se, esqueceu-se de si, absteve-se de pensar. Pelo menos por alguns segundos, colocou de lado o sonho que teve e o futuro que chegará, a profecia que poderá ou não se confirmar. Estava tão apavorada que não distinguia mais o real e os frutos de sua imaginação.

Selma

Selma passara os últimos meses arrancando páginas de seus diários e jogando-as fora. A cada caixa de doação despachada, a cada gaveta de quinquilharias esvaziada, a cada descoberta de objetos tolos e esquecidos, imaginava-se reescrevendo a própria história. Em vez de fechar o baú de memórias, resolveu livrar-se dele. Finalmente Adriano havia sido aprovado em um concurso. Podia ser em qualquer lugar, para ela não fazia diferença, estava tão investida em iniciar um novo capítulo, em inaugurar um novo ato, que nada parecia importar. Quando ele falou que havia sido aprovado no Espírito Santo, mas que podia esperar pelo resultado de Curitiba ou da USP para tomar uma decisão, ela deu de ombros — Vila Velha era um lugar tão bom quanto qualquer outro. Se ele propusesse que viajassem a outro planeta, ela diria sim, não apenas porque o amava, mas para alimentar seu instinto de seguir em frente, traçar novos planos.

As estantes do quarto de César já haviam sido arrancadas. As paredes machucadas e sem móveis formavam obras de arte disformes, a cola ainda tinha um cheiro sutil — não era para menos que ele e Inácio gostavam de passar tanto tempo ali. Riu sozinha. As roupas que não tinham sido doadas ao longo dos anos estavam em caixas. Só não decidira o que fazer com a antiga mala de Inácio, que ficara no alto do guarda-roupa do quarto de hóspedes todo esse tempo, e que ela não ousaria abrir. Tinha lidado com tudo aquilo de forma objetiva — eram, afinal, coisas. Esperava o pintor chegar, tinta nova para desinfetar, renovar, tornar o apartamento mais atraente para um comprador. A vida seguia, e sua existência ganhava novos significados e contornos.

Se morresse velhinha, Selma concluiu que poderia passar mais tempo não sendo mãe de César do que os vinte e sete anos em que a maternidade fora parte tão indelével de sua identidade.

Aceitar essa nova fase e livrar-se do passado exigia gestos que tinham significado e também decisões práticas. O pintor estava atrasado, mas Selma não telefonaria para perguntar o que estava acontecendo, reclamar da falta de profissionalismo. Eram minutos que ela queria para si, um restinho de areia do tempo que queria assistir escorrer por suas mãos. A ampulheta havia se quebrado. Agora ela andava em círculos. Não entendia por que tinha colocado uma roupa tão formal naquele dia. Com quase tudo pronto, sentia-se agora nervosa e apegada, exatamente como temia. Decidira se livrar das coisas que tangibilizavam suas lembranças, mas não fazia mal esperar mais um pouco.

Reencontrou uma angústia da qual tinha se esquecido. A dor aguda não havia voltado, não cairia no chão nem sentiria contrações — estava segura. O efeito que César tinha sobre ela era difícil de decifrar. Quando achava que estava recuperada, os ecos de sua presença batiam sobre ela na forma de uma brisa quente. Sentia as veias incharem e tinha vontade de beber chá gelado, por alguma razão. Precipitou-se sobre as caixas, voraz, buscando alguma coisa que não sabia o que era. Entre fitas cassete, filmes em vhs e algumas peças de roupa, contentou-se com uma camiseta verde e vermelha — era uma das poucas que não tinham estampa de banda de rock. Gostava da imagem dele, aos dezessete ou dezoito anos, saudável e com olhar desafiador, saindo sem dar satisfações, vestido ainda de uma forma um tanto infantil, mas com um sorriso no rosto. Não fazia tanto tempo que tirara o aparelho dos dentes, que trabalho bem-feito. Dobrou a camiseta com cuidado e separou-a. Recolocou as coisas na caixa. Teve tempo de guardar a única prova material que levaria do filho em uma das malas que já havia arrumado para si antes que o interfone tocasse, anunciando a chegada do pintor. Que sorte encontrar alguém para fazer esse serviço entre o Natal e o Ano-Novo.

Selma já corrigira as provas, entregara as notas, fizera todas as tarefas do ano. Podiam esperar até fevereiro para a mudança, as aulas só começariam na segunda quinzena, mas ela insistira que não havia motivo para espera. Acertou com a imobiliária em Vila Velha o direito de entrar no apartamento em 2 de janeiro da nova década. A mudança a obrigaria a abandonar a exclusividade no estudo da literatura clássica — em uma cidade menor, teria de se enveredar pelo básico dos escritores portugueses e brasileiros. Dedicava-se, agora, a organizar essa nova vida. Canetas coloridas, fichários e cartões de dez por dezesseis centímetros cuidadosamente catalogados. Optaram por um apartamento de três quartos — um escritório para ela, outro para Adriano e o maior cômodo para o casal. Se Adriano tinha alguma trepidação sobre o fato de que não teriam filhos, não demonstrava. Havia a possibilidade de que mudasse de ideia, de que encontrasse uma mulher mais jovem em Vila Velha. Sabia disso, mas não era algo que a assustava. Adriano tinha conseguido se tornar importante, cada vez mais penetrava em sua pele, de uma maneira profunda e surpreendente, além de suas expectativas. Ele era relevante, mas não vital, simplesmente porque nada mais parecia ser.

Selma percebia, no olhar que recebia das pessoas, que todo mundo considerava a narrativa de sua vida uma tragédia — era a única sobrevivente de tudo o que construíra. Às vezes, brincava com a ideia de imaginar-se como uma epopeia. Gostaria de encerrar a história e começar outra. Assistira a um documentário sobre duas mulheres, mãe e filha, que ficaram presas em uma casa vitoriana, da época em que eram milionárias, por trinta anos. A casa, antes vistosa, uma espécie de Tara de ... *E o vento levou*, foi se deteriorando aos poucos — elas viviam sem luz, sem aquecimento, fezes de gato por toda parte, comida podre na geladeira. De socialites admiradas viraram ameaça à saúde pública da comunidade. Quando a mãe morreu, a filha foi obrigada a deixar a casa, que já não valia muito. O documentário não mostrava o que acontecia depois, mas dava a entender que, nos anos seguintes, essa mulher foi capaz de construir uma trajetória nova, em um apartamento próprio, em outro lugar. Arranjara emprego e se sustentara modestamente. A vida daquela mulher se dividia em três partes distintas: a infância e a adolescência de fartura, a decadência ao lado da mãe e, posteriormente, um novo capítulo, em que encontrou a felicidade na solidão. Selma bem que gostaria de queimar tudo o que havia escrito até agora. Mas essa alternativa não existia. Podia livrar-se das coisas, mas não de si mesma.

Se não podia se libertar da própria história, recusava-se a se apresentar como vítima, tinha preguiça desse papel. Ela escolhera levar adiante a paixão por Roberto, casar-se com ele e ignorar os conselhos da cigana sobre as consequências. Também não fugira da impossível escolha entre o marido e o filho. Nos dois casos, perdera. Agora, a decisão de ir com Adriano fora tomada friamente. Preferia o novo a qualquer outra opção.

A casa estava quase vazia, só o suficiente para a festa de Ano-Novo ainda estava fora das caixas. O réveillon era mais uma imposição de Inácio do que uma vontade dela. Sentia-se em dívida com ele. Os dois não se viam mais com frequência, mas a ligação era forte demais para terminar com uma negativa. A alegria pueril de Inácio na adolescência, que Selma sempre admirou com ternura, merecia mais esse esforço, essa recompensa. Às vezes queria fugir dele para não pensar em César, mas já entendera, àquela altura, que ela e o filho eram indissociáveis. Assim como, no passado, gostava de notar cacoetes dela mesma no filho, Selma, nos últimos tempos, percebera que, de uma maneira sutil, o filho brotava de dentro dela. Pegava-se olhando no espelho de forma enviesada, passara a perder o ar enquanto ria e insistia em olhar diretamente para as pessoas, quase em tom de inquisição. Nesses momentos, o filho perdido voltava com tudo, não importava o que ela jogasse no lixo nem onde decidisse morar. A catástrofe lhe trouxera poder de reconhecimento.

No fim do dia, o pintor anunciou que o trabalho estava feito. A parede havia sido descascada e repintada, a dona poderia conferir o serviço. Ela recusou a proposta, apenas apanhou o talão de cheques e pagou o preço combinado. Ofereceu-lhe algumas castanhas de uma cesta de Natal que havia recebido, ele aceitou. Foi embora. Era fim de tarde, e o homem avisou que as janelas precisavam ficar abertas para que a casa inteira não fosse tomada pelo cheiro forte da tinta. Adriano fora apanhar algumas coisas no apartamento que ainda mantinha. Pediu ajuda dela para fazer a triagem. Ele também tinha uma história a ser ordenada, separada, catalogada, descartada ou preservada. Cada alma tem sua própria narrativa. A dela era apenas mais uma, não era especial, seria esquecida como tantas outras. Passear pelas memórias de Adriano, as fotos de infância e as roupas fora de moda, fez Selma sentir-se mais leve. Concentrou-se naqueles objetos por um longo período.

A paz temporária foi interrompida por um trovão seco, anunciando a chuva de verão, que foi logo seguido de outro estampido. Selma levantou-se instintivamente. Era preciso fechar as janelas do quarto para que o piso do quarto de César não se molhasse. Assim que ficou em pé, sentiu-se fraca, e foi obrigada a sentar-se. O cheiro e a forma do filho estavam ali, dentro de seu corpo, e não fora dele. Amedrontada, mas tentando não demonstrar, reuniu toda a calma que conseguiu coletar para pedir que Adriano fosse até o quarto e cuidasse da janela. Ele atendeu — e, ao voltar, fechou a porta atrás de si ao sair. Selma entendeu que, se entrasse naquele cômodo novamente, seria envolvida em tudo o que ele representava. Não iria mais para o Espírito Santo. Abriria mão do direito de existir para permanecer ali, no conforto de sua essência, que era em parte representada por César. Não poderia permitir que isso acontecesse. Nem o filho seria capaz de fazê-la prisioneira. Só tinha uma opção: evitar o quarto pelos próximos dias.

A chuva caiu sobre o Rio de Janeiro, toda de uma vez. Como Selma, ela não podia esperar pela virada do ano.

Inácio

Era véspera de Ano-Novo, oito da noite, e Inácio e Baby andavam do Arpoador em direção ao Leblon, na direção contrária da maioria das pessoas. Todos queriam chegar a Copacabana, mas eles caminhavam para a casa de Selma — ele queria despedir-se dela e também apanhar algumas coisas de César que ainda restavam no apartamento. O fim de ano tinha um gosto estranho, parecia que tudo havia acontecido ao mesmo tempo: o Brasil de repente tinha um presidente eleito. O desfecho não fora o que ele esperava, mas sem dúvida tratava-se de um avanço. Era uma conquista de sua geração, não dava para dizer que a década havia sido perdida. Algo grande acabara de acontecer. Enquanto caminhavam em direção à casa de Selma, vestidos de branco e com garrafas de bebidas nas mãos, ele tentava manter o otimismo. Talvez em cinco anos, quando Collor saísse do poder, a inflação já estaria sob controle, assim como a violência. Todas as crianças frequentariam a escola. E a cura da aids seria uma realidade. Queria acreditar em tudo isso. Para se convencer do que dizia, apertava com força a mão de Baby.

Inácio era um homem feito, responsável, com objetivos — ao mesmo tempo, sentia que se afastava cada vez mais dos próprios sonhos. Desde que assumira o novo cargo no jornal, um dos mais jovens profissionais a atingir posição de chefia, via-se constantemente lutando entre duas versões de sua personalidade. Algumas semanas antes, entrara em uma discussão com o chefe por causa de uma reportagem que fora descartada da edição. Enviara uma repórter novata à Barra da Tijuca para cobrir o caso de um megaengarrafamento na avenida das Américas causado por um suicídio. A foca seguira as instruções à risca: a identidade do homem permanecia um mistério, as poucas testemunhas que atravessavam a passarela da qual ele se atirou afirmaram que tudo acontecera muito rápido, que não houve como impedi-lo. Havia mais perguntas do que respostas, mas era justamente a falta de explicações, a resolução aparentemente inquebrável do suicida cujo corpo agora era impossível de ser reconhecido e o fato de que ele não carregava documentos ou dinheiro que deixavam a matéria mais interessante. Inácio mandou diagramar com uma foto feita da perspectiva do suicida, de cima da passarela. O tema era controverso, mas o texto veio redondo, praticamente não necessitava de edição, captava a situação sem abusar dos adjetivos.

No mesmo dia, porém, facções rivais na Rocinha começaram uma disputa violenta que prometia durar dias. Um carro que passava pela Linha Vermelha fora metralhado, sem vítimas, mas a expectativa era de que a luta tomasse conta da cidade, atingindo o asfalto. Da Zona Sul à Barra da Tijuca, ninguém estaria a salvo. À medida que os recados ameaçadores entre os bandidos se avolumavam, crescia a pressão para a elaboração de um gráfico minucioso: era necessário marcar os pontos mais perigosos em um mapa para que a população pudesse evitá-los na manhã seguinte. Apesar da gravidade da situação, Inácio sentia-se impelido a proteger o espaço da história do suicida anônimo. A reportagem mostrava toda a frieza da cidade naquele calor de quarenta graus. Tanta insistência dele levou a uma discussão. O editor-chefe argumentou, aos gritos, que o engarrafamento de ontem não interessava às pessoas, que um morto na avenida não afetaria a vida delas no dia seguinte. Isso não era uma ameaça aos filhos de ninguém, não tinha mais importância. Com tantas tragédias, uma a mais não fazia diferença. Por mais que lhe doesse, Inácio sabia que ele tinha razão. A história do suicídio que parou a Barra deu lugar a recomendações de segurança, a um resumo do esquema montado pela polícia para o combate aos meliantes e a uma entrevista exclusiva com um dos traficantes, com o rosto devidamente escondido, que prometia exibir a cabeça de membros da facção inimiga depois de liquidá-los.

O suicida virou uma nota de rodapé que mais parecia boletim de trânsito:

Ontem, um engarrafamento de treze quilômetros se formou na avenida das Américas, na Barra da Tijuca. Um homem foi atingido por um ônibus após cair de uma passarela de pedestres por volta de meio-dia e meia. A polícia trabalha com a hipótese de suicídio.

Restavam bem poucos móveis no apartamento de César e Selma. Havia algumas caixas empilhadas no canto da sala. Mesmo assim, a aura de asseio e organização que Inácio sempre apreciara se mantinha. Sem tantos objetos de decoração, cristais e porcelanas, tudo parecia mais amplo. As cortinas já tinham sido retiradas das janelas, o que lhes permitia apreciar a vista calorenta. A festa de Ano-Novo não seria, exatamente, uma festa — apenas dois casais esperando o soar da meia-noite. Para Inácio, aquele local remetia a um turbilhão de alegrias e tristezas, toda uma juventude vivida, que agora se esvaía entre planos e responsabilidades. Promoção no emprego, pagamento da hipoteca, projeto de formar uma família.

O réveillon coincidia com a morte de César. Precisou mencioná-lo em voz alta, fazia tempo que não falava dele com outra pessoa. Quando se dava conta disso, era tomado pelo temor de esquecê-lo. Selma, no entanto, não deixou que ele perseguisse esse caminho.

— Não existe aniversário de morte — decretou.

Ela tinha razão. Não existia aniversário de morte — era apenas uma coisa que as pessoas inventavam para se sentir melhor. Mas César dera um jeito de partir em uma data difícil de esquecer.

Selma finalizava o jantar, mas antes avisou que deixara algo no quarto de César para que Inácio decidisse se queria levar consigo.

— Só não se esqueça de fechar a porta. Senão o cheiro de tinta vai se espalhar pela casa — afirmou ela.

O quarto só continha agora mais alguns discos, e a mala que Inácio trouxera consigo quando passava a maior parte das noites com César descansava bem no centro do cômodo. De resto, era um quadrado tão impessoal quanto os cenários de filme de ficção científica. Uma tela em branco a ser repintada. Não restava mais odor de tinta e aguarrás. Inácio sentou-se no chão e ergueu a mala — era muito mais leve do que esperava, o conteúdo chacoalhava-se de um lado para o outro. Ao abri-la, riu ao encontrar os pensamentos que rascunhava em folhas soltas. Cartões-postais desbotados das viagens de César pelo interior do Brasil. Havia, também, uma fita cassete transparente. Mais uma das muitas trilhas sonoras que seu melhor amigo montara ao longo da vida. Na identificação, duas palavras: "Last year". O walkman amarelo, o mesmo que fora uma extensão do corpo de César por tanto tempo, era a última peça.

Inácio inspecionou o quarto mais uma vez, em busca de outros sinais de César, mas não encontrou nenhum. Levou o caixote com os discos e a mala para a sala. Não revelou o conteúdo para ninguém.

A meia-noite chegou e pareceu mais silenciosa do que em anos anteriores. Ou talvez fosse apenas impressão, talvez Inácio tivesse colocado muitas expectativas nesse réveillon. Ouvia um rojão aqui e ali, o céu brilhava de vez em quando, mas o entusiasmo nem de longe lembrava uma final de campeonato nem era apoteótico o bastante para celebrar uma nova década. Um conjunto de dez anos terminava. Naquele apartamento vazio, todos fingiam que isso não tinha um grande significado. Inácio ressentiu-se um pouco disso, pois acreditava que era o fim de algo importante.

Por volta das duas, Inácio e Baby tentavam decidir se deveriam ou não ir embora. As ruas estariam cheias, um vaivém de gente voltando para casa após pular sete ondas na praia. A década era nova, mas tudo parecia igual a antes. Estavam sem ânimo para andar até o Arpoador para pegar o carro na garagem dos pais dele e voltar para a Barra. Adriano e Selma pediram licença para dormir, e Inácio percebeu a ternura com a qual ele a tratava. Lamentou não ter conseguido falar nada de relevante sobre a partida dela. Nunca fora o tipo de pessoa que acreditava no poder da intuição, mas tinha convicção de que não voltaria a ver a mãe de César.

Acabou adormecendo com a esposa no sofá da sala. Inácio acordou com a claridade que entrava pela janela sem cortinas. Ajeitou Baby no sofá. Ela fez menção de levantar-se, mas ele a desencorajou. O dia ainda não havia amanhecido totalmente. Sentiu necessidade de caminhar, mas antes vasculhou as gavetas da cozinha. Achou duas pilhas soltas, que esperava estarem carregadas. Pelas ruas do Leblon ainda havia um movimento discreto de gente indo e vindo, festas que tinham se estendido por toda a noite. Que loucura, estavam a uma década do ano 2000, pensou Inácio enquanto carregava sua mala antiga pelo bairro. Cruzou com alguns bêbados felizes, outros com cara de zumbi. Não levou mais de cinco minutos até a orla — parte das ruas ainda estava fechada, e não era necessário esperar os sinais de pedestre. Tirou os sapatos, carregou-os nas mãos e ficou por um minuto ou dois buscando o ponto exato, um ângulo que contemplasse, ao mesmo tempo, o Hotel Marina, o Dois Irmãos e o mar. Então sentou-se na areia.

De forma um tanto desajeitada, colocou a fita no walkman e tranquilizou-se quando, ao encaixar as pilhas, a pequenina luz vermelha se acendeu. O dia se insinuava sem pressa, e Inácio observou o amanhecer com tranquilidade enquanto passou por todo o lado A da fita. Riu da própria ingenuidade. Era uma característica que César percebera nele. Estava sempre em busca de um grande significado, de uma revelação. A fita, no entanto, era absolutamente trivial. Sucessos de rádio de alguns anos atrás, que César deve ter catalogado para passar o tempo. Músicas nacionais e internacionais que muito dificilmente seriam lembradas no futuro. O dia se revelava bonito, em tons de rosa, azul e dourado, um milhão de luzes dançando. De repente, silêncio. Inácio avançou a fita, mas não ouviu mais nada. Tirou-a do aparelho e examinou com cuidado — ainda faltava mais da metade da segunda parte. Apertou o FF de novo, mas tudo o que escutou foi o som das engrenagens do aparelho se movimentando e o ruído da fita avançando, virgem. César não conseguira terminar a gravação. A seleção ficou incompleta porque sua história fora interrompida.

Inácio quis chorar o amigo de novo, mas não conseguiu. Não foi capaz porque era inevitável que o tempo apagasse os sinais dele. As marcas de César estavam por toda parte, mas agora eram menos concretas e mais difusas. O dia já estava claro, os primeiros vendedores ambulantes já começavam a circular e os garis se resignavam, como sempre, a limpar os restos da festa da areia. Tudo era assim, quase sempre igual. Abriu a mala para guardar o walkman. Preparava-se para fechá-la e se levantar, mas deteve-se por um minuto. Permitiu-se não pensar em nada. Foi nesse espaço que a presença de César se impôs, sem explicação.

Se todos somos histórias interrompidas, relevantes apenas para algumas pessoas, a de César importava para ele. Isso fez Inácio ser tomado por uma certeza: a de que morreria um homem velho, assim como o amigo havia previsto. E ver os filhos e os netos crescerem seria bom e especial, mas também um tanto cansativo e temperado de sofrimento. Tudo o que estava por vir, todos os anos que se empilhariam, fariam com que ele pensasse no amigo com cada vez menos frequência. Era inevitável. Talvez se lembrasse dele nos momentos muito relevantes, desses que a gente registra em polaroides. Mas poderia também ter a sorte de

César voltar em dias ordinários, sem aviso, como acontece nas melhores visitas de velhos amigos.

Inácio aceitou que era hora de voltar à casa de Selma, pegar Baby e dirigir até a Barra.

O suspiro de resignação coincidiu com uma rajada de vento, que carregou os postais de César e os fragmentos adolescentes escritos por Inácio. Eles flutuavam pela praia, serpenteando em um balé desajeitado. O inevitável futuro de pai de família poderia esperar mais um pouco. Agora, era imperativo que corresse pela praia. Precisava resgatar todas as memórias que fosse capaz de alcançar.

Agradecimentos

A Euclides Guedes, pelo amor e incentivo mesmo nos momentos mais difíceis.

A Marleth Silva, amiga de fé e primeira leitora de todos os meus escritos.

A Marci Ducat e Luciane Scheller dos Santos, pela torcida e pelo encorajamento.

A minha agente Lúcia Riff, pelo empenho incansável em achar a melhor casa para este projeto.

A toda a equipe da HarperCollins e da TAG, em especial a Raquel Cozer e Diana Szylit, pelas contribuições vitais para o resultado final desta saga de amor e música.

Este livro foi impresso pela umlivro, em 2024, para
a HarperCollins Brasil. O papel do miolo é pólen
natural 70g/m^2, e o da capa é cartão 250g/m^2.